30年半人馬

——散文自選集 1980～2010

林文義 著

陳文發 攝影

第三十七屆吳三連獎
文學獎評定書

林文義先生，一九五三年生，臺北市人，十八歲開始寫作至今，著作包括散文三十九本、長短篇小説六冊、詩二集，四十多年間，不離不棄文學，自謂以文學作為「人生修行的方式」。這種虔敬的寫作態度和實踐的毅力，以及豐沛的創作能量，在臺灣的同輩作家中，實屬罕見，令人感佩。

就作為創作主軸的散文而言，林文義走過早期年少青春的夢幻唯美，經歷動盪的七〇年代以後，題材一再突破，但主題總也無不著力於對臺灣土地、社會、歷史與政治處境的觀察與感思。林文義凝視當下小鎮、農鄉、礦區、山地與河川的面貌，也追索過往先人一路走來的足跡，並且從中努力辨識自己的身分認同；凝視時代反覆的波動、跌宕，以及其中的若干勝利與挫折，也懷想一些錯身而過或曾經相伴同行的友人身影。林文義關注現實，有時省思，有時批判，有時則只能無奈喟嘆，或外望或內省，並因而逐漸築造起一片獨屬於他自己又專屬於我們這個社會的寬闊有情的文學世界。

林文義的散文語言獨樹一格。文字的華麗與蕭索、纖柔與剛毅，筆觸的輕盈爽朗與沉鬱蒼茫，語氣的濃稠纏綿與平淡指點，心情的熱切與憂傷，訴求的公共議題與私己情事，諸如此類相異的特色或氣質，在林文義的散文作品裡，經常交相映陳，而貫穿其中的則是林文義自稱的「真情實意」與「浪漫抒情」，並且因而流露出令眾多讀者深為著迷的文體風格。近作《遺事八帖》的備受文壇矚目，即是這些特質的精進展現。

林文義長期的寫作歷程與成就，實已接近他自許的「在這紛擾、多端的人世間，試圖尋求、構築一片花與樹的夢土」的理想。經評審委員會審議，評定林文義先生為第三十七屆吳三連獎文學獎得獎人。

目次

1980-89

1990-99

2000-10

（序）不歸路
——序林文義《三十年半人馬》

亮軒

書稿什麼時候就放在案前，時間久到不怎麼記得了，答應了要寫這篇序文，拖到如今，自己也想不到。若說沒有時間寫，應該是個很容易打發的理由，然而不，真正的理由是這一本書稿每翻一次就覺得一定要好好地再讀，再讀了又覺得應該要好好地作筆記，斷斷續續，自然難免有無數的生活與工作與應酬與歡樂與煩惱與病痛與出出進進國門等等的糾纏，這篇序文便真的越發地難寫。要想好好地寫一篇序，居然演為許多時日都寫不出來這一篇序，想想也很有道理。書稿在書桌上，像是親友又像是仇敵，所親者，整本書道出個人也曾經體會得很深刻的經驗與感覺，所仇者，處處可圈可點，好文章俱可自己表現，要我如何說，寫序或許多此一舉？

林文義是誰？不問這個問題，答案就很清楚，與他相識也有些年了，還曾經一起出遊，同席大吃小吃屈指難數，總不能說不是朋友。然而讀過了這一本書，反而覺得書中的他跟我曾經認識的林文義很有些不一樣。

印象中他找我比我找他要容易，此人在我心目中神出鬼沒，來則來去則去，杯酒盡歡而後各自分散。他交遊廣闊，看似個個都該合得來，他也許是見面就熟的那型，因為他對任何人都推心置腹。他相識遍天下，應該誰也不能否認。

那麼他是幹麼的？

除了殺人越貨偷雞摸狗，問起他是幹麼的，就很不切實際了，大概問他什麼沒有幹過反倒清楚一些。因為他的志業看來無所不容。文學的領域舉凡散文、小說、評論、詩與歌，處處都有他的筆跡。傳播，則包括了所有的媒體他都涉入很深。報刊主編、記者、專任研究員、廣播與電視談話節目的常客，也曾經擔任過電影演出與編製，簡直樣樣在行。他還會畫畫編書，主持節目，參與政治活動。兩岸三黨都知道有這麼一個人。

他應該是個大忙人，在臺灣要是有人與他相當，自然日夜應酬不息，但是他卻經常旅遊，一派閒雲野鶴，須臾間飄然而去，神仙一般的無跡無蹤。然而他並不是不食人間煙火，他心中充滿了俠義之風，行文之間常常涉及政治與歷史的恩怨，憤懣之情彌漫紙上，是一個如假包換的革命者。他能成為一個劍及履及的實踐家嗎？我看難，因為他論事深沉，待人卻太簡單，此與論事淺薄，待人深沉的政客正好相反。無論哪個黨，他要是在其中存活得長久，黃河水清可待。他一生到如今也不算太短，然而沒有當過一天的公務員。檢查他的年表，發現要上班又像個頭銜的工作只有《自立晚報．副刊》主編，而且那陣子他走得也不開心。再不就勉強算上那個施明德辦公室主任。他若是個政客，因緣攀爬，多少也會有個政海這一行的出身吧？這樣的人比比皆是，可惜連他的上司施明德都不是政客，請來他當個辦公室主任，乃是氣味相投，施先生能夠運動得出百萬紅衫軍，立委卻落了選，道理很簡單，你不會製造仇恨醞釀矛盾，只想解決問題而不製造問題，就沒有激情，沒有激情就出不來選票，林文義當他的辦公室主任，是兩個浪漫主義面對無數的現實主義，還會有出路嗎？林文義不是今天臺灣政治人物的料。

你又說那他去幹傳播行嗎？業績成為真理的傳播世界中，這個一片真心到底的作家，最多只能客串來賓而已。不說他自己意欲如何，要當名嘴他不夠煽情，要搞業務他不會哈腰，要作宣傳他無法撒謊，再生氣也不會大吼大叫，在如今麻辣成風的傳播世界裡，他也是個邊緣人。

林文義看似無所不能，但是依然是個沒有正式身分的布衣，他是一生一世的布衣。他是否甘心如此，無從查考，然而走到今天，文名愈盛，總該有點道理。

把他的這一本書細讀了三遍，筆記了六千多字，從前問我林文義你的朋友是誰？我大概會說他是個作家，一個很一般很模糊的身分。讀了他的這一本《三十年半人馬》，我要說他是個詩人兼旅人，他也是俠客與情種。中國自古的風流人物泰半若此，李白、杜甫、白居易、蘇東坡、辛稼軒、陸游、晏殊、馬致遠等等，要寫出來名字可以有一大串。

有人說，他的文字太講究美感，太精細，太耽溺，言下之意是雕繢滿眼，華而不實。果有此意，實乃大錯。現代藝術的表現方法紛然雜陳，各盡其妙。美卻不是罪過，《左傳》、《戰國策》不美嗎？《史記》、《漢書》不美嗎？唐詩宋詞不美嗎？《古文觀止》云不美？啟蒙書《三字經》、《幼學瓊林》等等不美怎麼讀？《論語》，句句都美。要點在辭藻之外有無骨肉？骨肉之外有無精神，精神之外有無見解？而其精神見解與辭藻密不可分，要是只是空泛的美文，無真情無真心，要美也美不起來。不可忘記想當初他是要當一個畫家的，而且畫筆總是或隱或顯在手的，他的文字如畫且如詩是很自然的發展。且看他在〈雪境〉中起首怎麼寫的：

雪停後，他們輕划小舟猶如葉片棲水，趁著餘暉可見，先是放下一盏一盏的紙燈籠，漂浮潺潺水流，輕緩地，優閒地不露痕跡。我佇立在數尺之外積雪的露臺，靜睨舟人的動作，彷佛身在一首古代的唐詩中。

這一段寫景的文字，直如一幅南宋手卷，清雅如煙，韻味幽遠。

還有一段可讀：

安妮似乎來臺北還沒很久，南部鄉下少女的純樸還沒有從她的身上消失。常常在椺樹路旁，買零食給那些賣花的、或是賣消夜攤的小販的孩子們吃，並且像孩子王一樣地帶著孩子在酒店門口玩——安妮啊，穿著晚禮服、高跟鞋和囝仔在踢銅罐子，要笑死那些美國人嗎？美智子說。

寫人，就這麼幾行，把一個南部鄉下到臺北討生活的酒家女勾描得可親可近。林文義常畫漫畫，從這一段文字裡看得出來，筆筆到位。但是這一段寫人跟上一段寫景不同，用筆純樸無華，簡直就是浮世繪了。

在〈溫泉女體〉一文是這麼開頭的：

如果，謊言的慌亂一如溫泉灰濛的微暈，傷心的女子該如何詮釋？小說家以「凝脂」浮現溫泉的水波之間，質疑男人的背叛，呈露情愛的不可置信；浸泡在乳白泛青，炙熱而致出汗的女子終於忍不住哭了。

這一段散文如詩，短短兩行半卻又飽含情節如小說，密度極高。更像是一段電影畫面。

不一定只寫詩才是詩人，詩人也不一定都在寫詩，要看的是有無濃郁的詩情。一幅畫可以是詩，一段音樂可以是詩，幾則小小的場景也可以成詩。讀他寫的幾個小小的車站，車站裡的人，人的對話與穿著相貌，一則又一則的就是一首首的小詩，輕淡沉靜的心情凝視著他周邊的世界與人物，筆下所出，盡是詩風詩格。林文義的字句常常是刻意經營的，也因此搖曳生姿風情萬種，這是他的特色，讀者為之傾倒，也合當是他的收穫。他的作品總讓人讀了又想讀，剛剛瞄過又回頭再看，不是他寫得不清楚，而是發現了他針腳綿密色彩斑斕的一字一句得來不易的苦心，捨不得就這麼錯過了。詩人鑄字鍊句，不以達意為尚，處處詩情詩心，他當然是個詩人，儘管依他自道，年過五十才開始寫詩，他說的是寫詩，不是說遲到了當年才成就了一身詩骨。

林文義是個旅人，不是參加旅行團的那一種，而是踽踽獨行天涯逆旅。他不一定要走出去多遠才是旅行，全心投入了陌生的人物與境域，隨時有新奇的感受與發現，那就是他這種旅人了。他不是流浪，是旅行。因為他總是主動地要到這到那兒，近到街角，遠至異國，對他而言都是旅程。心上之旅遠過於足下之旅。臺灣大大小小的地方他全都走遍了，然而出諸筆下者絕非遊記，而是走過了有血有淚的歷史，有情有義的人間。他勤於用功，事前事後都有功課，然而最後我們看到的是透過功課而昇華而出的情感，千百年間，數萬里外，時間空間都是他的旅程。他去美國東岸拜訪郭松棻，一路讀著他的書，想著他的人，他是懷著朝聖的心情一步步地接近這位他心目中的典範。不僅是飛行萬里，而是想藉著這一次的訪問凌越他自身的經驗，提升到更高的境界。

我們且看他是如何從臺北到美東的：

> 這正是我此行最重要的目的。我不曾見過郭松棻，近二十個小時的飛行旅途，閱讀著厚達六百多頁的《郭松棻集》（前衛版一九九三年十二月），並且揣想相見時，如何將本人與小說完整地連接在一起？存在心中多年的一闋傳奇終於在翌日，也就是一九九五年十二月二十日雪停後的近午，畫家夫婦帶我進入了臺灣被驅逐出來二十年

後的聯合國大廈第二十三樓，一扇研究室深褐的木質門扉，畫家熟稔地輕敲兩下，一個溫文爾雅，我所習慣的鄉音從門後應聲，門啟，小說集卷首黑白相片的人在我眼前，果然就是郭松棻。

寫尋訪郭松棻的那一篇文字非常洗練，一如紀錄片鏡頭的運轉，自大雪的超大遠景漸漸進入美國東岸機場，再一層層推近，遠景、中景、近景到特寫。隨著畫面的變化，他的心情也漸次地突顯，直到主要對象的人物出現眼前，似夢還真，讀者也跟著乍然驚喜。要是沒那麼用功又用心，這一段文字是出不來的。況且這一篇作品是以他後來寫給郭松棻的詩作起首。旅行的事前事後，他都用心。

他寫原本熟悉的環境，同樣有著旅人的心情。他的〈在舊市區散步〉，那個舊市區就是他從小成長的地方。他寫了許多眼前已經見不到的當年的景致，還有在那些風景裡的許多大大小小的人物，生疏的，熟悉的，親密的，一一浮現，以文字重建了數十年前的場景，一個街角幾層臺階都滿載著記憶與情感，我們隨著他的腳蹤進入他的從前，也跟隨到了幾十年後的現代，世事蒼茫，人情丕變，他的感懷也滲入我們的心頭。

就是這樣，他永遠在走啊走的，極細緻處到一朵花一隻瓢蟲，極遼闊處如蒼穹大海，都映入他的心田流露在筆下。可與天地萬物為友，是真旅人。

為什麼他會成為一個在政治立場上與主流格格不入的人？這就跟他的俠情聲息相通了。

林文義的成長似乎不是很熱鬧，熱鬧中活過來的人成不了這樣的作家。他年方二十二就出版了一本散文集，二十八歲便得了《中國時報》的散文優選獎，漫畫開始在《幼獅少年》連載。以後直到如今，幾乎每年都有出版問世。今年他六十二歲，依他自己的統計，平生出了四十冊散文，六冊小說，七冊漫畫，兩冊詩集，還有若干的編選。不能說本本都到了一定的境界，然而越來越好，沒讓名聲欺矇，總在生活中、書本中不斷思索學習。他的成長幾乎都在學習與觀察，他相信的真理是從簡單的為人哲學中覺悟的，沒有什麼拐彎抹角的理論，是啊，直道而行，隨遇而安，也許就是他的處世作文的大經大法了。這樣的信念帶領著他走過許多的人世的路途，也許遇到了蹭蹬挫折，他迴避到書本與創作的思維中，卻只有讓他更堅信正邪可否的標準，他沒有其他的路可走，於是筆直地走下去。政治與權力造成的不幸，是為害最大的不幸，他參與當權政治定義中的反對活動，理所必然。他是從生活中觀察不公不義，而非從奪權奪利中謀求。比如他的〈銀色鐵蒺藜〉長文，把一場反對運動在街頭上的發展細細寫來，我們讀不到他對當局有什麼抽象的意見，只是感受到樸質的人民在這樣的運動中的不幸。相信這一篇文章要是翻譯成許多不同的文字，到了任何一個時代還是國族中受苦受難的人民之間，依然可以讓人感同身受。他要平的是人類普遍的不平，而非眼前黨派的權利之多寡。他不會跟著人云亦云，總是翻查故紙，對照舊案，然後為文。也因此他的立論總在平和中展現了那種簡單的信念。很有意思的是，他在談到政治的種種迫害時，反而格外地心平氣靜，居然也使得他的說服力更為堅實。

我們可以從他的文章中讀到早期的許多抗爭故事，他親身參與應該不少，然而他總是以一個旁觀者，依然有著旅人的冷靜的心情論述那樣巨大的不平，不是競選演說，不是革命起義，只是充滿自信地提出辯證，結結實實的質疑。這一部分的林文義，我不是不知道，然而從來沒有那麼深刻地感覺到這一面的他。也許可以這麼說，他在評論、抗議、訴諸行動的時候，依然保有詩人鑄字練句般冷靜的反思沉吟。

林文義有他私下的苦，生活中的接觸反而沒有從書上讀到他吐露的那麼沉重悲傷。他在朋友面前，總是開開心心的，然而有一次，我個人受到感情上的一樁衝擊，是一個幾近要把我完全摧毀的設計，一時萬念俱灰。還好友人為我安排到一座臨海山頭的寺廟中避靜，得以暫時喘息。那個地方手機很難通話，我也沒有心情跟誰說話，林文義卻試著打了無數次的電話給我，我們雖然有過若干接觸，但依世俗的標準，他的關心讓我有點吃驚。我在深夜的半山上，滿天星斗，太平洋的冷風揚起我薄薄的風衣，身心俱受刺骨之寒。手機裡林文義跟我說了許多，他以過來人的立場勸我放下，我聽得出他怕我真的尋了短見，總是一再地提醒別掛電話。許多話說了又說，句句打入心坎。我相信他平日關心的一定不僅是我一人，朋友有難，他也許比當事人還急。也就是從那一夜開始，我知道我是他很在意的朋友，並且，為了幫助我解除些許的苦難，他不惜吐露心聲，道出了他曾經在感情路上受到的荒謬的折磨。

在這一本書裡我們看到了一個多情的林文義，一個看萬物皆有情的男人，不會對女人無情。他的人情無分遠近，老少咸宜。匆匆一瞥，半晌留連，他都常常別具會心。你看他寫街頭小人物的顛沛，寫抗爭小市民的無奈，寫車站裡來來去去的老老小小，寫一個原住民的小女孩，寫一個要在街邊照應小生意，又要照應對街半身癱瘓，也在那裡擺攤子的老夫的老婦人。真個是眼界大千皆淚海，為誰惆悵為誰顰？他總是一雙多情的眼神觀照人間。

對於私情，自然更不在話下。少年人的情感最是捉摸不定，是否有無都不太搞得清楚，到了後來，漸曉人事，他依然珍寶著那迷迷濛濛的情感，悄悄地藏在心裡，歷久長新，這是寫他的表姊與他。他愛他的兒女，即使遠的在小之又小的離島，他海空兼程地去探望。他的女兒就在身邊，然而他心疼她工作的辛苦，也心疼她對老爸的心疼，他更為女兒的聰慧表現私下驕傲卻不表露。這些描寫親情的篇章不多，但是讀了就像是自己的故事一樣，不會忘記，因為他的筆下無一絲虛矯，即便是寫得那麼淒豔。

他是這樣寫他去離島看望兒子然後的分離：

走向直升機，槳葉旋起暴風，我回頭，忍不住再看一眼，候機室門口已在百尺之外，一身迷彩軍服的年少軍人輕輕地、緩緩地揮動右手，靜默地沒有任何話語，凝肅著送別。同行的友伴催促上機，顯然是我停滯了。

再回首，年少軍人依然揮著告別的手姿，我回以同樣的手勢，踩進狹窄的機艙裡，直升機立刻騰空而起，不由然地哽咽，低首俯看——最後一瞥，是他脫下軍帽，輕緩揮別。

作為父親，海空兼程地去看過服役的兒子之後，那樣深沉的不捨，不是因為孤島上服役有何辛苦，而是世緣飄忽，悲喜莫辨的感觸。悠悠遠遠的互望，觸動了父子埋在心底最深的難捨。

在〈女兒書〉一文開始數行之後，他這樣地寫著：

> 永遠是準時不變的晨間五點十分。二十分鐘後，無線電召喚的計程車總在社區鏤空的雕花大門外等候。緊掩的房門後面的我這父親，有時心虛地趕忙切掉桌燈，只怕

從門縫下端透溢的光影，女兒會知悉我竟夜書寫的祕密。

「爸，天亮了，要睡覺啦。」房門外的女兒說。

我的入眠時刻是她準備上班的交叉點，五年如是。

末尾的一段恍若天上人間：

> 宛如昨日，青春年少的父親，愛憐地摟抱八個月大的女兒，撐著傘，漫行過微雨中的紅磚道，歌謠吟唱般的對著懷裡的小女嬰說：親愛的女兒啊，左邊是臺灣楓香，右側是樟樹……
>
> 還是嬰孩的女兒，沉沉睡著了，年輕父親疼惜細看，八個月大的女兒，長睫之間，隱含著一顆晶瑩若星光似的淚滴。親愛的女兒，妳要好好的，長大。

這兩篇作品，讀了讓人忍不住的淚眼模糊。

我很喜歡他稱呼如今的妻子為戀人，妻子可以相等於戀人，是極為幸運的巧合。

我愛讀他的那一篇〈戀人書〉，全文詩情蕩漾，濃郁如酒：

> 距離我以油彩描繪的年華，三十年幽幽過遞，妳不就是我賦予長髮、深眸，線條所勾勒的絕美女子、停格的不朽記憶，文字所難以形之的妳，彷彿一闋傳奇，深藍近黑的夜，香水百合的氣息，妳飄在晚風中的髮絲，像初夏的波濤，衣袂若雪，靜止如夐虹的詩句——眾弦俱寂，妳是唯一的高音。

〈戀人書〉，那樣的纏綿，即便是短短一宵，也恒定如萬古綿長。要細細地讀，要一讀再讀，要，慢慢地讀，讀這個情種。

一個一生出版了那麼多的作品，沒有一本不是出自真誠，沒有一篇是在沽名釣譽，這個人也許到處出出沒沒，卻一定孤獨。他怕孤獨於是就難免要熱鬧，熱鬧解決不了他的孤獨，於是終究回到了他孤獨的小天地中。要是可以偷偷地跟蹤他，應該會看到他大部分的時間裡那落寞的眼神。他太敏銳，油花花的世界他待不住。然而真誠面對的生命依然有許多難解的迷惘，這一本書顯示的林文義是個苦多樂少的生命。也許他六十二年來的追尋都是在找一個他不信真的沒有的烏托邦，所以他廣泛閱讀，處處參與，時時感觸，點點記錄。記錄他的看到、想到、意外、歡喜、悲傷、疑惑、憤怒、感動還有恩典。與土地與歷史緊密結合，他的回顧一生的這一本書，自然成為臺灣庶民史的縮影。讀不到教科書式的綱領，真切的關懷與愛卻貫穿在每一個篇章的字裡行間。他每時每刻都認真地活著，所謂認真的活，就是認真地看，認真地聽，認真地讀，認真地想，然後認真地寫下來。此書之可讀，在於那樣認真的深度一般人不能也不敢到達，作家提醒了人是可以很認真地活下去，再苦再痛都可化為感恩的歡喜。那個聾子音樂家貝多芬說，所有的苦難都是恩典，我想林文義讀到此句，應當別有會心。是啊，他的書是有綱領的，綱領就是關懷與愛。作家只有這樣的綱領。

作過那麼多的行業，最最堅持的是一枝寫作的筆。其實，也只有手中的這一枝筆是他唯一能夠自主的存在與對話的空間。六十二年了，一甲子有餘的年華裡，寫了那麼多作品，卻都是與自己對話，由於他的無自私無自戀無自大也無自卑，這些自言自語也成了文學的一種資產，一切的有價值的文學作品不都是這樣的嗎？

這一本書是這個作者過了一生的後臺，前臺的他我們看得多了，那些粉墨登場各種的角色他都扮演過了，這《三十年半人馬》一書是卸了妝的真面目，是人是神是鬼，只好由人評斷。這個在臺北大龍峒出生的男孩，不是書香門第，沒有顯赫家世，進入了六十幾歲的初老，以此書把自己攤在世人面前，我們看到了整個時代鎔鑄而成的一個樸質豐富的生命，歡笑與淚影，傷痕與怨恨，映照出了百年來這個小島的長卷繪本。他堅持了文學，是努力，也是氣運。文學，自始至終，就是他的唯一，甘心也罷，不甘心也罷。

我要寫一幅字送給他，李清照的〈漁家傲〉：

天接雲濤連曉霧，星河欲轉千帆舞。彷彿夢魂歸帝所，聞天語，殷勤問我歸何處。

我報路長嗟日暮，學詩謾有驚人句。九萬里風鵬正舉，風休住，蓬舟吹取三山去。

文義兄，我們可得撐著，長長久久。

中華民國一〇三年九月十日凌晨燈下

把不可見的內在世界，化為一種可見的視覺存在。

——保羅．克利（Paul Klee）

1980-89

千手觀音

在靜肅莊嚴的金色蓮臺上，祂贏得了永恆的崇拜與敬慕；是千年流傳不歇的神話與佛說塑造了祂，君臨天下般地面海昂坐，庸碌的凡人以熱切的顧盼，仰首向祂。千手觀音，祢的千手真能翻雲覆海，普渡眾生嗎？人們只交口不絕地禮讚祢超俗非凡的形象，卻從不問及：是誰巧手地將一塊巨大的檀香木雕琢成今日，輝煌而又壯觀的神祇。

偏僻而破落的小街，許多仍是民初遺下的舊式老屋。我側身走過的時候，從兩扇斑駁的木門之間，瞥見幽深陰暗的屋裡角隅，靜立著幾尊稍具形態的檀木塊；在暗淡的，令人感到窒悶的空間裡，隱約的，透著一種古老的幽香。再過去，光線變得忽然亮了起來，我將視線投注而去，才發現那是一處天井投下的天光，有一口長滿苔痕的井，以及井畔，一隻呵欠連連的虎斑貓。

在這滾滾的紅塵，竟有著這麼一條偏僻而古老的小街，民初的磚瓦屋，木質鐫花的窗櫺，以及小街盡頭，那片喧譁而發亮的海。而這條小街，彷如是夢裡才能存在的，它那種異常寧謐而古老的美，竟深深地震撼著我。多年以來，我的眷愛一直繫身在這濱海的小鎮，它那荷蘭式的老建築；夕照裡，動人的海灣、如畫般的舢舨。

而我此刻，竟被那老屋裡，靜立的檀木塊所深深吸引著——那不像只是單純的外銷木刻品吧？只能說，它們是一些初次的雛形，威武嚴厲的神話人物，靜坐蓮臺的悉達多……檀木塊與我面對許久，逐漸升高的，是一種敬畏；我的意識變成一雙靈巧的手，將那幾塊稍具雛形的檀木，轉眼刻成一尊尊精緻如生的神像，我驚懼地倒退。

我的慌亂，在厚重的木扉竟弄出很大的聲響，將天井那端，大概是住處裡的人吧？吸引了出來。他的臉顏經過天井時，整個都白了起來，而後，閃入長廊的幽暗裡，在我再次明澈地看清這張臉顏時，他已鬼魅似的飄到我的前面，是一個白髮、瘦長的老人。他問及我的來意，我說，我只是路過，被這幾個神像的雛形吸引，留住雙腿的。刻神像你有興趣？他偏著頭問，像孩子般天真的老人。我回答：我不會刻，可是，我喜歡正在雕刻中的神像。你心裡有神明嗎？沒有神明是不能看的。他問著，我點點頭。

我成了老人以及檀木雛形們的客人，一張烏心木的圓桌上，老人殷勤地沏了一壺鐵觀音：以前，我喝的是普洱茶，改喝鐵觀音是半年來的事，因為我正全力在刻一尊巨大的神像，一座佛寺大殿裡需要的，千手觀音。老人慢慢地說完，以著極優雅的姿態倒了茶奉客，在提及「千手觀音」四字，老人眼裡，竟閃射出異常明亮的神采。

幽暗，寧靜的室內，彷彿可以聽到敲擊銼刀的聲響，是錯覺吧？那些未完成的神像變得怪異而猙獰了起來，在我定神回望它們之時，神像卻又顯得異樣地柔和。我竟冒昧地問老人：您剛才所說的「千手觀音」呢？老人並不因為我的唐突而面露不悦，他以極輕微的動作示意我與他同時起身；帶我穿過幽暗的長廊，明亮而死寂的天井，重新再走入幽暗，那隻原是蹲在井畔的虎斑貓，也無聲無息地跟在身後進來；在黑暗裡，虎斑貓幽綠的眼睛在黑暗裡閃著妖異的光，極令人驚悸的。終於在一扇緊闔著的門前，老人用雙手推開，強烈的午後陽光，劍般地射滿我們的軀體——千手觀音在哪裡？我四處迴盼著，原來是屋後一片荒蕪破落的林地，並沒有什麼千手觀音，只有一整塊極為巨大的檀香木。

你看到千手觀音了沒有？我搖搖首。老人走過去，輕輕地拍擊了那塊巨木幾下：這就是我正在雕刻的千手觀音啊！我客氣地否定了他的話，老人竟變得相當地嚴厲：千手觀音就在我心裡，一刀一銼地雕刻著，這塊巨木只是祂的外貌，我雕刻神像，必須先在心裡奉守著對祂的信仰與敬畏，否則，這座神像是無心的；無心的神像，如何能在苦海茫茫間，伸手普渡眾生苦難呢？說得我羞愧而無言。

我們仍回到前室去喝茶，我感覺，我的步履竟是小心而充滿一種敬畏。無心的神像，如何能在苦海茫茫間，伸手普渡眾生苦難呢？老人的這句話，一再地在我耳畔迴繞不斷著。我們啜著茶，吃著糕餅，談論著彼此。

一個從小在鼓浪嶼長大的江南少年，而今，在這異鄉三十年的離家歲月，已是年近七十的老人了。在鼓浪嶼看海峽，在臺灣濱海的小鎮看海峽，有什麼不同呢？共屬一道海峽，而故鄉卻是在海峽的對岸。今生是必須埋骨此地了。老人竟然感歎了起來，眼角是潤濕的。來到臺灣已經三十七歲，而那時是戰禍不歇的民國三十八年，我們的民族正處在生死浩劫的緊要關頭。而我選擇這裡定居了下來，因為這裡濱海，好似我的故鄉鼓浪嶼。

必須追溯到更遙遠的年代了，抗日的時候了吧？我已經無法記起年月了，只知道那兒是老河溝……日本的飛機整天蚊蚋似的盤旋在頭頂，炸彈的碎片將鄰兵的腦袋整個砸得稀爛；他那雪白的腦漿摻雜著鮮血，噴得我一頭一臉；幾分鐘前，還是有說有笑，鐵錚錚的一條漢子呢！我記得那時我是連機槍手，我的右手食指，都扣出血來了，卻痲痺得不知痛楚。日本人好像永遠殺不完，滿山遍野，螞蝗般的鬼子，密密痲痲地，像一大群貪婪的餓狼，踩過已被屍首填滿的戰壕，狼嚎似的衝殺過來；我幹掉一個日本少佐呢，他被我的機槍掃中，跳豆似的，反彈到鐵蒺藜上，就吊在那上頭，斷氣，右手還緊握著，有菊花圖案，漂亮的軍刀。可是，你不會想到從他破碎的軍服間，像秋天落葉般，飄下的，是一張發黃的相片，我很清楚地看到，那是一個含著慈笑，穿著和服的日本老婦人，是他遠在祖國的母親吧？

而死去的少佐，吊在鐵蒺藜上，搖搖盪盪的，像一具可笑的傀儡呢。我忽然悲戚了起來，還是一個英俊年輕的少佐軍官呢，死在我的連環機槍下，他的生命竟然比一隻老鼠還要不如！但是他是一個侵略者，甚至，我殘忍地將他當作是一個激進派的日本侵略者。他的母親會哀傷地放聲大哭吧？像一株落英的櫻花，紛紛地墜下。華北，我看過日本領事館，紅牆裡的櫻花呢，太淒豔了啊！

在上海保衛戰時，日本飛機慘無人道地飛臨黃浦灘大肆轟炸，許多幼小孩童的父母都死在崩塌的瓦礫裡；侵華戰爭，我看夠了人世間的生離死別了，甚至，我變得痲木了，太多的死亡，太多的哭聲，我在作戰，我也在流淚。

一直到有一次，臺兒莊吧？我們在一處窪地與敵人正面遭遇，我的左臂被一顆流彈擦過去，血令我慌亂，我以為，下一顆子彈，一定會洞穿我右胸裡，那顆急促不安的心臟。我幾乎想掄起大刀，衝殺過去；一個陌生的弟兄將我撲倒，然後將他胸袋裡，一樣香火袋似的硬物遞到我的手裡，就在下一刻裡，我還沒來得及向他致意時，他中彈身亡，而我卻安然無恙；是他香火袋救了我吧？

臺兒莊，我們二十九軍打了漂亮的一仗，我們付出了相當慘重的代價，很多夥伴，都在濃密而殘酷的硝煙中捐出了他們高貴的生命。我躺在戰壕裡，將那個香火袋的袋口鬆開，裡面竟然是一尊小巧精緻無比的觀音像；從那尊觀音像，我逐漸明白，生命就是一種無垠的愛啊！就這樣，我一直將那個香火袋及觀音像帶在身邊，直到勝利。

追憶似乎在他眼裡閃亮著。他的右手，掌背的筋脈像地圖裡的河流，裡面奔流的，該是一種仍是昔日激情的血液吧？那隻瘦削的右手，竟能雕刻出一尊尊為人所敬拜的神像——是神選擇了他吧？您什麼時候學會雕刻神像的？是不是在臺兒莊戰役時，殉國的戰友的遺物——觀音給予您選擇了雕刻這件工作？不僅是工作，我把刻神像當作是我生命的一種信仰，一種依靠；另外，刻神像是我用來謀生的工具。老人的話緩緩地從他唇中流出，一種寧謐平和的美，在他老去的臉顏浮現著，我覺得，深深地感動。

話題又在我們共同燃起菸的時候，再次回溯到三十年前，那段戰後，悲喜交集的日子裡——你一定很想知道，我在哪兒學會了雕刻神像吧？我點一點頭，猛吸了一口菸。在漢陽，一個遼寧來的老師傅，在市郊的一個小集，開了一家刻神像的小舖；那時，我們駐紮在那兒，沒事，我就溜去看他刻神像，起先，他老人家連理都不理一下，他默默地，一刀一刀地刻著，我也耐著性子，一次一次地看著；倒是他老人家先不耐煩了，他粗著嗓門朝著我吼說，這麼個老弟，你看呀看，不煩哪？我心中大喜，嘿！泥塑菩薩竟然開其金口了。連忙恭恭敬敬地行大禮，請他老人家收我為徒。事實上，我老早就想要走這條路了，那個兵荒馬亂的年頭，能夠學得一技在身，就不怕混不到一碗飯吃啊！就這樣，我跟著老師傅學，就是這麼回事。

可是，抗戰勝利後，一樁事深深地震撼了我；那時，我離開了軍隊，就憑這一手雕刻的手藝，五湖四海到處為家了，在蕪湖，我看到許多等待被遣送回國的日軍戰俘，破爛的衣褸，無神的眼眸，每個人都消瘦得不成人形。過去的罪惡，使得他們深切地畏懼著他們曾極度迫害過的中國人民。有些戰俘為了吃飯，在街上推垃圾車、清水溝。我恨過他們的，可是，在那時候，我心裡卻有一種哀痛的感覺。八年的戰爭，我們國家支離破碎，多少喪生在砲火裡的同胞生命？而日本，他們戰敗了，他們醒悟時，他們的島國一切都被摧毀了。戰爭是多麼殘酷而又愚蠢的，為什麼，人與人之間，務必要經歷慘痛的死亡或傷害，才能夠獲知和平的可貴？我默默地望著他們，秋晚的風，強勁地擊打著他們單薄而破爛的衣衫，唉！這是誰的罪呢？

我忽然想起一直帶在身上的觀音像，那是我剛才提及的，死在我身旁的戰友的遺物；我竟然不自禁地將祂從胸袋裡取了出來，走近那幾個正在推垃圾車的戰俘身旁，他們畏懼地連連向我卑躬叩首地求饒，我竟然掉淚了。這就是侵略者戰敗後的模樣嗎？比一條狗還不如。我將觀音像遞交到其中一個戰俘手中，我說，帶著祂，一路平安地回鄉去吧。他們怔住半晌之後，竟然放聲哭了起來。他們的故鄉很遠很遠吧？那個緊握著觀音像的戰俘竟然以流利的中國話，結結巴巴地告訴我說：先生！我們太慚愧了，您將這尊佛像送給我們，祂教我們看到了仁慈與憐憫；我們會帶著祂回國，並且把祂供奉起來，因為，祂令我們感到一種無比的希望和依靠，謝謝您，先生。

從那一刻起，我深深地徹悟到：我能夠以靈巧的右手雕刻神像是一樁何等寶貴的事啊！

以後，每逢雕刻一尊神像時，我都靜靜地想了很久——我心中有沒有神呢？如果沒有神，刻出來的神像，只是飾物；而不是有心的，我說的「心」是指我們在從事工作時，對它所抱持的信仰。

三十年來，我鎮日與這些木塊為伍，它們彷如我親生骨肉，我熟悉它們特有的質性，經由我手，它們成為一尊受人尊崇敬拜的神像，而在它們離去很久之後，我仍會極清晰地記著它們。這種懷念是很幸福的，你知道嗎？而我此生唯一的心願，就是像我那位漢陽的老師傅一樣，窮最大的心力，雕出一尊巨大而完美的神像。這樣想啊想，想了三十年，幾乎成為一種非常強烈的盼望呢。終於，有座遠近聞名的大寺廟，他們的住持找上我，要我刻「千手觀音」，我幾乎以為這只是夢，「千手觀音」！我想了三十年的夢。多麼遙長的等待啊！而這個多年的夙願，一旦得償，我反而變得慌亂而無措了。

千手觀音，我必須以最虔敬的心靈去構思祂莊嚴而又慈藹的法相，尤其在面部的神情，那雙法眼必須要刻出一種洞悉大千的神韻；再來是觀音的數十隻手，或彈指，或微握，或執聖劍，或執法鈴、戈斧……說到這裡，老人顯出一種遭受極大的困難，而又試圖突破的堅毅神色，他咬咬下唇，有種非將千手觀音完成誓不甘休的氣勢。我沉默地回過頭，將視線挪到放置著那塊巨木的林地方向，老人又說話了：剛才你在後面看到了，那塊巨大的檀木，我尋遍了全島，才找到它的，它將因為「千手觀音」的完成而不朽，人們不會記得賦予祂形象的我，但觀音會在千萬人的崇敬仰望裡，默默地，不求回報地，普渡著眾生。該知道，佛家說的，苦海茫茫，回頭是岸。千手觀音會成為人們空虛的心靈中，一抹閃亮的希望，一份遷善以及憐憫。

過了大約兩年的時間，我離開了北島的大城，從學校畢業，帶著一種空泛而又徬徨的心思，走入軍旅；臨行時，我的母親在淚痕裡交給我一個紅布縫成的香火袋，我忽然感到整顆心都疼痛了起來。想起的，竟是濱海小鎮，那位雕刻老人，他是否已經將那塊巨木變成了莊嚴雄麗的觀音巨像了？用他最後的，也是最精粹的心血。

訓練中心，緊湊而又奔忙的戰鬥課程，十月炙熱如火的太陽，粗糙的野戰服汗濕著，結晶著白色的鹽粒，戰壕裡，步槍橫在疼痠的右肩，準星對著二百五十碼外的迷彩靶，不停地扣發，射殺的，是許多綿長的空寂吧？汗水順著頸項流入肩窩裡，香火袋也潤潮著，我用左掌緊緊地護著它，像護著母親遙遠的殷殷囑咐。將香火袋取了出來，想起的，依然是那個雕刻的老人，以及一種深藏在內心深處的惦記：老人的「千手觀音」是否已經完成了？

兩年的軍旅多麼遲緩而又飛逝。歸鄉，在北上的公路長程車裡，我平靜地想著：回到北城的第一樁事，也是兩年裡像潮水時時湧動在內心的那份期盼——前往那濱海的小鎮，去看那雕刻老人，去瞻仰他不朽的「千手觀音」。

像許多故事裡的情節——雖然我厭惡這種複印似的巧合，事實告訴我，老人已經去世了。帶著一份悼念的低沉心情，走回兩年前住著老人的那條古老的小街，小街依舊，小街的盡頭，仍是那片發亮的海。老人的家居已經換了主人，一家窄小狹長的雜貨舖，依然是陰暗幽深的。明亮的天井卻因成為雜貨紙箱的堆積處，而顯得有些幽暗。你找刻佛公的老伯啊！他死去半年了，腦充血。主人黯然地說著。我覺得一陣傷楚，撲空的幻虛感上升著：他那尊巨大的觀音呢？我只是不經意地問及，想不到主人卻熱切地告訴我，應該去××宮瞻仰那尊有千手千眼的金身觀音：就是刻佛公的老伯親手雕成的，聽說很靈呢！

穿過那條幽深的，長長的隧道，兩旁，十八羅漢神像靜立著。猙獰、威武，而我緩緩地走著，多麼長的一條隧道啊！千手觀音就在洞的那端吧？該是怎樣的一種形貌呢？我在幽暗裡走動著，忽然覺得一種疲倦，意識裡的。苦海茫茫，回頭是岸。老人的話像一種極為遙遠的聲音向我迴繞而至，前面真是茫茫苦海嗎？我是否該回頭，回頭是岸嗎？而老人的千手觀音就在苦海的彼端，祂的慈悲、憐憫會渡我一生嗎？我一步一步踏實地走下去，不敢回首。

幽暗逐漸轉亮，那是一處隧道的轉角，洞口異常亮爍的天光，整個閃射過來，反照的，是一尊金色奪目的形體，仰首，驚慄——數十隻曲線優美的金手，各執佛家法器。我轉過身去，與祂面對著，千手觀音！祂法相莊嚴慈藹，以四十五度角的斜度，俯首望其塵世，望其芸芸眾生。我仰望著千手觀音，彷彿仰望著逝去的老人，不禁潸然淚下。

在靜肅莊嚴的金色蓮臺上，祂贏得了永恆的崇拜與敬慕；是千年流傳不歇的神話與佛說塑造了祂，君臨天下般地面海昂坐，庸碌的凡人以熱切的顧盼，仰首向祂。千手觀音，祢的千手真能翻雲覆海，普渡眾生嗎？人們只交口不絕地禮讚祢超俗非凡的形象，卻從不問及：是誰巧手地將一塊巨大的檀香木雕琢成今日，輝煌而又壯觀的神祇。

1980

島與海之間

從那條狹窄的海鮮巷過來，好像掙脫出束縛般的舒放了起來。那些海鮮店的夥計一家一家地拉著你的臂膀——人客呀，來坐啦！忙著一家一家地婉拒，慌亂的視野裡，盡是那些被五花大綁的紅蟳，還有垂頭喪氣、仆泅在水箱底層的金錢鰻……巷外，夜晚的海風微微地吹拂過來。

我順著低斜而下的街道走了過去，入夜以後，海鎮的人家都躲藏在家裡看那陳腐老套的八點鐘連續劇吧？街道兩旁幾家文石特產店依然燈光輝煌，沒什麼生意的樣子，我看到一個年輕的女店員正百般無聊地坐在櫃檯後頭，翻看一本言情小說，櫥窗裡的紅珊瑚在亮燦的聚光燈下，美得那麼孤寂，是不是像這片海峽上的島嶼？

走到港口，耳畔驀然聽到隱約傳來的音樂，在我右側，是一間歌廳，門口坐著一個老男人，張著大口酣睡著，歌廳的入口鐵門拉了一半，一隻瘦嶙嶙的老狗站在門口，定定地望著我，裡頭傳來零零落落的掌聲，一個顯得淒愴的女聲正在唱著——今宵離別後，何日君再來……歌廳前貼著兩張彩色的海報，穿得很少的歌舞女郎瞇著眼看著我，兩隻侮慢的乳房好像要蹦到海報外頭。

而我離開歌廳的門口，抬起頭來，看到黝黑的銅像站在人跡稀少的港口，在夜晚的海風習習裡，銅像顯得十分的孤寂，在歷史的歲月流逝中，英雄都是孤寂的吧？我感到有些寒意，銅像站得好高，他會不會更冷？雖然他微笑而慈藹地站在高處，披著長長的斗篷，還有腰間的軍刀。

港口夜晚慣有的寂靜吧？載我抵達的臺澎輪靜靜棲泊的岸邊，一船暈暈黃黃的燈火，使得兩舷間的海水晶亮粼粼的，好像謝幕之後，曲終人散的舞臺。有幾個人在岸邊垂釣，這是個入秋以後的夜晚，陣陣的寒意，使得我不禁縮起了脖子，我向他們走近，夜暗裡，人們唇上的香菸，流螢般的明明滅滅。他們很優閒地坐在那裡，有的還帶著手提錄音機，洪榮宏幽幽的歌聲，在夜風裡唱著一首臺語老歌，歌聲在風中飄得很遠很遠。

而在不遠處的漁港碼頭，一艘接著一艘的漁船正發動著尾舷柴油馬達，準備出海作業。我看到桅桿上端那盞紅色的小燈，在無邊的夜暗裡亮得像一顆遙遠的星光。噗噗噗的馬達聲是唯一打破這夜深寂靜的聲音，幾個漁人站在甲板上不知道在吆喝些什麼？好像是向舷旁的人員問說，誘魚燈有沒有準備好？然後，一艘艘的漁船從港灣那端的缺口開了出去，在黑色的海域畫出一道若隱若現灰灰的浪尾。不知道他們今晚的漁獲如何？但我相信不會是像在岸邊垂釣的人們這般優閒的吧？漁人們出海是為了討生活。

搭交通船去望安島，暖暖的陽光，澄藍的海域。

已經過了夏天的旅遊季節，交通船的乘客不多。開交通船的是一個中年男人，乘客們都上船了，他還站在碼頭上大聲地問著——還有沒有人上船啊？還有沒有人呢？碼頭上只有幾個孩子在那裡玩越野車，空空蕩蕩的。

交通船噗噗噗地向前開去，幾個老婦人開始她們的閒聊，不外乎是媽祖廟謝平安，或家裡孩子求學或就業的瑣事，再來就是談漁獲及市場價格……老婦人們穿著粗糙的花布衣裳，戴著斗笠，穿著膠鞋，帶著扁擔及竹籮子，裡面裝滿著豬肉及菜蔬，不知道是不是搭最早班的交通船來馬公採買，而要趕回望安島？談呀談，不約而同地把視線投遞到我的身上，終於有人開口問我了——少年仔，你不是本地人吧？我說，我從臺北來的。臺北哦——老婦人們深表同感地同時點頭。

開交通船的中年男人回過頭來——你臺北來的？我有一個後生也在臺北吃頭路，做汽車零件的。我說，在臺北做汽車零件真賺錢啊！他笑答說，哪有啊？攏看不到錢。

我從窗口望出去，廣漫的海域，小島星羅棋布。我順口問說，澎湖有一座島叫貓嶼，我們的船沒有經過吧？他說，貓嶼啊？貓嶼很遠哦，如果想去，只能包船，從馬公開船，要三個鐘頭。他回過頭說，去那裡沒什麼可看的，只有很多海鳥而已。我想起一位喜愛賞鳥的朋友曾向我提起過貓嶼，說上頭有很多燕鷗；有一段日子，海軍艦艇常把貓嶼當作砲擊的目標，使得成千上萬的燕鷗流離失所。而聽說近半年來，海軍採納愛鳥人士的建議，已經不再將貓嶼當靶子，燕鷗又回到牠們的家鄉來了，這是好事情。

交通船逐漸接近望安島，島岸樸素古意的屋子清晰可見。一架臺灣航空公司的小飛機從我們的頭上嘩啦嘩啦地飛過去，像隻海鳥般的降落在望安島那片蒼綠的草原後面。左舷，忽然一群飛魚破浪而出，鱗片在陽光裡閃爍如銀。我驀然想起前年我來澎湖的時候，在一處海灣，看到人們合力將一大群海豚趕到淺灘，然後掄起棍棒，將那群擱淺著的哺乳動物活活打死，不論海豚母親，還是剛剛出生不久的小海豚。那是我印象中，最殘酷、慘烈的一次血腥大屠殺，我站在岸邊，整個海灣沉浮著海豚的屍首，殷紅的血染紅了岸邊的海水……而漁人們笑逐顏開，站在岸邊和商人議價，並且趕送魚市場，可以賣個好價錢。

我一直記得那些海豚在淺灘間的垂死掙扎，耳邊還清晰地浮現那群海豚們淒淒的哀叫聲。

海峽在黃昏的夕照裡，寧靜得一如古代的銅鏡。

我沿著草原的邊緣慢慢走著，幾頭黃牛正被驅趕著回家，有人在田裡收取花生，這片海島貧瘠的土地只能讓花生滋長，還有那種開出橙紅色花朵的天人菊。望安島永遠是這樣寧謐，這裡的島民也是，一臉平靜地工作、生活，反而我這個來自遠方的異鄉人在這裡顯得格外突兀了。

回到旅舍，老闆娘帶著她幾個孩子，還有幾隻小木板凳，興沖沖地要出去，看到我忙著招呼說——來去廟口看電影啦，說是香港片呢。一溜煙，就看不見人了。而老闆娘跑出去了，櫃檯上頭那部彩色電視竟忘了關起來，而聲音卻聽不到，只看到楊麗花笑咪咪對許秀年不知在說些什麼？大概是在調情。

正打算到附近的飯店隨便吃點什麼，旅舍的老闆騎著機車回來了，看到我，露齒一笑。我說，老闆娘和孩子到廟口去看電影了。他說，沒關係啦！望安島沒有小偷，晚上門不關都不要緊。我問老闆說，這附近哪家飯店的口味好。老闆拍拍機車後座，示意我坐上去，他自告奮勇要載我去；他並且說，我是今天唯一的客人。

望安島，夜來十分地寂靜，我順著小街走去，兩旁那些用硓砧石築起的老屋，不知道有多少年代了？有的窗裡透溢出暈黃而溫暖的燈光，有的卻闇黑一片，不知道老屋的主人到哪裡去了？在一個巷角，一架輪軸已經朽壞的老牛車破破落落地倚牆擱著，好像如果沒有這片牆，老牛車就會分崩離析似的，好不淒涼。望安島應該有很多故事吧？

有人在街邊辦喜事，鄉人們興高采烈地舉杯祝賀一對新人，而賀客們大都是上了年紀的島民；粗糲、黝黑的皮膚，多皺紋、滄桑的臉顏，討海人特有的一種堅毅。而為什麼，年輕的望安人那麼少？連那對笑盈盈的新人也在答酒時，向老鄉親們款款訴說，他們在高雄的家如何如何，他們也是一雙異鄉人，只是回到望安鄉來回門作客。

而我穿過喜宴的鄉人，像個幽靈般的來到廟口，果然廟口張著一大塊白布，放映機咔咔咔地響在晚風裡，成龍正駕著飛車，把那群洋人整得七零八落，唉，可憐的民族自尊也只能在銀幕上贏得島上的老人及孩童們的一片笑聲。我站在人群後面，仰首望向夜空，海峽一大片星群。

望安島的夜，星星和潮聲，今夜，我是否會失眠？

1985

夜半小市集

1

那女人把冰鎮過的蓮霧串用鹽水澆了幾次，低下身去，在攤車下摸索了好半天，然後仰起頭來，年輕而有些滄桑的臉顏一副焦急無措的表情——歹勢啦，卻找不到一個塑膠袋裝。我說沒關係，用手拿就可以。說著就接了過來，並且為了讓她放心，我咬了一大口蓮霧，冰鎮得很好。

女人回過頭去，打了個哈欠，在機車旁懶懶地坐了下來，抓起一枚黃橙橙的脆柿子，用刮刀順暢地削去表皮。我沒有馬上離開，我繼續咬第二枚蓮霧，咬下去，就發出脆裂的響聲。有夠涼嗎？她問。我嘴裡塞得滿滿，牙齒與舌頭正與清甜的果肉纏鬥，無法答話，只好點了幾下頭。

子夜一點十六分，這個小市集依然燈火明亮，更明亮的是前面這座十二層樓高的旅店。據說，只要你付得起錢，醇酒、美人任你挑。

賣蓮霧、脆柿子的女人彎身往攤車底下鑽，我的視線追隨著她的動作——攤車下睡著一個兩三歲大的小女娃。就睡在攤車底下用三夾板圍起來的空間中央，小女娃蓋著一床小被，兩隻小腳丫沒穿襪子，探出單薄的被外，卻睡得十分入眠。不知道會不會凍著？更深露重的。

女人又連連打了好幾個哈欠，削脆柿子的動作也停頓了下來，一雙疲倦、惺忪的眼，惘然地望著夜暗的街道。一對男女從計程車相擁著下來，男的似乎喝了很多酒，一臉通紅，踉蹌的扯著那個長髮的女人就往旅店奔去。

等一下啦！我買一袋水果。剛剛酒喝太多，口乾得很呢。女的嗲聲嗲氣地向著男人說。男的邪邪地笑出一臉的貪婪，雙手扠腰，任由女的在攤車前挑著水果。她一面挑，一面和賣水果的女人談起話來——妳頭家還有多久才回來？算算，也快兩年了吧？語氣裡，十分悲憫、諒解的。

賣水果的女人聽到她這麼一問，整個人都愁了起來，臉上熬了一整夜的倦怠好像加深了好幾層，垂著頭，哀傷地答話——昨天才去龜山面會，還有三年多，孩子都快念小學了……唉，誰要他倒了人家那麼多錢。

快點啦！買個水果這麼慢，雞都要啼了。男的叫了，說著，動手輕佻地摟著女的白皙而裸露的肩頭，拉扯地擠進旅店那狹窄的升降機裡，那滿身酒氣的男人還把臉整個欺過去，涎著要吻女的嘴唇，被她笑著推開……

而賣水果的女人，依然垂著頭，凌亂的髮蓋住她低埋的臉部，不知道表情是怎樣，只是兩手還不斷地削著脆柿子。

2

暈暈黃黃的電石燈下，那些滷味上頭點綴著幾根紅豔豔的生辣椒，格外引人食欲的。幾個花枝招展，在旅店工作的女孩擠在攤邊，向著賣滷味的福州人嘰嘰喳喳地要這要那，很迫不及待地伸出她們塗成銀色的尖指甲，去挾鴨舌、豆乾吃，還一直催促著。妳們四五個人，我一個人只有兩隻手，又要吃又要趕，妳們要叫我怎樣？福州人嘴裡這般唸著，臉上卻像滷味一般，泛著油亮的笑意。

女孩們走了，這福州人站在他滷味攤的前面，那臉上的笑意一直沒有停歇，只是淡然多了。拿起那把油亮的菜刀，抓起一塊抹布擦擦，靜靜地等待。看了他很多次了，無論有沒有生意，總是一臉的笑意，一副知足常樂的樣子。他們說，這福州人賣滷味十來年了，靠著這項流動行業，把兩個孩子送上大學。一生的風霜，在眉宇之間隱然可見。

一輛迅雷小組的警車慢慢地停在路邊，幾個穿著淺藍色制服，全副武裝的警員朝這個方向走來，年輕的臉顏間也流露著夜來自然泛出的某種疲乏，他們在旅店右側那個賣紅茶的舖子停了下來，大概是很口渴了，五百CC一杯的冰紅茶咕嚕咕嚕地下肚。每個警員看起來都很年輕，中南部的純樸，帶點兒少年的稚氣，不知道以後會不會變得油腔滑調？在這個充滿紊亂而又不實的城市。

他們上了警車走了，車頂上紅色的警示燈在幽深的夜裡顯得孤零卻又觸目驚心。不知道他們內心裡孤不孤獨？

賣肉粽的把摩托車停在滷味攤旁，然後熟稔地和福州人打招呼——伊娘的，今晚生意有夠歹，繞了半天的街仔，肉粽賣不到幾個。福州人笑呵呵地遞上一根長壽菸——老兄弟啊，你就不必白走那麼多的路頭，像我這樣，守在這裡，賣旅館的賺吃查某就可以了。他們互相調笑著，一邊不約而同地把視野擲向旅店門口川流不息的男男女女。

很多女人，白皙而有些陰鬱的，很少見陽光的那種，讓計程車把她們帶來，下了車，頭也不回的，踩著三寸高跟鞋，叩叩叩拐入忙碌的升降機裡，她們要靠著青春的肉體討生活；她們的臉上很少露出笑容，除了面對客人，而那種笑也是很悲苦的吧？這樣的女人背面有怎樣的故事呢？

升降機把女人們送上去，又把另一批女人們送下來，她們匆匆忙忙的，用著略微急促的小碎步，踏上門口等候的計程車，絕塵而去；到另一個旅店，去敲另一扇陌生的房門，從一個男人到一個男人，不管他是誰，只要他付出代價，如果哭泣，也是暗自的，絕不要別人看見。

夜很深很深，小市集在等待，女人們同樣在等待。

3

女孩提著一籃子的花朵，紮得亮亮麗麗的。滿天星圍繞著紅玫瑰，小野菊依偎著康乃馨，女孩沿著這條燈紅酒綠的小街走下來，穿梭在酒店及夜市攤間——先生，買一束花吧？那些喝得臉紅的男人，摟著身邊笑得花枝亂顫的女人——要不要花，我送妳一束。花是代表愛情啊！

這句話真是人生最大的嘲諷吧？很多愛情是要用錢去零買的。喝酒以後，男人變得容易膨脹自己。白天時被現實傷害的自尊在酒與女人之間，逐漸獲得撫平；連愛情兩字都可以脫口而出，此時此刻，三杯下肚，豪情萬丈，買一束花送給身邊這個用錢買她幾個小時的女人又有何妨？

女孩也疲倦了，籃裡的花朵好像一點也不疲倦，花瓣舒展得十分美麗，像許多張開的唇，靜靜地吸吮著深夜冷冽的露水。而女孩也張開著唇，趕忙用手遮掩，是睡意圍聚了她。她站在旅店門口，看到一對男女剛走出來，似乎要叫計程車的樣子——先生，買一束花好嗎？她挪身過去。那男人連看都不看她，拉著那女人的胳臂，把她推入計程車裡——北投溫泉路！計程車留下一抹煙塵，女孩雙手提著花籃，淒涼地站著，好像她已被這世界遺忘似的。

旅店右側，那幾個排班的計程車司機正圍聚在香腸攤旁玩牌，不時發出一陣喧譁的笑鬧聲，賣花的女孩孤獨地站在遠處，低著頭仔細地盤點著籃裡的花束，她微蹙著眉梢，是不是煩憂還有好幾束未能賣出的花，賣不出去就讓花朵兀自枯萎嗎？她慢慢地走遠，夜這麼深了，她是還要去賣花？還是回家？十七、八歲，單薄的女孩。

香腸攤的中年男人拿著筷子，專注地翻著那些在炭火上烤得很熟的香腸，一面不忘了伸過頭來，關切一下這幾個玩牌的計程車司機——輸的人要請吃香腸。這是他們的約定。所以要用心地烤幾條夠味的香腸，這是一筆生意。

不玩牌的計程車司機，有的竟靠在駕駛座上睡著了，有一個把車門敞開，坐在駕駛座上，孤獨而落寞地抽菸，一口接一口，好像要把內心的許多鬱結，藉著香菸，傾吐出來。我認得這個司機，也坐過幾次他的車子。他們說，他曾經是一個很有規模的針織廠的老闆，這幾年臺灣經濟遭遇到空前的不景氣，他賠掉了所有的資產，到最後，只好靠開計程車維生了。人生，真像浪潮，時起時落。

而旅店門口，賣檳榔、香菸的老婦人，似乎是強忍著沉沉的睡意，埋頭弄著檳榔的配料，一口接一口，並且整齊地排列在白色的瓷盤上，一切都是為了奮力討生活。

夜已經很深很深了，我該回家，而小市集靜靜地明亮在那裡，好像一盞孤寂的燈。

1985

滿山菅芒花

1

他常常伸出手掌，讓我細細的看掌心那片傷痕。

快四十年了，傷痕的形狀，像一條深褐色的水蛭，緊緊的爬吸在他粗糲的掌心裡，彷如一塊凝結的血。

常常去他的麵攤子吃炸醬麵，他的酸辣湯燒得也相當道地——山東人嘛。有一次誇獎他出色的烹飪手藝時，他順手點起一根新樂園來，身子靠在砧前，油亮黧黑的臉顏，在向晚剛亮起的六十燭燈泡下，露出一抹戚戚的微笑。

第一次光顧他的麵攤，已經是許多年前的事了。那時剛從軍隊退伍返鄉，也正由一個悲愁而愚蠢的戀夢中逐漸抽身出來；面對我們的教育從不教導我們如何去面對的繁複社會，年輕的心靈卻有著被愚弄、傷害的疲倦與蒼老。那是一個冷慄而灰暗的冬天，我還記得，是一九七六年。

他專注地翻轉那塊在油鍋中嗞嗞作響的排骨，另一隻鋁鍋中，水正沸騰，白熱的水氣在他與我之間形成一道幃帳——好像……沒見過你？他睨著眼，隨口問我，那抹眼神竟銳利得具有相當的防衛性。我住巷口，剛剛退伍。我說。他啊——的一聲，好像一時間釋然了什麼。

剛炸熟的排骨，擱在撈入油湯的麵條上，褐色的肉塊間還膨脹、破滅著油泡，然後他雙手端著遞過來——酸菜在這兒，要多少就加多少，自個兒來。我接過他在熱水中泡過的竹筷子，看到他左掌心那塊深色的傷痕不禁一驚。

手怎麼了？我好奇地問起，他似乎有些神情緊張，雙手不停地在腰間的圍裙上相互擦揉，好像要擦掉什麼。手掌割到啦？我再問。他點點頭，淡淡地說沒什麼。

冬夜很冷，傳播媒體不斷地告訴我們，西伯利亞寒流橫過整個東北亞大陸及沿海，臺灣在寒流的全面籠罩下。麵攤子沒什麼生意，只有我縮著頭，要把這碗藉以果腹的排骨麵吃完；偶爾，一個路過的女人會來切一袋滷菜，等待時，一直呼好冷好冷。然後提著滷菜，踩著高跟鞋，叩叩叩遁入巷裡那家霓虹燈亮得十分孤寂的酒吧裡。

我靜靜地吃麵，忽然，他推了一杯米酒過來——喝點吧，暖暖身子。我抬起頭來，他正拿著一瓶紅標米酒，往手裡的杯子倒。我遲疑了一下，他笑了起來——我請客，不收錢的。我訕訕然地說，我不太喝酒。他臉肉一繃——當兵的不喝酒，俺不相信！似乎僵了這麼一下子，我拗不過他的好意，拿起杯子，淺淺地啜了一口，辛辣熱燙。

好，好。他黧黑、油亮的臉顏充滿著讚賞。

2

他似乎一直是個很孤寂的人，沒有成家，就在靠近鐵路旁的違章建築裡租了個房子；每天把麵攤子推出來，夜深時再推回去，他話不多，卻不會顯得難以相處。那口山東腔依然很濃，卻也很努力地用他的山東腔學說閩南話。

他的麵攤生意有時做，有時休息。巷子口那些計程車司機常開他玩笑，說他不做生意的日子，一定是到華西街找女人。他也笑一笑，從不生氣，有時會忍耐不住地罵幾聲，用山東腔閩南話，笑罵著——你娘咧！胡亂講。

有一次，我去吃麵，他神情有些異樣，少見的一臉悲愁，下麵時有氣無力，心事重重，好像剛經歷了一次疲倦的旅行。問了幾次，他都不肯說，只是揮揮手，神色黯然地說——你就別問嘛，唉。既然他不說，我也沒有追問的理由；付了麵錢，我就回去了。

過幾天，我再去，他還是很疲倦、悲傷的樣子。我說，什麼事讓您憂煩成這種樣子？會對身子不好的。他抬起頭來，深意地看了我一眼，長長地歎了口氣，找了個椅凳，頹然地坐了下來——要不要喝杯酒？他看我一臉訝異的模樣，接著說——陪我喝一杯嘛，心裡煩。我答應，他彎下身子，從攤下摸出了一瓶金門高粱，倒了滿滿的兩杯。

高粱喝掉半瓶，我感到醺然，頭很沉重的感覺，甚至有些神智朦朧了。他卻似乎沒事，依然招呼客人，熟練地下麵，切滷味……不知道什麼時候，他又坐回來，開始跟我說話。我把沉重的頭顱倚靠在左手上，神智朦朧，卻又似乎異常地清晰，一些細微的聲音都可以清楚地聽見。

他幽幽地說起，前些天到高雄去看他的老同袍，與他出生入死過的一個安徽人，病故在榮民醫院裡。很久沒去看他，接到信說他病危，到了高雄，他已經過世——幾十年的老友囉。他不勝感慨地說。我靜靜端詳著，隔著兩尺寬的保麗板桌子，竟覺得他是在很遙遠的地方。

他慢慢地把左手掌攤開來，那像水蛭般的褐色傷痕清楚地呈露在我似乎朦朧，卻又異常清晰的醉眼前——我的老友，以前是這樣和我串一起的。他的話，我不太能明白。他看出我的疑惑，笑著舉杯喝酒，然後說下去。

3

在遙遠的山東半島，濱海的農莊，只有幾百戶人家。

那年，我十七歲，上過兩年私塾，就幫家裡做莊稼，勤勞單純，沒有遠走他鄉的壯闊心懷。只希望在種滿麥子的故鄉田園，靜謐地過完一生；把祖上的田地耕種得更豐饒。十七歲，這個山東少年。

然後，內戰的烽火燃燒到這個寧靜濱海的農莊。鄉人們看著軍隊開了進來，要糧食，要牛馬，甚至要壯丁，幾個反抗者被槍殺在宗祠前的大埕上。我被母親藏在倉房裡，他們搜刮一切，然後呼嘯而去，留下婦孺的眼淚以及滿鄉的瘡痍。

以為一切的災厄都過去了，我繼續耕耘田地，早出晚歸，內心有片烏雲般的陰霾，卻由於年少，純真而易於遺忘。就在一個向晚，我結束耕植的工作，踏著輕盈的腳步，順著蜿蜒的田間路回家時，前方塵土四起，並且慢慢挪近，等看出那是一隊荷槍實彈的兵時，我已經措手不及了，丟下農具轉身就往回路奔，他們追過來用堅硬的槍托猛擊我的背脊，我被七手八腳地擒住。

軍隊沒有進入村子，沿著鄉外的路離開，我被麻繩綁著，最後一瞥是故鄉那片連綿不盡的丘陵上，白茫茫一望無際的菅芒花。白茫茫，好像十二月的冬雪。

我從沒有離開過故鄉一步，軍隊帶著我去試探一個不知道前程如何的天涯。只記得，離開故鄉是往北邊的方向，然後，就沒有再看過故鄉，一生都沒有再看見過。

後來趁著一個沒有月光的深夜，我與一位被軍隊抓來的同伴，往一座山裡拚命逃亡；像兩隻驚惶而疲憊的野獸，奮力在黑暗、危險的山裡奔竄。冬天，山裡盡是尖利粗壯的菅芒花，像薄刀片一樣，割著我們的四肢，我們全身傷痕四布，一邊奔跑，一邊幾近無助地哭號。然後，是幾枝冰冷而堅硬的槍口指著我們，然後是拳打腳踢。

我和同伴被帶回來，他們不再用繩索綑綁，兩個人的手掌緊貼在一塊，掌心與掌心之間，被一根燒紅的細鐵絲串過去。我和同伴跪在菅芒花滿山的硬土上，痛楚、絕望地放聲哭號。

然後，我逐漸長成，跟著軍隊，走過半壁河山，生命的冊頁一年一年無聲地翻過去。但無論身在何處，秋深以後，滿山白茫茫的菅芒花總會讓我想起永遠無法回去的故鄉……母親怎麼樣了？那片廣闊的麥田怎麼樣了？我不知道，也再也不想知道……

4

連續幾個星期，都沒有看到他推著麵攤子出來，旁邊那些攤子說，他住院了，聽說是肺病。和他認識這麼多年，沒聽過他生病，一病就住院去了？他們說他住馬偕，我買了一盒水果去看他，問了半天，醫院說沒有這個人，我悵然若失地回來，覺得有些荒謬，內心卻又感到一種淒楚。

幾天以後，卻看見他站在香腸攤旁邊看人擲骰子，臉色乾黃的，大病初癒的樣子，瞇著一雙眼，很怕午後炫亮的陽光似的。走過去，問他住院的情形——我沒住院呀，我只是去高雄，看看我老友的墓，幾個月沒去清理，墳頭都長滿了草，尤其是那種尖利，會割人的菅芒花。

幾個星期不見，他似乎清瘦多了，額頭上的白髮也零散著，在午後的風裡，微微地搖動著，真的很像，很像深秋滿山遍野的菅芒花。這個老山東人，這個老山東人……我忽然有種難以克制的激動，濕潤的，卻忍抑流淚的感覺。

要不要吃香腸啊？我擲骰子不會比他們差。他笑說。

十八啦——聽他用著山東腔的閩南語，大聲吆喝著，骰子在碗公裡叮叮咚咚地跳躍；我忽然覺得很蒼茫，就像深秋時，在山野，滿眼白茫茫的菅芒花，那種堅韌卻淒涼的植物。那麼孤寂、憂傷，又不為人知，彷彿是他們的那個年代。

1986

在舊市區散步

1 臺北橋左轉

對於我這個從小在臺北舊市區長大的人，古老的臺北橋對我是不陌生的。小學念的是橋下不遠處的太平國小，常常在放學時候，和同學站在狹長的堤岸，遙望淡水河對岸；臺北橋迤邐地橫跨過寬闊的河面，對岸是三重埔。

那個年代，淡水河還沒有受到太多的污染，夕照下的河面有許多舢舨，正在拋網捕魚，撈蛤蜊。河岸茂密的樹林，有一大片極為優閒的茶座，簡陋的竹棚，隨著晚風微微飄至的歌聲、笑語，那是大人在水門外的舊事了。

而戴著日本小學生般的制帽，金色衣扣西裝式藍色冬季制服包裹下的我，二十五年前的自己；站在起風的堤岸默默地望向河對岸，臺北橋即將改建。那是我童稚的眼裡，臺北橋的最後一瞥吧？鐵架橋拱，一個接著一個，從臺北舊市區到三重埔，那是一個十分遙遠的地方。

二十五年後，路過舊地，已是截然不同的兩種心情。

堤岸正在加高，試圖防洪；防石門水庫雨季超量的洩洪，防淡水河口的海水倒灌。這些似乎是堂而皇之的理由，而更重要的，應該是試圖把淡水河與人們隔離——淡水河已經瀕臨垂死，看看沿岸的工業廢水、家庭污水把這條原是潔淨的河淩辱成什麼樣子。而我們也任其污染，從不想如何來整治它，像中國人的通性，造一堵高堤把河與人們的眼睛隔離，眼不見為淨；而腐臭味，怎能欺瞞所有的鼻子？走過臺北橋，是件不愉快的經驗。

我常常一個人從臺北橋下左轉進去，那是老臺北仍然殘存的一角。靠河岸的一條狹長的巷道，卻有著堂皇的街名，叫做：貴德街。從清廷割臺，到日本殖民結束，五十年遙長的歲月，臺灣茶就以貴德街為主要的集散中心，從貴德街外的河港，船舶直放一水之隔的唐山大陸或更遠的九州長崎……不知道當年商賈雲集的貴德街是何等盛況？

我在夜晚靜靜地走過狹長的貴德街，那些大正時代或昭和初年氣派非凡的西式建築，雖然頹舊，卻仍然堅實地佇立，且透溢著當年豪門貴族的舊日光華。精雕細琢的簷下，哥德式的長窗透出暈黃的燈光，彷彿回到了古代。

狹長的貴德街，古洋樓把夜空都擠成一條長縫，幾顆冷冷的星子很孤高地閃眨；賣麵茶的手推車從街的那端緩緩過來，攤前的電石燈微微晃動，近身時，才聽到燒著熱水的錫壺呼呼地叫出聲。頭抬起來，簷上的窗口懸著爬藤植物或小盆栽；不知道從哪扇窗裡傳來的，輕柔的鋼琴聲……鼻息裡，仍然有淡淡的茶葉香，在繁複虛華不實的新社會，貴德街似乎一直堅持著它沒落貴族的尊嚴。

從貴德街繞出來，街燈好像明亮許多，車聲、人聲都像波濤般的朝著耳膜襲擊而來。再走下去，就是迪化街。

我很喜歡迪化街那種平民性格的熱絡，不像貴德街那種侯門深似海的感覺。古老的迪化街似乎改變不多，幾十年來就是這樣——南北雜貨的批發、零售，從出生到死亡，所有能夠在生活上用得著的，迪化街一應俱全。

改建成大樓的房子很少，還是光復前後，甚至是日據時代的形式：平房或二層樓，底層是貨物豐盈的店舖，有中藥材、海產乾貨、糕餅類……我喜歡走過每一家老號店舖，暈黃溫暖的燈光下，那些乾貨泛發著一種被鹽漬或脫水過後的香氣。年老的店東和壯年的兒子伴著朝氣蓬勃的孫子在這裡親切地迎送客人，你買不買，一樣客氣。

有一次，路過迪化街，看到一家中藥店，陳舊古老的廊下停駐著一部朋馳四五〇房車；而老店東竟然斜靠在後頭的帳桌旁睡著了。頭與手肘抵著一隻鐵製的保險櫃，仔細一看，上面鐫刻著菊花圖案，年代看不清楚，只看到「大正」二字，想必已經是十分古老了。

迪化街，是有人情味的地方。我喜歡這條古老的街道。

2 江山樓附近

迪化街轉歸綏街走出來，就是延平北路二段。

延平北路二段的特色是很多銀樓、佛具店。舊名大稻埕，在臺灣近代史上，這是一個相當重要的地方。印象最深刻的是常常到第一劇場看日本電影，有一連串童年時代的銀幕英雄，至今仍深刻地留在記憶深處。像小林旭、石原裕次郎的遊俠電影；三船敏郎、仲代達矢、大川橋藏的武士電影等等。童年的甜美記憶，是由他們所串起來的。

偶爾會在錄影帶裡再次邂逅他們，我童年時代的銀幕英雄，他們已經老邁了；歲月就是這樣，讓一個當年懷著夢與理想的孩童已是三十多歲，滿身塵埃地微近中年。

而第一劇場對面的保安街，人稱「江山樓」一帶的地方，從我童年印象至今，還是充滿滄桑、血淚的傷心地。械鬥、娼妓似乎已成為這個地帶的特色，連帶的是性病診所，賣消炎片的西藥房、美容院及小吃店。

在那些幽暗的窄巷裡，紅紅的燈影朦朧中，倚門的女子用著強裝出來的笑容，喚你進去。低胸高衩的洋裝裹著的，是一具備受摧殘的肉體；在塗滿著厚重脂粉後面的臉是麻木滯然，還是痛楚扭曲？迷濛的燈影，什麼也看不真切啊。念中學時，有一次從煙花巷口路過，看到一個滿臉橫肉的男人，一手抓著一個瘦削女子的長髮，一手猛摑她耳光。那女子竟連一聲都不吭，唇角都是血跡，像一具傀儡般的被這凶蠻的男人毒打，然後不支的倒在地上，那男人還不放過她，猛踢她幾腳，女子翻了幾下，暈死過去。

圍觀的人們誰也不敢插手，只是交相搖頭歎息。他們說，這慘遭毒打的女子是煙花巷中賣身的，被父母典押在那裡；試圖逃離，而被綠燈戶的保鏢攔截毒打。大家就眼睜睜地看那男人拉著奄奄一息，遍體是傷的苦命女子，回到煙花巷裡，可以想見這女子以後暗無天日的皮肉生涯。

那年，我十六歲，我和大家一樣的圍觀，卻不敢作任何的干預，我們的社會就這樣的教育我們。

十多年悄然過去了，煙花巷沒落了許多，年輕的女子都不知道哪裡去了？已經從良抑或仍在島嶼的某地，販賣她逐漸人老珠黃的肉體呢？有時夜過歸綏街，仍然可以看到那些掛著分級店招的綠燈戶，幾個濃妝的女子坐在一起，用著一雙似乎疲倦、迷茫的眼眸，望著門外緩緩散步而過的男人。不然就幾個圍在一起，撿紅點或接龍打發時間，生意似乎冷清好多，真是慘澹的煙花人生。

據說，江山樓曾經有過它璀璨的歲月。在日據時代，擅歌、彈琴，與文人雅士對吟詩詞的藝妲，如今都已成歷史散逝久矣的煙雲了。江山樓早已拆除，改建成十層大樓，充斥著賓館、婦產科醫院……當年與那些美麗、可人的藝妲談詩論曲的風流年少，想必也已是垂暮之年了。

一切都不留痕跡，所有的悲喜、榮辱都會過去；而那些煙花巷裡受盡煎熬的苦命女子，她們記憶裡的江山樓絕不會是藝妲與風流年少們的賞心軼事，只有驚悸與淚水凝聚的巨大傷害吧？也許，只有忘川之水能夠讓她們遺忘。

走過江山樓一帶，我的心情總是低沉和感傷。

3 寧夏到錦西

江山樓走出去是重慶北路夜市，入夜後，星雲般的燈火把整條街點亮如不夜城。吃食、衣飾、賣藥郎中，這是一個老臺北舊市區不變的景象。這樣的夜市從重慶北路二段繞到南京西路口，一直迤邐成一片亮麗的環狀地帶。圓環夜市幾十年來，毫不改變地座落在三條大道中間，裡面的小吃攤一擺就是二十年。魚翅肉羹、蚵仔煎、麻油腰花、八寶肉粽……夜市生意做到凌晨，人潮依然洶湧，好像永不疲倦，非和夜晚爭個時間不可。從圓環再一路亮麗到寧夏路與民生西路的交叉口。從靜修女中開始，整條寧夏路就幽暗了下來。

一直很喜歡靜修女中那片古意盎然、西班牙式的校舍建築，有典雅的鐘樓，哥德式的窗子。而兩年前，女中改建了，卻蓋成像突兀的城堡形式，許是為了容納數量增多的學生；蓋了很多層，有直削的塔尖，在夜暗裡猛然仰首一望，會有兀然的驚心，彷佛是百年陰森的古老城堡。

走寧夏路這段，總是會有所惶懼，陰暗了些；警察局在女中左側百碼之處，還是光復前的古老建築。日據時代是臺灣人聞之膽顫心驚的「北署」，臺灣抗日志士蔣渭水就曾經被囚禁於此；現在是臺北市警察局大同分局。

童年就是在這附近度過。警局後頭的巷子，是我和童伴嬉遊、追逐過的舊地；那裡的建築還是平房，也沒有改變多少。常常會帶著一分懷舊的心情，從寧夏路右轉錦西街，然後再右轉警局後面的第二條巷子，慢慢地散步，這條留下我童年眾多記憶的巷子，怎麼忘也忘不了。在那一家雜貨舖買過砂糖、醬油；在那一個轉角的屋子理過頭髮，那家早上炸油條的紅磚房子還在，就是不知道那兩個炸油條的退伍老兵還在不在？我都很晚才去，很多屋子都關起門了。有幾個年歲與我相仿的男人，用著似曾相識的眼神看著我這個闖入巷子裡的陌生人。是不是我童年時候的玩伴？我不敢確定，我靜默地順著長長的巷子向前走去。

生命究竟是怎麼一回事？我經常作這樣的晚間散步，是為了找尋昔日的記憶嗎？小巷依然，而很多童年玩伴似乎都已搬離這條巷子了吧？而一直居住在這裡的，似乎彼此都很陌生了。像我一樣的年歲，也都結婚生子，成家立業，也為現實生活的殘酷，而每天辛苦地奔波，討生活吧？

這條巷子的盡頭是民生西路。近路口的地方是一家澡堂，還存在著；祖父曾帶我去洗過好幾次，而祖父已經離開這個人世快三十年了。再過來，是豆腐店，現在還是。賣金紙、香燭的店舖依然開在那裡；那個老闆我還深切地認得，現在都已經是兩鬢飛白了。

童年的巷子竟然沒有改變，這是令我一再想去回顧的重要理由。我知道，年過三十的我，已不能再試圖從以前找回什麼失去的事物，也許我只能用回憶來撫慰某些失落的、挫傷過的往昔吧？而這畢竟是令自己想起會有所慨然的。但童年的巷子還在，我為什麼不回去看看？

巷子出來，順著錦西街直走，經過初中母校，北淡線鐵道就橫在那裡。仍然保持光復前模樣的雙連火車站，包含我對二十二公里外那濱海的小鎮淡水多少的眷愛與惦念？越過平交道左轉天祥路，就是我所棲宿的家。

喜愛在舊市區散步，因為它是我半生以來最為熟悉的地方；也許是因為一份眷戀，並且舊市區讓我永不忘記童年。

1986

雨夜基隆港

再遇到表姊，已經是很多年以後的事了。

那天，抵達基隆已經是向晚的時刻，古老的火車站由於下班交通流量的增加，顯得格外擁擠；走出車站，才發現外面正落著微雨，沒有帶傘，內心一種焦躁與煩鬱油然升起。又退到簷下，磨石子地已經踩上許多濕濡的鞋印。

要坐車嗎？八斗仔？瑞芳？獅球嶺？一個額頭爬滿汗珠，有著十分壯碩體型的男子朝著我問。搖搖頭，他轉身繼續招呼客人——瑞芳啦，九份仔嘛也要跑，去不去？

我在等候幾個護校的女孩，很多天以前，我就應允她們來做一次文學性的演講；雨愈來愈大，還沒有看見她們。

港務局大樓在濕濡的夜雨中仍然佇立在那裡，灰鉛色的海軍補給艦、海關緝私艇靜靜地棲泊在岸邊；更遠處，隔了幾百公尺寬的主航道，與海運大樓並排的，是占地龐大的文化中心。隱隱約約的，可以看到文化中心前面那巨大的鋁質現代雕塑，平滑亮燦地反射著從它身旁閃過的車燈。一艘插著巴拿馬旗幟的貨櫃輪正在離岸，笛聲頻傳。

傷逝兩年的阿媽，她老去的臉顏驀然湧現了上來。

六歲的時候，她第一次帶我來基隆，這是她的故鄉。親戚的家在綠橋下，三層高的樓房，樓下做冷凍庫的生意，替漁船帶回來的魚貨冰存，以及製造冰塊等等作業。六歲的我，害羞而拘謹，阿媽把我叫到前面，我又瑟縮地躲了回來——哪有男孩子這樣？阿媽憐愛地打了我一下屁股，再把我推了出去。前面大大小小十幾個人，阿媽從大到小——叫姑婆。姑婆。叫舅公。舅公。叫姨婆。姨婆……阿媽點一個，我就叫一聲，大人們都呵呵地笑應著。

這是表姊。阿媽把一個穿著白色小洋裝，梳著兩條辮子的小女孩喚了過來。看起來個子都沒有我高，怎麼叫表姊？緊閉著嘴，不叫就是不叫。小女孩比我大方先自我介紹——我叫雪子。雪子。我隨口叫出來。阿媽說，不能這樣，還是要叫表姊，表姊就是表姊。

我一直沒有叫她表姊，我還是喜歡叫她：雪子。童年時候的基隆，似乎是和現在沒有太多的差異。阿媽常常帶我來基隆小住，尤其是阿公過世之後，來基隆的次數就更加頻繁了。我常常喜歡一個人坐在三樓的窗口看外面的景物。綠橋就在與三樓窗口等高的位置，很多的車輛來回穿梭，引擎聲終日不絕；綠橋下則是基隆火車站的鐵道，很多藍色車廂的列車轟轟然地進站、出站，還有那種黑色而雄壯的貨車，童年時候，這些都成為一種期望。

表姊雪子與我同齡，小小年紀卻比我懂事很多，她偶爾會站在三樓的樓梯口，睜著一雙黑亮的大眼看我，卻又沒有什麼話說，過一會兒就下樓去了。比我小兩歲的表弟則常常邀我到海邊去，或到外木山、獅球嶺看那些日本軍人留下來的舊碉堡。不然就到屋後的高砂戲院看臺語片，常常跟著大人進去，並且在黑暗的影院裡互相叫著名字。表姊雪子很少跟我們去，常常看見她坐在樓下冷凍庫前面的桌子上做功課、接電話，像一個心智成熟的小女孩。

有一次她倒是興沖沖地拉著我，要我跟她到冷凍庫裡看剛剛送進來的魚貨——看過嘴巴上頭有一支利劍的旗魚嗎？還有好多條鯊魚哪。推開冷凍庫的門，一陣冰寒迎面而來；果然那些魚貨把冷凍庫堆積得滿滿的。她一臉興奮的神采——我知道，你喜歡看大魚，不是嗎？我朝著她傻笑，不知道要說些什麼話才好？那年剛上初中一年級。

然後是舅公逝世了，舅公當了一任議員，再競選連任時竟然落選了：花費了很多錢，據說一半以上是借貸的，落選後十分沮喪，竟然自盡了。這件事對於阿媽基隆的家族影響是十分重大的，導致家族的逐漸沒落，又加上舅公兩個兒子分家分產，以後，基隆也就少去了。而阿媽逐漸老邁，我逐漸增長，也是少去基隆的主因之一吧？

表姊雪子開始不定期地和我通信，談的無非是她在女中求學的生活及問候；信中所言，淡淡如水，一絲波瀾也沒有。高二那年，她突然從基隆來看我，說她待在家裡很悶，除了女中的課業，就是家裡冷凍廠的會計業務——每天面對的，就是那些捕魚人、魚貨……十七歲的青春到底是什麼？她很認真地問我，我搖搖頭，我告訴她，我不知道。

我記得是帶她去看一部潘壘導演的電影：明日又天涯。攝影機居高臨下，整個淡水小鎮在微曦的晨光裡悠然醒轉；女主角騎著單車，穿著教會女中水手服的衣飾，走過長老教會那棟尖塔式的教堂……我指著美麗而純樸的畫面說，我很喜歡淡水，我去過好幾次。她側過臉來，深意地對我說——什麼時候帶我去淡水，好嗎？

表姊雪子，猶如她平靜清純的外表，沒有太多的話語，含蓄並且有著舊式女子的教養，一直在我的心裡，不曾有過一絲波瀾；我也自始不曾想窺探她內心在想些什麼。

多年過去，在感情的生命歷程中有過一次幾近翻覆的巨大磨難，幾乎令我對情愛的堅實信念為之動搖，而家裡對於我的婚姻又施加極大的壓力。表姊雪子從基隆到臺北來，很坦白地表明她內心蘊藏多年的想法。而彼時方經歷一次巨大翻覆的情愛，傷痕遍布的閃避下來的我，哪能靜下心來，思考、正視她所表露的意願？

再和阿媽去基隆，竟是去參加表姊雪子的歸寧晚宴。那夜，表姊雪子一身紅色旗袍，新娘濃妝下，覺得那張臉顏是異常的陌生。敬酒到我和阿媽這一桌，淺意應對，她明亮的眼神環座一圈，我微笑道賀，她似乎看見又似乎沒有看見，轉身時，白淨的耳垂兩串瑩亮的水晶晃動似淚。

緣起緣滅，聚散無常，人生亦然。

記得回家以後，我在日記的冊頁裡這樣寫著。

夜雨依然下個不停，七點差一刻鐘，三個護校的女孩有些慌亂地下了計程車，並且囑咐車子等待，然後用著焦慮的眼神找尋著我。其中一個和我見過面，盈盈的甜美笑靨迎了過來，隨即跟著她們上車，離開，前往她們學校。

九十分鐘之後，結束文學演講，我已置身在燈火輝煌、人潮摩肩接踵的廟口夜市。仍有微雨，港都一片濕濡，心情也一片濕濡；我自始不喜歡下雨的日子，尤其這基隆，這狹窄、多山又潮濕的港都，總令人感到一種憂愁。

獨自坐在消夜攤旁，喝冰凍的生啤酒，還有生魚片及鹽漬海帶絲。鄰座的兩個男子一臉通紅，桌角散了一地的螃蟹腳及蝦殼，三支紹興酒空瓶像醉漢般的相互依偎著；他們還在賣力的划拳，並且豪邁地灌酒，笑聲連連。

一大杯生啤酒喝完，有些醺然了，夜攤老闆娘不由分說地又倒滿了一大杯——人客啊，你能喝啦，我看你的臉就知道，兩個酒渦深深深，再喝啦。這般在商言商的半強迫方式，我沒有拒絕的理由，一個人喝酒不必計較太多。

然後，我似乎瞥見一雙似曾相識的眼睛驚訝地看著我，然後走近身來——你，什麼時候來基隆的？柔細的女聲。醺然的眼裡，一個膚色白皙，戴著金絲邊眼鏡的女子，一時竟想不起來是誰？她倒是自己先表明身分了——不記得我了？雪子啊。

真的是雪子，我叫她表姊的雪子。曾經當著我的面前，坦言要伴隨我一生的雪子。我慢慢地鎮靜下來，轉過身子向她微笑，不知道要說些什麼才好。卻還是說了——很多年沒見了，妳，都好吧？她深意地望了我久久，然後顯得有些慌亂地轉頭去招呼兩個四、五歲大的小孩，一男一女過來——是我的孩子，你們要叫——叫什麼，怎麼稱呼才好？雪子啞然失笑，兩隻牽著孩子的手顯得有些無措。

我也不知道要怎麼稱呼，我看就不必了，我說。

然後，竟然僵在那裡，不知道接下去該說些什麼才好？

還是她打破了僵局，說是帶兩個孩子回基隆娘家來玩的——還是綠橋下的舊居，要不要去坐一坐？

我搖搖頭——我待會要搭火車回臺北，還是下次吧。

下次，誰知道下次又是什麼時候呢？我暗自想著。一面端詳著這個與我青梅竹馬一起長大的女子，美麗而略為豐盈、白皙的膚色以及慣有的沉默，兩個孩子的母親。

卻感覺到一種由於長久的疏隔所導致的陌生，記憶在酒意醺然的腦門裡，不規律地翻了回來。想起高二那年，她突然從基隆來看我，說她待在家裡很悶，除了女中的課業，就是家裡冷凍廠的會計業務——每天面對的，就是那些捕魚人、魚貨……十七歲的青春到底是什麼？十七歲的青春？

十七歲已經離開我和雪子很遠很遠。

雪子帶著兩個孩子告別時，我似乎不很清楚，只聽見自己說——帶先生、孩子來家裡坐坐吧。好像就是這句話吧？雪子及兩個孩子都揮手道別，啊，雪子，很幸福吧？

雨還是牛毛般稀疏地落著，卻不感到潮濕，不知道是不是那兩大杯生啤酒的作用，主航道有些濛濛的霧氣，隱約的笛聲，不知道是船舶出航或進港？這個夜雨中顯得十分寂靜的基隆港，總是令人感到憂愁，是不是港口都具有共同的因子，代表一種漂泊與別離？

八斗仔？瑞芳？九份仔，有人要去嗎？又是同樣的一個人，還是額頭爬滿汗珠，有著十分壯碩體型的男子。我把硬票交給站務員剪洞，清清冷冷的月臺，往臺北的列車還在調整機車頭，發出低沉雄渾的引擎聲；鐵道在夜暗裡泛著微亮的清冷，紫色信號燈亮得很孤寂。

怎麼今晚，夜雨的基隆港顯得格外地淒冷呢？

1986

小站等車

1

常常搭乘第一班早車到淡水去。

北淡線從臺北後站開出的第一班列車是清晨四點三十五分，如果是在冷慄的冬天，離破曉還有好一段時間。獨自站在燈光稀微的月臺，微呈淡藍的霧氣從長長的鐵道那端若有似無地飄浮，好像是某種蠕動著的靈異生命體。

小站是日據殖民時期留下來的，可以清楚地看出還是保持最初的建築形式，木質的牆板以及格狀的窗櫺，剪票口木質，約有一人高的粗柵欄。第一班仍未從臺北後站開出前，小站裡的站務員們仍裹在厚重的棉被裡熟睡，他們似乎是忙了一整天，晚間就睡在隨便放置在辦公桌上頭的木板上，頂端還懸著一頂舊式的蚊帳。

然後他們準時地打開了小站內外的燈光，並且帶著濃重的睡意，開始賣票——排隊的，都是上了年紀的老人們，我認得他們，老人們對我也熟悉；他們幾乎風雨無阻地每天在小站搭第一班早車，到十多公里外的溫泉小鎮作健身運動，然後洗完溫泉浴，滿意地轉返。

老人們十分地豁達，由於常常搭第一班早車，在小站等車的時候，總在不經意地對望時，會投遞給彼此一抹善意的微笑，久而久之，自然的交談也成為一種必然了。最先，他們對於一個年歲差距這麼大的後生晚輩，會單獨出現在小站並且買了去淡水的車票，與他們一起等車，感覺到十分奇怪——以為只有老人才會透早出去運動，你這麼早去淡水？去釣魚啊？首次的交談是這樣開始的。

然後，從燈光昏暗的候車室到逐漸拂曉的月臺，他們三五成群地打開話題；無非是談論彼此自家兒女的種種俗事或議論親朋的近事，誰又做公做婆，誰又遇到病痛乃至於傷逝等等，或有欣慰，或有痛惜，對這群老人而言，他們千山萬水走遍，人間的酸甜苦辣已是尋常的小事了。

在逐漸拂曉，淡藍的霧氣裡，老人們微笑地等待第一班早車；彼此相望的眼神在昏暗的月臺燈光下卻顯得格外地堅定與信賴。我常常和他們一起靜靜地等車，總是感到有些心虛、無措，是因為自己還有好一段人生要走。

靜靜望著等車的老人們，無從、惶惑的卻是自己。

2

很多年以前，我獨自在遼闊的嘉南平原旅行。

到朴子站等糖業小火車，打算在向晚前趕到嘉義市。

遠方鉛灰色的天空雷聲嘩然作響，墨黑的綣雲逐漸湧漫開來，浪濤般的踩著茂密的蔗葉尖猙獰萬狀地撲至；隨後是豆粒般的傾盆大雨，潑灑在遼闊的嘉南平原上。

我在小站的簷下避雨，內心隨著大雨而潮濕得很。我走進候車室裡，一個手裡提著鉛桶，穿著國中制服的男孩向我走來，指著鉛桶裡用敲碎的冰塊凍著的蘆筍汁——要不要涼的？我正焦慮地等待雨停，沒聽到他的話——要不要涼的？小男孩的聲音提高不少，讓我驚嚇了一跳。

給我買一罐蘆筍汁好嗎？他有些靦腆地說，臉紅著。

喝完蘆筍汁，找不到果皮箱丟空罐子，正在極力尋覓的時候，一個戴著斗笠，褲管捲起一截，穿著一雙塑膠拖鞋的男人卑屈地挪身過來——我替你丟掉。說著很快地從我手中接過空罐子，然後繞到剪票口那頭，又很快地走回來，大概那裡有一個果皮箱。

能不能給我一支菸？他囁嚅地說。原來我胸袋裡那包長壽菸露出了上端，我遞了一支給他，並且替他點火，自己也點了一支。他抽了一大口，然後露出了很舒服的表情——你要去北港還是嘉義？我說嘉義。你不像在地人，頂港來的是不？我笑著點頭——臺北。

然後，他開始談起這一季的農作情形，他說他種過蘆筍，現在種西瓜，似乎是有很多的委屈與不平——你們臺北西瓜算片的，一片貴死人，我們原產地俗得有時就剩去飼豬；最怕落大雨，像這種大雨，埔墘的西瓜會爛掉，如果再做大水，那就血本無歸了。他說得痛心疾首。

他再向我要幾支香菸，然後稱謝地奔入大雨中。

這傢伙，常常就來車站要菸抽。那個滿臉笑意的站務員坐在售票處，遠遠地對我說。我看著外面逐漸轉小的雨勢說——雨要停了吧？他笑說，已經半個多月都沒下雨了，這樣一場及時雨很好，尤其是對種甘蔗的人。

幾個商職的女孩擠過去買車票，他還是一臉溫暖的笑意，魚尾紋很深，制帽下虬張出來的一叢頭髮，黑白相間。我們仍然延續這遠遠的交談。做幾年了？我說。光復後到現在，快三十冬了。哦，車要開了。他提醒著我。

3

那次，是在臺灣東線的鳳林車站。

從月臺遙望鐵道的盡頭，由於明顯的坡度起伏，可以清楚地看見，鐵道那端是架在一條狹隘的路上，幾個小學生騎著腳踏車從鐵道橋下輕盈地滑過。秀致的海岸山脈在前，壯麗雄偉的中央山脈在後。春末清爽的早晨，寂靜的東部小鎮，遠近的房舍隱沒在翠綠的香蕉樹及高昂的檳榔之間。玉米田正在抽芽，有人在車站邊曬金針菜。

我看到一個憂鬱的母親正在送別回來作客的兒子及媳婦，這個母親有一雙深邃而美麗的眼睛，屬於這塊島嶼原住民的。削瘦頰間仍有清晰的藍色黥紋，她低首跟在兒媳的後面，沒有流淚，而那雙眼睛所無法隱藏的關愛，卻讓我感到一種心折。

聽不懂他們的語言，這母親等到兒媳在月臺站定，開始用著溫婉的聲音不知向兒媳說些什麼？並且充滿憐愛地接過媳婦手裡，用絲毯裹著的嬰兒，笑出一臉皺紋地香著嬰兒的小臉頰，香呀香的，竟看見這母親偷偷的拭著眼裡的淚水。兒媳雙手提著好幾包行囊，焦急地往花蓮的方向看，鐵道遙長地伸向遠方，幾隻鴿子從頭上鼓翼飛過。

我認得這對年輕的原住民夫婦，在前兩天狂熱的豐年祭裡，這對夫婦穿著他們的傳統服飾，與各地返鄉的族人們手拉手，豪邁地唱歌、歡叫，並且暢飲自釀的小米酒。在夜晚焚燒的篝火堆前，他們是多麼地快樂，拋開在異鄉用勞力討生活的辛苦與屈辱，看他們的歌舞多麼歡悅。

豐年祭過去，他們也必須要回到社會現實的奔波裡。做粗重的勞動工作，當建築工、漁撈船員、工廠作業員，甚至有的原住民女孩，要用肉體去換取生活。在茫茫的塵市角落裡，我常常會遇到他們，卻又陌生地擦身而過。

列車拉著尖銳、急促的笛聲進站，這班列車的終點是臺東，不知道這對年輕的夫婦到了臺東，還要轉往哪裡？

他們抱著嬰孩上了車，坐定下來。母親隔著被巨大玻璃封閉的車窗，比手畫腳，急促地說著什麼，我聽不懂，可能是要兒媳保重的叮囑吧？兒子在車窗裡作了一個告別的手勢，媳婦則忙著哄忽然哭泣起來的嬰孩。

列車離開時，這母親追趕了幾步，然後放慢，歇止，一隻揮別的手乏力的搖晃著，卻停在空中，久久沒放下來。

4

一大群笑聲喧譁的少年男女，要到十分寮瀑布去。

他們帶著手提立體音響、烤肉用具、各式色彩鮮豔的旅行袋，三五成群地聚在這煤礦小鎮車站的月臺；我和他們一樣，要搭這平溪線的柴油火車到十分寮瀑布。

小站因為有了這群青春燦放的少年男女，一時顯得格外地熱絡。有幾個就嘴裡嚼著口香糖，和著節奏在已經十分斑駁的月臺上跳起霹靂舞來。

基隆河靜靜地從小站左側流過，對岸的礦場交錯的小鐵道，幾部運煤輕便車停駐著沒有作業，洗煤場不斷地將黑濁的污水排進基隆河裡。一班東線的自強號列車快速地通過小站，少年男女們大聲地對著疾馳而過的列車歡叫。

我靠在站牌上，看著那群歡悅的少年男女，兩旁高聳危傲的峭壁，不知道內裡蘊藏的煤礦是否快被掘光？無雲的澄藍天空被峭壁兩邊壓逼成一條狹長的帶子。

身後有細微的敲擊聲隱約傳來。回過身來，兀然看見一個清臞的婦人攙扶著一個戴墨鏡、手裡持著盲人專用白色手杖的老人。那麼緩慢卻一點也不焦躁地點著地面。

火車還沒來嗎？阿秀啊。盲老人問這清臞的婦人。

就要來啦，阿爸。這個叫阿秀的婦人漫聲地回應。

車票是到三貂嶺沒錯吧？盲老人揚揚臉，關切地問。

阿爸，您放心啦，三貂嶺對啦。婦人把手裡的兩張車票放到盲老人的右掌心，並且幫他五指回握，好像這樣可以讓她這充滿關切之情的父親有所心安。果然，盲老人欣慰地點點頭，再把車票交還給這清臞的中年婦人。

目睭沒看見以後，就沒再返來咱三貂嶺……故鄉哪。盲老人感慨地說。婦人似乎沒有在聽，盲老人繼續說下去——做囝仔的時候，放牛就放到燈塔邊，唉，少年就隨妳阿公去做炭坑，做一世人，卻來目睭青瞑……

只是有一個心願，就是返來三貂嶺看看。他繼續說——有人笑我說，目睭沒看到的人，返去故鄉要做什麼？我跟他說，雖然沒看見，腳踏在那裡也知道那是三貂嶺。

阿秀啊，妳有在聽我講話嗎？盲老人問。

有啦，阿爸，我攏嘛有在聽。婦人淡淡地回答。
那些青春燦放的少年男女笑聲、歡叫得非常喧譁。
盲老人的唇畔幽幽地浮起一抹笑容，那樣地無怨無尤。

1986

走過槭樹路

1

那個年代，槭樹路很多營生的女子，都有一張十分酷似的臉，像用同一個粿模仔印出來似的。

假睫毛燙得往上捲翹，塗著血紅的唇也是，經過小針美容過的高鼻子，染成棕色或紅色的髮式，這些都是槭樹路女子營生的條件，最重要的，還是裹在緊身旗袍或低胸亮片晚禮服中白皙而豐盈的青春肉體。

這些經過整容的臉，在夜來燈火輝煌的槭樹路展示，很像一種狂熱的嘉年華會奇異的氛圍，好像每一個漂亮的女子都戴著同樣一張蠟質的面具。

那時，正是中南半島戰火最為猛烈的黑暗年代。B五十二重型轟炸機每天從琉球、關島起飛，經過美麗、廣瀚的南中國海，抵達中南半島高空，然後是地毯式的轟炸。

越南、高棉在哭泣，他們的農莊、城鎮滿山瘡痍，老弱婦孺死在硝煙野火的廢墟裡。美國也在哭泣，父母傷心地看見送出去的子弟，成為一盒骨灰回來。瓊．貝絲垂著一頭瀑布般的長髮，撫弄著憂鬱的吉他，用著清亮卻淒涼的聲音唱著——那些男孩都到哪裡去了？那些男孩都到戰場上去了，然後傷逝，女孩在男孩的墓前撒遍花瓣……

從中南半島充滿死亡、腐屍氣息的戰區來到這片島嶼，年輕的軍士們強烈地渴望著撫慰——女子、酒液、睡眠。

槭樹路的女子笑盈盈地等在那裡，她們賣的就是這些。

2

十四歲，我就跟隨著沉默而嚴肅的雙親遷到槭樹路，一棟父親監督建築的四層樓房。樓下有個大約四坪左右的小庭院，不知什麼時候，已有著一株枝葉茂密的槭樹；並且一簇粉紅杜鵑火燒似的燦開在圍牆角隅。問過母親，她說這株槭樹是以前就存在著的，而這新建的四層樓房的前身是一棟日據殖民時期就留下來的日本宿舍。

偌大的四層樓建築對於僅有五口人的家而言似乎過於空曠。不久，樓下租給一個音樂家，是個溫文爾雅的日本婦人，先生是臺灣人，從事塑膠工業；有四個男孩，最小的在藝專音樂科專攻鋼琴。從此，樓下晨昏之時，優雅而流暢的琴音不歇，隨著微風飄送上來，十分美好的感覺。

二樓的房客與樓下則是截然不同。二樓租給四個在槭樹路酒店工作的女子，總覺得她們像四朵幽靈般的，靜默的，天亮時才回家，濃妝的臉顏折騰一夜的憔悴模樣；染成棕色的髮有些淩亂，很疲憊地開門進來，有時手裡還提著高跟鞋，酒意醺然地跌跌撞撞，抓著欄杆直上二樓。

年紀最大的來自南投的草屯，她們都叫她日本名字：美智子。每個月初，美智子會把房租拿到三樓給我母親，也常送洋菸及巧克力——美軍顧問團的，不用客氣啦。母親有次問她，有沒有回草屯家鄉看看父母？美智子怔了半刻，有些恍惚，似乎被刺痛了什麼，只是淡淡地回答說——他們看到我像看到鬼一樣，阮阿母說，做賺吃查某不要回去，會給家鄉的人嘲笑；我按月寄錢回家，人不回去以免我的弟妹看到我這個做阿姊的，沒有面子。小弟小妹都讀大學，學費我出，看到我卻像看到鬼……

3

另外一個在酒店工作的女子，她們叫她：安妮。從嘉義鄉下上來的，常常跑到三樓要我幫她寫信回家。一般是由她口述，我寫文字；安妮用著濃重的下港腔，有板有眼地說——阿母，妳不要掛念，我在臺北做店員，十分地平安，妳的氣喘有沒有好一點？這個月的月給，跟這封信一起寄回去，妳衫要穿暖，要記得按三頓吃氣喘藥……

安妮似乎來臺北還沒很久，南部鄉下少女的純樸還沒有從她的身上消失。常常在槭樹路旁，買零食給那些賣花的、或是賣消夜攤的小販的孩子們吃，並且像孩子王一樣地帶著孩子在酒店門口玩——安妮啊，穿著晚禮服、高跟鞋和囝仔在踢銅罐子，要笑死那些美國人嗎？美智子說。

有一次，她照例上樓來要我幫她寫信，寫了幾行，她忽然不說話了，凝神在諦聽什麼似的，忽然兩行眼淚汩汩地流下，我奇怪地擱下筆，在一切都呈現靜默狀態時，我才慢慢清楚地聽見，窗外傳來文夏的歌聲：媽媽請妳也保重。我讓安妮自己在那裡流淚，我走到後廳去倒一杯茶。

就在一個星期日的早晨，我在樓上聽到二樓發出了尖銳淒然的哭聲，以及某一種硬物的碰撞聲響。我下樓一看，一個一邊流淚卻又挾帶著猛烈咳嗽、氣喘的老婦人，大聲叱罵著，兩隻瘦削的手抓扯著安妮染成棕色的鬈髮，往木造的牆板，砰然有聲地撞擊——妳騙我，妳黑白講，講妳來臺北做店員，做店員？做賺吃查某！我破病，就要妳去賺這種錢，我這個沒有路用的老婆仔乾脆去死好了。說著，安妮的母親慢慢鬆開了雙手，頹然的轉身走下樓去，整個人好像全然虛脫似的，安妮哭叫著追了下去……

4

隨著中南半島戰火的終結，槭樹路的女子也各自紛飛了，像一群風暴過後，無枝可棲的離群雀鳥。槭樹路顯得寂寞了許多，秋來槭樹路，葉片在人們匆促的腳程間，逐漸轉黃，也慢慢地飄落在長長的紅磚道上。

槭樹路或許由於離去的女子而寂寞，至少離去象徵著人生另一種旅途的開始；真正寂寞的，可能是那個昔日專為槭樹路女子代寫英文書信的老江吧？

常常看見老江靜靜地坐在酒店門口的沙發椅上，手裡拿著一份英文中國郵報，戴著老花眼鏡，凝注地讀著版面上的記事。不然就是一兩個女子半蹲在他身旁，請老江替她們給中南半島上的美國男友寫航郵，告訴正在水深火熱的砲火中的男人說：我愛你。老江膝上擱一本厚厚的電話號碼簿，十分鐘就可以寫完一封英文信。

老江據說是湖北人，在大陸念過大學，抗戰末期，投筆從戎參加青年軍，到過緬甸、印度支那；在軍隊裡，聽說老江幹的就是翻譯官。我看見他好幾次在酒店門口和美軍暢談當年中英聯軍反攻緬甸的舊事，流暢而清晰的英語會話，讓我這個正為了英文而大傷腦筋的初中三年級生十分讚賞。向老江討教過幾次，謙虛的老江連說他不行。

老江快六十歲的人了，一直沒有成家，也很不願意提及故鄉的種種舊事。中南半島戰火結束以後，很多樜樹路的女子都離開了，找他代寫英文書信的人少了很多；老江還是靜靜地坐在酒店門口的沙發椅上，空茫地對著雨後或入夜後霓虹燈乍然亮起的天空，是在憑弔他逐漸逝去的一生嗎？他像一葉浮萍，在這個傾圮的時代裡慢慢被遺忘。

5

夏天來時，她就推著攤車在路口靠著教堂外側的圍牆安置下來。玻璃櫥窗裡疊著一隻隻瓷白小碗，賣杏仁、綠豆熬成的洋菜凍，有人要，就拿出去，刨冰再加紅糖水。

夏天的午後，沒什麼生意，就看到她會靠在教堂的圍牆上沉沉入睡，肥胖的軀體在勻稱的酣睡中起伏；客人有時要叫好幾聲，她才會慌忙地醒來。一邊啟動刨冰機器的馬達，一邊卻下意識地把視野投遞到路的另一個方向，她那半身中風的丈夫，在轉角處擺個小攤位，賣檳榔香菸。

中風的丈夫一手一腳無法行動，卻為了分擔現實索需，必須要用完好的一手一腳討生活。他很賣力，我看到他總是專注地拿著小刀，切開檳榔，配上甘草及石灰，看到有計程車司機或勞動者一接近，就主動地打起招呼來。

本來是在樜樹路附近一家規模龐大的電器工廠做車床領班的，忽然腦溢血，就變成這樣子。常常看見他那肥胖的妻子一大清早就扶著他在樜樹路公園緩慢行走，也是一種復健形式吧？有一次看到這個中風的丈夫坐在公園的鐵椅上發脾氣，漲紅的臉顏因為激怒而異常鮮紅，臉顏間的肌肉有些扭曲而微微顫慄，是在埋怨自己的行動不便吧？而為現實生活而終日忙碌操勞的妻子，則在一旁默默地細聲規勸乃至於陪著落淚。

入夜後，他們共同的營業時間是到十點整。然後看到她推著攤車到轉角處來接她中風的丈夫，替他整理檳榔攤，然後慢慢地回到鐵道旁邊，那片違章建築，卻足可以抵擋歲月風雨，租賃的木造房子。

中風的丈夫雙手緊握住攤車的手把，顫巍巍的，卻堅定的神色，要和操勞的妻子把繫以營生的攤車推回家去……在夜深的槭樹路，看到這對相依為命，卻又堅毅、樂觀，不向殘酷命運輕易低頭的患難夫妻，我常常會無法自持地濕熱了眼眶。

6

少年歲月，常把槭樹路兩旁茂密的葉片錯看成楓葉；如果真是楓葉，深秋時節，應該會有一條橙紅燃燒的街道吧？槭樹路二十年來，一直沒有太顯著的改變，除了路口那片原是日本大使館的大正式建築被改建為辦公大樓。以前，大使館還存在的時候，庭園之美是極受讚譽的，有個名字叫：晴園。像它典雅的建築物般的，寧靜而優美。

晴園的右側，是一個舶來品商場，一九七八年以前，從鄰近的扶桑三島、香港九龍等地帶進來的貨品，琳瑯滿目地擺滿了櫥窗，從熱水瓶到鹹鮭魚乃至於南北雜貨，衣飾電器，槭樹路的舶來品商場像一顆晶亮璀璨的寶石，吸引住許多眼睛，尤其是對於穿著潮流最為敏感的女子。

而我常常一個人坐在槭樹路，舶來品商場對街，這家幽靜的咖啡店裡，透過巨大而明晰的落地玻璃窗，靜靜地追溯與我生命牢不可分的二十年，屬於槭樹路的天涯。

航空公司、茶葉舖、名牌服飾店、鐵板燒餐廳、體育用品公司、炸雞專賣店……槭樹路這樣一路看下來，好像是入夜以後，槭樹路兩旁懸掛在槭樹間星朵般的燈飾以及亮起的彩色霓虹，璀璨而亮麗，像是無憂愉悅的節慶感覺。

二十年，槭樹路每天走過，像季節的遞換，槭樹繁茂，從春來的嫩綠發芽到秋深的轉黃飄下，又有多少人會真正地在意它？像曾經有過的，槭樹路那些從中南半島戰火中前來的異鄉人，以及用肉體討生活的女子，一切都隨著永不回首的歲月悄然的流逝，人生亦然。

1986

銀色鐵蒺藜

1

全副武裝的鎮暴部隊，由於歸建的急促口令，奔跑到某一定點，然後集結，手裡鋁質的防暴盾牌及棒子不經意地相互碰撞，發出刺耳而沉甸的聲音。

年輕的孩子，膠盔下一張張漂亮而純真的臉，防毒面具及手提的瓦斯槍；不理會與他們面對面試圖與之攀談的群眾，兩眼平視著前方，茫然又迷惑。鐵蒺藜拒馬緊密地橫在部隊與群眾之間，狹小的緩衝地帶，兩尺之隔，十分接近卻又似乎無限地遙遠。

夜已經深了，這群年輕的孩子似乎都十分疲乏了，那一部部龐然大物的，窗子、輪胎覆著防護鐵網的鎮暴車將他們帶回去，或許熱呼呼的飯食、麵疙瘩正在等待他們。半蹲在一堆木箱子旁的警校生，微垂著頭，偷偷地打個哈欠，木箱裡還裝滿著催淚瓦斯，還好沒有用得上。

他們開始在收蛇籠鐵蒺藜，群眾好奇地用手指去試探鐵蒺藜的尖銳，用最精粹的白金屬，作成兩側倒刺的巨大的殺傷力。用這個來對付自己手無寸鐵的同胞嗎？群眾裡有人大聲地對他們質問，他們默默無言，只是盡職地繼續收著那一圈圈尖銳的鐵蒺藜。

他們很沉默，鐵蒺藜也很沉默。午後就被攤開在這繁華、繽紛的鬧區十字路口，夜深了，鐵蒺藜和鎮暴部隊一樣，完成了他們的任務，被攤開的鐵蒺藜一定也很疲倦。

沉默的鎮暴部隊，沉默的夜色，沉默的鐵蒺藜。

2

梅雨季節，午後盆地的天色就悲愁了起來，濕濡的雨水不斷地落下。鐵蒺藜冷冷地隔開了抗議群眾與鎮暴部隊，愈來愈急驟的雨水會不會讓劍拔弩張的雙方冷靜一點？

被鐵蒺藜、鎮暴部隊團團圍困的國父紀念館右側的小學校奉令停課半天。穿著黃色雨衣，撐著傘，背著書包回家的孩子，睜著一雙充滿困惑的眼睛，看著紀念館前那些聲嘶力竭的反對黨，在濕濡的雨水中叫著口號，孩子們不懂。再回過頭來，所有的路口、巷道都被全副武裝的憲警包圍，銀色的盾牌、黑色的棒子，森冷、毫無表情的臉孔，前面是拒馬，是孩子們從未見過的鐵蒺藜。

老師慌忙地帶著孩子，慢跑地越過馬路，一再囑咐孩子們快快回家。一個五年級的女孩問著老師——為什麼會這樣？老師回答說——那是大人們的事，小孩子不要問。女孩帶著滿心的問號，跟著同學排隊回家，一邊疑惑不解地頻頻回首；回家去問爸媽，看看他們怎麼回答？

大人們的事，小孩子不要問。大人們總是這樣對孩子說。而孩子有一天會成長為大人，慢慢的，他們會了解許多事情的真相；只要心有良知，聰明的孩子不會被蒙蔽。而當他們發現到事實，以後再也不會相信那些被蓄意粉飾過的謊言。能夠欺瞞他們一時，無法蒙騙他們一生。

所有的路口都被封鎖了。一個最晚走出校門的孩子怯怯地沿著鐵蒺藜的邊緣徘徊，他找不到出去的路，焦慮得幾乎要哭出來，叔叔，讓我過去好嗎？我要回家。孩子對著鐵蒺藜那端的鎮暴部隊說。一張張泥雕木塑般，與鐵蒺藜金屬一樣森冷的臉，沒有答話；孩子哭出來了——叔叔，我要過去……。群眾聚了過來，鎮暴部隊那端也走過來幾個高階的警官，一個晚報的攝影記者將哭泣的孩子抱高，傳遞過鐵蒺藜，那端的警官接了過去，群眾紛紛鼓掌。

孩子終於越過鐵蒺藜，在雨中漸去漸遠，還不時頻頻回首，驚悸甫定的眸裡，記載著一圈又一圈的鐵蒺藜。

3

頭繫綠巾，手持綠旗的反對黨黨員開始移動他們排列整齊的隊伍。他們的領導人手牽著手，在愈來愈急驟的雨中站在最前端，向前邁進。一架警用直升機在森林般的大樓頂端迴旋去回，沉沉的引擎聲撞擊在大樓堅硬的牆間又猛烈反射回來，倍增壓迫感。

讓我們遊行，打開你們的鐵蒺藜！我們是和平的示威，你們不能阻止我們前進。反對黨的行動總指揮對著鐵蒺藜那端的鎮暴部隊大聲的說。首都警察局長強硬地拒絕並且命令遊行隊伍立刻解散，卻遭遇到巨大而激越的杯葛叫聲。雨水不斷打在鐵蒺藜上，尖銳的倒刺上雨珠閃熠生寒。

他們就地開始演講，嚴厲而激烈地批評執政黨的戒嚴令及銅牆鐵壁般的封鎖網。演講間歇，就領導他們的追隨者大聲地呼口號、唱歌。一個戴著呢絨鴨舌帽的中年男子遠遠地站在大廈的騎樓下，深鬱的雙眼噙著一泡隱約的淚光；可以感覺出他強按捺住內心的波濤，似乎是心酸又似乎有著某種沉重的安慰。一九七九年冬天，在南島的港都，他站在演講臺上，激越地批評時政、針砭執政黨，而幾個小時之後，竟演變成一樁臺灣近年來最令人痛心的悲劇……。

而當他從牢獄裡出來，似乎一切都變遷了許多；似乎在外貌上蒼老了，心裡是不是也覆滿了塵埃？也是一種無奈而黯然的人生啊。他遠遠地遙望著演講臺上一個年輕英俊的牧師，彷彿酷似當年意氣昂揚的自己；那時許下諾言，要為這塊受難的島嶼背負十字架，要為這片美麗的大地奉獻一個知識分子的良知與熱情……。

那個年輕的牧師說——我們來為遠在海外，無法返鄉的臺灣人唱一首歌，這首歌叫做：黃昏的故鄉。大家一起來唱啊。在大雨中，群眾真的大聲地唱，賣力地唱，他也跟著唱，眼淚無法忍抑的，沿著削瘦的臉頰流了下來——彼邊山，彼條溪水，永遠抱著咱的夢……。他唱著，想著：是啊，永遠抱著咱的夢，為的是自由、民主的追尋嗎？抬起頭來，天色已暗，是向晚時分了。

4

雨落在所有的群眾頭上，落在鎮暴部隊的頭盔上，落在鐵蒺藜與刺網的拒馬上，懸著晶亮雨滴的鐵蒺藜似乎更明晰地呈露著那種銀光閃爍，倒刺的巨大殺傷力。

向晚時分，雨勢逐漸停歇了下來，路旁的商店彩色霓虹燈開始流麗地眨閃轉動，映射著銀白的鐵蒺藜，彷佛鐵蒺藜也成為向晚街景的一部分，顯出一種殘酷的異樣的美感；不知道它的倒刺碰到柔軟、脆弱的人體之時，是怎樣的切割、撕裂？沉默、銀色、冷酷的鐵蒺藜。

疲憊並且飢餓的群眾隨著逐漸幽暗的暮色，開始思索到重要的民生問題。市政府提供的流動廁所排滿了尿緊的男人，綠頭巾下的唇咬著青霧縷縷的香菸一閃一滅的菸頭星火，微弱得很，像遙長、坎坷的民主之路嗎？

兩家比鄰的漢堡專賣店擠滿了飢餓的人，新聞記者、反對黨黨員，將呈半癱瘓狀態的疲乏軀體靠在玻璃纖維座椅上，狼吞虎嚥地將那些碎牛肉、酸黃瓜、奶酪全數塞進空蕩久矣的胃裡，好像是一具垃圾箱。

填滿肚子，繼續上街頭，抗議、示威。

鎮暴部隊似乎也在鐵蒺藜外輪番吃晚飯，排骨、雞腿便當外加酵母乳。只有鐵蒺藜沒有飯吃，還是盡責地攤開在濕濡的路上，作一種緩衝；鐵蒺藜，它永遠不會飢餓。

賣烤香腸的男人將大碗收到爐下，飢餓讓人們沒有心情叫骰子；然後用快火烤著嗞嗞叫痛的香腸，旁邊幾十張飢饞的嘴在等著香腸果腹。

兩方依然對峙，隔開兩方的鐵蒺藜泛著冷冷的銀光。

5

他們繞著紀念館遊行、呼口號，然後在紀念館前面集結；群眾很多，卻覺得異常地孤寂，夜氣中透著水似的悲涼。紀念館一片幽暗，孫中山是否也有著深切的感慨呢？

反對黨黨員聚集在升旗臺前，將綠色的黨旗排列在一起，並且緊緊地相互依偎，一種命運的共生體。群眾則在百碼外，紀念館的飛簷之下，靜靜地遙看他們；天空無雨，一棟三十多層高的建築物正接近完工階段，在無邊的夜暗裡，頂樓醒目的幾串紅色燈號，是預防飛航器碰撞。竟然有幾顆疏星，冷冷的泛著微光。

他們宣布要在紀念館前升上反對黨綠色的黨旗。忽然紀念館的燈火大亮，他們大聲地唱歌，旗幟緩緩地上升，上升……很長很長的旗杆，彷似很長很長的民主之路。在雨後，五月中旬的夜裡，他們將旗幟升了上去。

領導人站在升旗臺上，用著激情的話語勉勵群眾，也似乎在勉勵自己；黑色、剪影般的軀體有力地擺動，背景是莊嚴、方正，燈火輝煌的國父紀念館，卻襯托著正在說話的領導人，那般孤寂、悲涼的感覺；彷彿一切都隨著逐漸幽暗下來的夜色，而呈露出一種憂傷、無奈的氛圍。

他們向群眾宣布就地解散。群眾有些叫嚷著不依，他們婉言勸慰著，要群眾理性、冷靜地散去。群眾中有嘎嘎的無線電對講機偶爾響起的聲音，引來許多的冷肅而略帶怔意的眼神，那些蒐證人員總算鬆了一口氣，慢慢地走離人群，帶著旋緊一天而終於鬆弛下來的疲憊笑意。

似乎，一場抗議的示威活動，有了圓滿的結束。

6

鐵蒺藜還是冷冷地守衛在那裡，鎮暴部隊也是。

群眾逐漸從交錯的巷道離去，他們將綠頭巾、綠臂章，收進旅行袋裡，要搭晚班的客運車回南島的鄉園。

鎮暴部隊還沒有接到撤防的命令，他們還是銅牆鐵壁般的站在鐵蒺藜後面，鐵蒺藜泛著冷冷的銀光，面對著逐漸散去的群眾，夜深沉，一切的對峙與激情都將過去……。

終於，他們開始收起蛇籠鐵蒺藜，戴著厚厚的棉布手套，小心翼翼地抓捏著鐵蒺藜細長的銀色金屬體，從對街慢慢地收捲過來。一個年輕、纖細的母親牽著幼稚、大約三歲大的小男孩，靜靜地看著部隊的歸建、集合，以及逐漸被收起的鐵蒺藜。

年輕的母親緊抿著嘴，小男孩好奇地用胖胖的小手要去碰觸尖銳的鐵蒺藜——不行！把手收回來！不行！會刺到！年輕的母親忽然焦急而憤怒地喝住孩子，並且把他很快地摟抱進懷裡，一臉驚懼卻又堅執的神色。

很多人看著這對母子，這對母子看著銀色的鐵蒺藜。

夜很深了，鎮暴部隊巨大的車隊在寂靜的街道轟然加速駛離，車前上端，紅色的警示燈亮燦若血，顯示著一種不可逼犯的威權。那對母子還是靜靜地站在路邊，目送著車隊逐一離去，然後轉身，逆方向地消失在茫茫夜色裡。

只留下幾輛等待拖走的，裝載著鐵蒺藜的牽曳車。

1987

家園

父親的事

延平北路與南京西路的交叉口，老輩人叫這裡是：大稻埕或者太平町。向晚暮色乍起，黑美人酒家的霓虹魅惑地點亮，彷似紅唇。

父親黯著一張被肺癌侵蝕的病臉，微啞的低語——再過去幾步，就是古早的天馬茶房，三十八年前，二二八事件就是從這裡開始。

關於菸販林江邁，被緝私人員開槍射殺的陳文溪……父親愈說愈激越，眼角泛著淚光。一九四七年二月二十八日，年甫二十五的父親是淡水河畔茶行街的伙計，親眼目睹事件始末。

你總算知曉，何以我極力禁阻你談論政治，什麼文學創作？什麼臺灣歷史？祖國軍隊在三月的屠殺之時，哪管你是什麼同胞？不要太天真，那時候我們深愛祖國，祖國卻不愛我們。

林口臥龍崗，辭世四年的父親靜靜地躺在那裡；他的下半生，就像大多數老輩的臺灣人，帶著事件的陰影，忍辱偷生地存活下來。

二月的朔風很冷，父親，我來林口看您。

黃　昏

幾個婦人群聚在滿布卵石的河灘上。

黃昏的落霞成為婦人背後一種暖色的場景，沒有任何的喋喋，只是無邊的沉靜。

那一張張婦人的臉，沉靜中呈露著幾分蒼涼的宿命，在河灘群聚，等待的是什麼信息？

很多年以前，老畫家指著這幅圖象，以著緩慢而輕脆的母語告訴我，在他壯年歲月，我們的島嶼經歷了一次巨大的劫難，許多青壯的男子被逮捕、屠殺，那是個沒有公理正義的黑暗時代，島嶼人民的祖國之夢也因而逐漸破滅。

所以，我決定沉默的，以畫度過餘生。

老畫家感慨地吐出了這句話，竟悲切、難以自持地顫慄，由於他坐在陽光滿照的落地窗前，逆著強烈的光，不知道他是否老淚縱橫？

那些婦女在等候離家的丈夫或孩子歸來嗎？這樣問過老畫家，他始終不曾給我回答。

老畫家走後多年，我還是找不到這個答案。

抗議

靜坐，用堅毅、柔和的歌聲傳達抗議。

這群被強制資遣的紡織廠女工，在逐漸入夜，燈華亮麗的南京東路三段，疲憊、無助地靜坐、唱歌，要求資方還給她們應有的工作。

大理石鋪陳的地面很冷，資方的心更冷！

警察羅列在門口，隔著巨大的玻璃門，辦公大樓的入口，資方排出的私人衛隊，手持棍棒，寒著愈加獰惡的臉，他們剛圍毆過一個熱心工運的協調者，像驅打一條狗般的對待。

警察隔著玻璃門，任由私人衛隊施暴。

幾雙冷漠的眼睛，隨著腳上昂貴的高跟鞋，昂然不屑地瞄過去，然後消失在鄰近霓虹燦麗的鋼琴酒店裡，或者縮入駛離的進口車中。

靜坐唱歌的女工，疲憊、無助的眼睛，噙滿淚水，就是不甘讓淚流下來。只求回到紡織生產線，和那些情同手足，來自全島各地的姊妹一起勞動、生活，賺取微薄的餬口薪資。

資方還是斬釘截鐵的説——「不可以！」

悲愁特富野

少年被槍決後，骨灰隨即被運回鄉。

鄒族之鄉特富野，他們要送少年回家。

少年在激怒之下，奪去了三條人命，洗衣店雇主夫婦，還有一個嬰兒；少年竟下得了手？命案發生時，人們驚駭地相互談論，為什麼？

少年的確殺人，被激怒、壓迫，由於洗衣店雇主夫婦扣留他的身分證，並且食言地剝削少年做為一個洗衣店學徒的勞動所得。

曾經很有可能成為小學教員的鄒族少年，輟學來到臺北，經由介紹所引進到洗衣店工作，竟由於超時超量的剝削與苛求，被強烈激怒了。

激怒到殺人，這少年怒氣與絕望想見多深……槍決，十七歲的青春生命，化為灰燼，無論罪有多深，終究是人世間的悲痛與缺憾。

鄒族少年的家園叫做特富野，他終於回來了。很久不曾落雨的鄒族之鄉，就在少年骨灰抵達的一刻，滴答——滴答，開始落雨了。

家園流淚了，唉！多麼悲愁的特富野。

鞋的沉默

大學圖書館陰暗的角落，靜靜睡著一隻男用皮鞋；鞋裡塞著一張綠色的百元鈔票。

這隻鞋，似乎無比繾綣地緊偎著土地，它剛從遠方回來，從匹茲堡到臺灣；它是一隻裝載著許多鄉愁的鞋子。

沒想到，這隻鞋的主人會選擇他故鄉的母校，作為永遠的駐足。母校的圖書館，曾經留下過可親可念的求學記憶，所以蓄意地選擇這裡？

他們說，這個從北美回臺探親的數學博士畏罪自殺，在一個沒有任何目擊者的暗夜，他從大學圖書館的四樓躍下……。

沒有任何的目擊者，除了他遺落的鞋子。

他的朋友宣稱親眼看見他被護送回去，凌晨時分，白霧氤氳的校園，他卻靜靜地仰臥在圖書館的防火梯下。這個遠地遊子看了一整夜的星星吧？究竟誰在陪伴他度過漫漫長夜？

畏罪自殺？對故鄉的熱愛竟然是罪惡？

這是永遠的謎題，只有遺落的鞋子知道。

五月二十日那天

「他們怎麼還沒有返來？」

濁水溪畔的一群老農人蹲在黃昏的田埂邊，百般憂愁地望著客運車來的方向；北上陳情的鄉親們，臨走還一再地說黃昏若到，他們就會返來吃飯。

第三次了，鄉親們帶著滿車大白菜，北上要去立法院、農委會、在臺協會陳情，前兩次，大白菜都免費送給臺北人試吃，要告訴他們——「這麼好的臺灣農產品，為什麼還要不斷從國外進口？」沒有用，鴨子聽雷，那些大官們，好像眼睛都被牛屎糊著，種作人的艱苦呢？

兩百公里外的臺北，血色一般鮮紅的黃昏，那群陳情無著，轉而絕望，憤怒抗議的鄉親，正被紅著凶眼的暴警，像狗一樣地滿街追打，圍毆、逮捕，並且羅織罪名。

新樂園呷完一包，再到店仔頭買新的，菸屍躺滿他們所蹲踞的田埂邊。「有路用否？阮在國中教冊的兒子也去了。」「天暗了，怎麼？」

一群憂心的老農人，在濁水溪畔等待鄉親的歸來。

飛魚已遠

飛魚在遙遠的海上，蘭嶼在偏僻的遠方。

達悟人卻流落在臺灣，被逐漸瓦解的族群；有的怯於承認是來自蘭嶼——「蝴蝶蘭幾乎被採盡，島嶼被觀光客踐踏，留了一座電力公司的核能廢料場給我們。」

寫詩的達悟人施努來在臺北開計程車，用他純樸而悲愁的詩句抗議蘭嶼被強暴，畢竟是那般地乏力，在臺北那五光十色的迷亂裡，詩人的微弱吶喊，一下子就被掩蓋過去。

朋友要以達悟詩人為題，拍一部屬於第三世界的電影，他送了我一冊劇本初稿，最後的結尾是詩人施努來酒後，臥軌自殺。

朋友說：「只是初稿，想聽聽大家的意見。」我不知道讓施努來死去，是不是最好的傳遞方式？朋友似乎也悲觀地認為達悟沒有希望。

劇本背景，從蘭嶼東清灣到臺北蘆洲的二重疏洪道，那些勞動者置身的工廠以及茫然。

慢慢失去蘭嶼的達悟人，你心裡怎麼想？

亞細亞的孤兒

夜深讀起臺灣史，關於一八九九年春天，在臺北監獄慘遭日本人處死的簡大獅記事——日人侵臺，妻女遭受日軍姦殺而死的簡大獅，憤而率眾起義，以芝蘭（草山）為根據地，與日軍交戰於臺北附近，一八九八年八月一度和日軍講和，旋又造反，被逼得走投無路，逃到福建即被清吏逮捕，父祖之國竟將簡大獅交給日本當局，一八九九年春天含怨而死。

被父祖之國遺棄、出賣的簡大獅，赴死之前，想必已形容枯槁，對祖國的夢與盼望已全然破滅。那是一種多麼絕望而悲痛的蒼涼？

我想起《亞細亞的孤兒》那本小說裡的主角胡太明，最後的結果是發瘋。臺灣人的悲運在日本領臺期間是：日本人將臺灣人當中國人看，而中國人卻將臺灣人當日本人看……。

歷史殘酷地翻到簡大獅這一頁，我幾度茫然而思緒紊亂，不只這一頁，臺灣的四百年歷史皆是血淚所寫成，而臺灣的明天又是什麼？

竹搖籃

一隻空蕩的竹搖籃，面對著窗外的大海。

搖籃裡沒有被褥，想見嬰兒已經離開好一段時間了。何以它還懸掛在窗前，兀自輕擺？問及守燈塔的男人，他恍然大悟地說——「啊，屋裡的搖籃啊？我的後生啦，第四個，現在跟他阿媽一起住在馬公，讀小學二年級囉。」

說完，笑呵呵地招呼我跟他到燈塔上去。

燈塔上，午後的風暖和極了，可以清楚地眺望澎湖列島的位置。漁船成群在列島間作業，海水藍得令人喜愛，守燈塔的人卻說已經沒有感覺了——「做囝仔，就住在澎湖，每天跟海做伴。樓下那隻竹搖籃，是阮阿母親手用竹條編的，我的四個囝仔，都是那隻搖籃搖大的。」

我在想像，可愛的嬰兒，躺在輕擺的竹搖籃中，面對著窗外觸手可及的大海，不知是否會知道自己早已是大海的兒女？而輕輕的擺動，柔柔的安眠，這竹搖籃又是阿媽多少的愛？

我單獨走下去，用手推著竹搖籃，感到內心一種甜蜜的溫慰。

廢棄的鐵道

秋深以後，那條廢棄的鐵道逐漸消失。

他們把爬滿褐鏽的鐵軌、枕木拆解並且運走，聽說要運到東臺灣以南的濱海地帶，讓它們再還原為新鐵道的一小截路段。

遺留下來的痕跡，成為一條蜿蜒的小巷。野草開始恣意地侵奪，有人開始大膽地將車輛停放在昔日鐵道的位置，更有人從十輪大卡車上卸下了大批的紅磚塊，他們確信鐵道廢棄了。

原是鐵道兩旁的絲瓜棚，廢五金集用場以及少許的菜圃，少去了這條八十六歲的老鐵道，依然不受任何影響，絲瓜棚還是開出大黃花，結出纍纍的肥絲瓜，廢五金生意仍是鼎盛，少許的菜圃，嫩綠的菜葉，就算種給自己吃吧。

「這條路卡早是鐵枝路，直通到淡水。」

「阿公，我沒看到鐵枝路，我不相信。」

一個極為冷慄的寒夜，路過鐵道舊址，一對祖孫倆，這樣的兩句對話，令我暫歇腳程。

什麼時候，北淡線已不再記憶？

官方說法

圖書館轉角，我與那深諳東方歷史的館長擦身而過，彼此微笑道好。北美大陸典型的中國通，通曉華語，海峽兩岸皆被奉為上賓。

我知道館長正與來自臺灣的兩位學者，以英文撰寫一本書：十四天與四十年。試圖告訴世人——四十年的經濟奇蹟，舉世公認；十四天的殘暴屠殺，只是近代史的些微泡沫。三位高級知識分子所構築的「官方說法」。

我回到圖書館的卡座，午後的陽光慵懶地俯照過來，暈黃的撫挲著黑檀木桌間的史料，它們記載著一九四七年，臺灣人的血和淚。

破碎而瓦解的祖國之夢，被出賣的島嶼。

我翻閱著那些似乎陌生卻又熟稔的名字，四十年前血淋淋的史料，害怕去觸及卻又飛越過萬里之遙的旅程，來這北美西岸試圖尋找一個困惑久久的答案，關於一九四七年的臺灣。

而在四十年後，有人在替官方寫一本書。

有人在異鄉的大學圖書館尋找歷史的真相。

晚雲溫泉鄉

抵達臺東知本，溫泉鄉的黃昏格外安靜。

推開古老的木格子窗門，就坐在榻榻米上，靜靜望著遠處一片田，都已在抽穗了，淺黃色的一蓬。旅店的人把日式浴衣送入房來，白底藍圓點，並且告訴我溫泉浴池的方向。

田與旅店幾乎沒有任何阻隔，視野自然開闊許多；我看見幾個穿著國小制服的孩子笑鬧地追逐而來，後面還跟著兩條土狗。

孩子從我前面奔跑而過，一群健壯、黝黑的原住民後代；我所處身的位置，是在旅店的二樓，連接榻榻米並且突出的窗檯成為我俯望的極佳角度。晚雲胭脂般的濃豔，卻有些愁。

對街，一個年老的婦人正對著青色的公用電話講話，她沒有取下話筒，只是喃喃自語，用著我所無以知悉的語言；我靜靜地看著老婦人，頭上綁著種植時的布巾，滿臉的皺紋與老人斑，卻有一雙原住民特有的美麗眼睛。

「她兒子跑漁船死去了，她不相信，每天對著電話機講話。」旅店的人事後這麼說。

創痕

我一直很鍾愛那幀相片——一條水泥路，兩旁是荒蔓的野草，路似乎是向下彎落，直到海邊。攝影者標明這是「一九八〇年綠島」。

初次看見這幀相片，感動我的，卻反而是攝影者加註一旁的文字，他寫道——「綠島是許多人的故鄉，綠島也讓許多人失去故鄉。」

彼時，我捧讀登載這幀相片及文字的雜誌，整個人受到極大的撞擊，那是一九八一年。我的生命及思考逐漸在轉變，慢慢在易質。

我聽過一些關於綠島的故事，譬如相片中那條無人的水泥路，以及島上所有的設施，大多是由被長年禁錮的政治犯構建而成。

許多盼求我們的家國更美好、自由的改革者，卻被剝奪了美好、自由的一生，永遠被拘禁在這塊被人深深遺忘的小島上。據說，被槍決的死刑犯，都在臨刑之前，面對著臺灣本島的方向，努力地尋找一絲山影或是燈光。

綠島，是臺灣家園最哀痛的創痕。

異國

「臺灣的楓葉，是屬於槭科吧？秋來會由綠轉紅，我記得在奧萬大山裡，有滿山的楓紅。」

「槭，有人說是臺灣楓香，中山北路三段兩旁一整排行道樹，就是槭樹，入秋以後，或更冷的冬天，紅磚道會落滿槭葉，卻似乎不紅。」

這是前年夏天，好友陳君的妻子與我的對話，在離開家園很遠很遠的加州海岸小城。陳君是個文史學者，熱愛臺灣的心以及執著於近代史鑽研的志業，竟然使得他被隔斷了歸鄉之路。家園使他摯愛，家園也放逐了他。

兩次造訪他異鄉的家居，皆是陽光亮麗的初夏，門口那株高大的楓樹翠綠繁茂，盈滿著令人心喜的生命力，飽含著水分與豐美。

「如果是在更北的邊城西雅圖，那裡的楓葉長得更大更美，若你深秋來的話……。」陳君說。

我還是說起奧萬大的楓紅以及中山北路深秋不紅的槭樹，陳君微笑的傾聽，隱然的凄楚。

常常翻開一冊手記，扉頁夾著陳君的妻子所贈——一片深紅似血的楓葉，彷彿鄉愁。

想　家

那年秋天，他們為了就要退伍的我餞行。

平日不苟言笑的老士官，露出慈藹溫和的笑容，不斷地勸酒、加菜，興奮而發紅的臉，彷佛要離開軍旅的是他們自己。翌日清晨，軍車送我離營，早點名的軍歌在車後漸去漸遠，手裡緊抓著報紙包裹的早餐，熱饅頭夾肉鬆。

我開始惦念那群一生身繫軍旅的老士官，我熟悉他們每個人的身世、故事，被強制抓伕，為了戰亂與飢餓投軍，連自己都不明白就隨軍撤退來臺的……他們只有一個盼望：回家。

我想起榮團會、莒光日、黨員小組會議時，他們的沉默與倦態，只有談及遙遠大陸的風物才會讓孤寂的老士官們興致勃勃，老家的記憶，竟是他們逐漸凋零的生命唯一的亮光。

有時，老士官會像孩子般哭泣，轉了很久的家書，告訴他們，雙親過世的消息。他們一生的命運是流離而殘破，只能自我療傷、取暖。

不知道，想家的他們，回家了沒有？

1989

1990-99

在護城河右岸

被羞辱的城牆

臺北大安莊人吳得福曾經試圖集合同志，奪回被日本人進占不久的臺北城，卻被同屬臺灣人的紳商告發，密謀失敗。

一八九五年十二月三十一日。

林李成、陳秋菊、胡嘉猷則發動了一次規模最大亦最慘烈的攻城行動；抗日軍將臺北城牆緊密包圍，並且計畫打開一處缺口，卻都徒然，日本軍隊從城牆上往下射擊頻繁，抗日軍老舊的步槍以及古老的刀戟自是被潰然擊退。

這座大清國南方最後的臺北城牆，於一八八二年元月二十四日興工起造，同年的十一月完成；城牆周圍總共長達一千五百〇六丈，城外有護城壕，五座門樓，名稱為——景福（東門）、寶成（西門）、麗正（南門）、重熙（小南門）、承恩（北門），並設四座礮臺。

來自唭哩岸（北投）的安山岩加上向唐山廈門採購的磚瓦，拌合糯米、紅糖、石灰合舂的黏土，象徵大清國皇權的臺北城堂堂建起。

日本占領軍在樺山資紀的號令下從澳底登陸，一路直入臺北城，竟沒有在那片鐫刻著「巖疆鎖鑰」的堅固城樓前遭到任何抵抗。臺灣人的後代應該知道，他們的祖先不但有人一路引領日軍入臺北，更有人從城牆上垂下竹梯接引攻城的敵人攀爬而上，不費一兵一卒……。

一九九三年春冷的幽幽暗夜，我從中部搭乘野雞遊覽車回來，穿過橫越淡水河上的忠孝橋收費站時，方自酒後微醺中醒來，那種寂岑而欲語無言的感覺又像夢魘般的挪近。

濛著些微水氣的車窗，忠孝橋與臺北橋之間深沉黑暗的河面，橙色的燈火倒影，夜暗真的能夠隱藏一切汙穢、醜陋，一如掩蓋去河水的惡臭死滅。

然後，隨著那噪耳粗啞的女聲宣告，抵達西站終站，旅客請準備下車。我的視野滑過延平南路與忠孝西路交口的高架橋，我自小熟悉的北門城樓燕尾屋脊右側的飛簷迎面而來。

廿多年前，破落的北門城樓一如其他的東、南門，總成為節慶的廣告板，俗麗的中國花飾以及一些陳腐的八股口號，反而古老的城門全然被忽略了。一直到高架橋建築的計畫付之實施，人們才驚覺——北門城樓將被迂迴的高架橋所圍繞，有如一個被戴上枷鎖的囚犯。

誰也無法改變北門被囚禁的噩運。

廿多年後，曾經杞憂撰文呼籲的文學青年，已是四十初度的哀樂中年。我還是常常來看高架橋巨大陰影下的北門城樓，有時也帶著孩子一起，告訴他們，當年的日本軍隊從這裡進城。

依然明明白白的「承恩」兩字鐫刻在門楣之上，那種中國人昔時無可救藥的，甘受制約的奴性在這座大清國最後的封建體制的城門上顯露無遺；究竟承誰的恩？感誰的德？

下車，回頭緩步走向北門城樓，夜深露重，一陣寒噤，城門靜靜的，靜靜佇立於前。凌晨三時，我與臺灣近代史相對無語，闔眼處，百年前的抗日先民前仆後繼地在此殉命。人類的歷史，何以必須是血淚斑斑？

滄桑紅樓西門町

縱貫線鐵道移到地下不久，中華商場也在怪手與保安警察的環伺以及不捨的住民噙淚的視野中成為傾圮的廢墟，三十年煙雲飄逝。

我們的年輕人穿梭在昔日鐵道與中華商場的兩邊，左側是百年前城牆分隔城裡城外的標記，他們歡笑、青春、敏捷的跳動，九〇年代的臺灣臺北市中心，西門町的生命力狂熱奔放。

有人從北美大陸返鄉，曾被拒入國門十年的臺灣心靈要求我帶他去「南美咖啡」坐坐。——在建中念高三時，認識在北一女高二的妻子，就常常相約到「南美」喝咖啡。他含著笑意，桌上騰著熱氣的曼特寧咖啡，顯得異常精亮的眼神，竟也羞赧地臉紅了。

然後，帶他順著成都路上溯，決定到漢中街派出所右轉的巷子吃汕頭火鍋。抵達時，他叫了出來——這不是紅樓劇場嗎？怎麼會這樣？

前一句是驚喜，後一句就有些慍意、疑惑了。

——女體情欲的電影海報，陰暗破落的門面。

——一八九八年十一月，日本人在臺北城內所建築的八角形磚樓，樓分兩層，樓上出售骨董、舊書，樓下賣日用品，很典雅的建築物呢。

幾年前，與友人莊永明一次茶敍裡，談到大稻埕、西門町紅樓劇場，他這樣告訴我。

那位朋友再回北美大陸，不知怎樣向妻子描述久違十年的返鄉之旅？我還深刻記得，在火鍋店時，他竟然有些哽咽地一再重複——紅樓怎麼會破落成這樣？童年時看見還是很美的……。阿爸在世時還常常提及，以前我們就在衡陽路開銀樓，有時放學要幫忙看店。

——唉，懷舊心情吧？一切都過去了。

我淡然地安慰他，自己卻也隱隱作痛。

九〇年代，懷舊的中年人似乎特別傷情。開唱片公司賺錢，卻堅持個人理想辦賠錢雜誌的段鍾沂有一次向我提起西門町往事，充滿感嘆的說紅樓劇場——造型那麼獨特的歷史性建築，做「臺灣電影博物館」一定很迷人。

一群哀樂中年的夢，那麼，誰來完成？

只是清談，或者留下若有似無的，依戀不捨的短暫眼神，西門町電影的聲光與新人類的潮湧立即讓這群哀樂中年打斷懷舊的思緒。

「西門町」濃烈的日本氣質，彷如東京新宿；傳遞的卻又是美國風格，要在這不到兩里方圓找尋昔時的臺灣，也許就是那座位於成都路上，夾在繁華的商店之間的媽祖廟。曾經是日本人所參拜的弘法寺，戰後失火燒毀，一九五〇年，艋舺新興宮的媽祖金身遷靈至此，弘法寺遂更名為新興堂，以後則稱臺灣省天后宮。

有時，我常進入，廟埕狹窄、陰暗，香火卻似乎未減。我喜歡看媽祖被熏黑的容顏，歲月雖久卻依然慈顏善目地俯望廟外貪婪、情欲的紅塵俗世。穿梭在粗大如圓柱，終日燃燒的紅燭與紅燭之間，生命虔誠自在地油然而生。

從電影院到電影院，靜靜一人的在黑暗中想著美式文化五十年來如何的教育臺灣人，一代接著一代。有一次看完獅子林戲院午夜場電影，正逢大雨，等待雨歇再走，想到這座大樓前身是警備總部保安處，五〇年代白色恐怖的陰影還是會令我感到一種冷慄與生命如草芥地悲涼。

雁鴨與獨木舟

寒流從遙遠的白令海峽通過西伯利亞，逼近南朝鮮半島與中國的渤海灣之時，避冬的雁鴨族群飛越琉球、彭佳嶼海域，抵達北臺灣。

千里飛行，疲倦的翅膀們逐漸接近浪潮擊岸，寬闊的淡水河口；紅樹林探出頭來的白鷺家族以及沼澤爬行的招潮蟹都知道十一月深秋，寒流來時，北方的過客亦將定時暫駐。

來去不歇，排氣孔吐冒著二氧化碳的車輛從中興橋上猛壓過去，臺北市區到二重埔、新莊，二重埔到臺北市區……從來就很少人會駐足，看見中興橋下的河水與濕地交接間的雁鴨族群，從很遠很遠的北方結隊而來的旅行家。

很多很多年，一如淡水河流過，百年前，清甜可飲，魚蝦不絕的河流，而今含氧度零，全然惡死的淡水河，北方來的旅行家們，能夠從河水裡獲得什麼滋養？

雁鴨們的祖先，千百年前穿越千山萬水，傳說中島嶼河流的潔淨與豐盈於今似乎只成為荒謬的神話，雁鴨若有知，請別再來淡水河！

三百年前的凱達格蘭族人划著輕巧的獨木舟，來到陳賴章帶領的漳、泉兩地移民初墾的大佳臘堡交易，以番藷交換漢人的布匹與日用品，群舟聚集於淡水河岸，凱達格蘭族人稱之獨木舟為Man-Kah，遂成為我們今日通稱的「艋舺」。

童年時候，艋舺拜拜，母親就會說——

咱來去番藷市給阿姑請……。

阿姑家的流水席從向晚延續到子夜，喝完兩大瓶草繩綁著的椪柑汽水，拿著一隻雞腿，八歲仍不曉世事的我，並未告知母親，從西昌街直奔桂林路尾端近水門的巷弄……暈紅的燈火，半裸、兩眼無神，濃妝茫然的女人倚門招呼著路過的男子，幾近哀求或者拉扯……。

母親慌忙尋到時，哭著用力打我，然後猶如逃避瘟疫，牽著我急促地快步奔離。

悲愁的妓女，一代依然接著一代，好像是華西街，甚至艋舺永遠的天譴。

一九四五年六月八日，終戰前夕，盟軍飛機炸毀了龍山寺正殿以及走廊，端坐的觀音佛像卻依然無事，艋舺人視為神蹟；黃土水為龍山寺所塑的釋迦卻被擲下的炸彈全然摧毀。

走過龍山寺對街的商場，常是夜晚上燈時刻，商家以及遊人擁擠，似乎只有老歲人還記得那片商場原來是廟前的蓮池。最初建寺者將之視為「佛祖的鏡面」，一九二三年二月被填平闢做公園，距離龍山寺建廟時為一七四〇年，那座歷史舊頁裡的蓮池留存了一百八十三年。

我在謝森展先生主編的《臺灣懷舊》攝影集裡，邂逅了艋舺百年之前的先民，白痲衫褲以及束髮後的長辮，或倚或立的在蓮池一隅。

百年前的艋舺人再挪前百年，橫渡黑水抵達北臺灣的唐山移民，順著淡水河抵此上陸，土地爭奪，漳泉械鬥……流傳至今，百試不爽的一句名言——臺灣人放尿攪砂𣍐做堆！意識形態，無法共容，宗教信仰卻能一致。

百年前在龍山寺參拜的善男信女與此時此地、百年後的我們有何不同？焚香三炷，虔敬卑微地佇立在龍山寺巨大而古老的銅造香爐前，祈求一家安好，子孫多福，無病無厄。

九〇年代，公義蕩然，是非迷亂的臺灣，宗教信仰、參佛習禪成為時尚，說來無非是微渺的人們缺乏對自我生命的信心以及遁避。

龍山寺香火豐盛，艋舺人心靈的依仗。

廟牆外，一如古代的臺北府城被日本人拆除的城牆，被填平的護城河，臺灣人安身立命在護城河以西、淡水河以東這片狹長的土地，唐山大陸駛來的帆船，日本人的礮艇，西洋的傳教士，被逐到高山地帶的原住民，以後呢？

龍山寺的大埕，選舉熱季激情的政見，午後暖風吹拂下，打盹的艋舺老人，入夜後，廟牆外三五走動的，徐娘半老，討生活的私娼，醉酒大聲吼叫、歌不成調的失意男子。

廣州街底，還是暈紅、黯淡的角落，從山地被強制買來，才國中剛畢業的原住民小女孩，鼓著打過荷爾蒙的小乳房，用著氣如游絲的嗓音，拉扯著涎臉端詳的尋歡客——

人客，入來坐啦，人客，入來啦⋯⋯。

環河南路與和平西路交口依然人車沸騰。

淡水河，就在堤防後頭，母親般的低泣。

1993

草葉集

1

許多年以前，常從南方的軍旅捎長長的信，告訴在北臺灣擅琴習舞的女孩，關於灰暗營房牆下，用油漆白鐵罐種植薔薇的過程。

許多年以後，帶著兒子去沖繩島旅行，在一片人工得令我厭倦的花園，看見一朵朵怒放的各色薔薇之時，死靜久矣的心，多少也激動了起來……青春果然已在遙遠的遠方。

2

兒子要我帶他去竹子湖吃炒菜。

只有周日，那家常去的鄉野小店才有炒菜吃，每盤五十元，龍鬚、紅菜、甘藷葉、川七……周日竹子湖擠滿吃炒菜的遊人。

午後微雨，竹子湖谷地煙雲漫布，兒子在爬滿絲瓜藤的溪邊濯足，岸上延綿至大屯山腰的花田，稀疏的海芋花，煙雲裡如夢如幻。

橋畔賣蔬果的老婦人說，在你們這些都市人仍在深眠的初晨，竹子湖花農已採收完這片含露的海芋花，急忙運交到城裡的花市。

然後，老婦人指著攤位角落一只紅色塑膠水桶，紮束的海芋花說——六十元，要不要？

3

夜深冷慄，駛車走高速公路北上。

車前燈照處，伸延至遠方的反光片猶如隕落的星子，不思不想地掌握方向盤，沒有旅伴，陳盈潔充滿滄桑的〈海海人生〉歌聲伴我。

過員林收費站，站邊的警員朝我打哈欠，依著的巡邏車，頂上紅藍相間的燈光寂寥。

速度在九十至一百一十之間來回，黑暗無邊的北上旅程，只有踩油門，沒有心事。

左側的視野，一點、兩點……然後是一大片暈黃、燦爛的燈火，我知道是到田尾鄉了。

不自覺地竟對著後視鏡笑了起來。

有一年，作家康原駛車，帶著我和林雙不去拜訪住在溪州的詩人吳晟，也是同一段高速公路的夜深，我訝異於黑暗田野突來的亮光。

人造的光合作用啊。康原笑著給我答案。以後，夜過這片掛滿燈火的路段，彷彿可以想見，無以數計的花朵正逐漸舒放原是緊閫的葉瓣，恍如女子期待美麗而驚心的初吻。

4

去看一位祖母及雙胞的墓園，必須要步行過一段鋪滿卵石的艱辛之路。雨過霧起，泥濘路後的堅硬與微微從腳底傳來的刺痛；兩旁蒼綠的草葉以及那麼豔麗、怒放的花朵，淺薄如我，卻無法叫出名字。

霧散，十字架造形的墓碑，不禁心痛。

合十敬拜這三縷為臺灣島嶼殉滅的靈魂，總是令我無言以對，十年生死，死生十年。墓園四周那些挺直、壯闊的臺灣冷杉在十年前，就靜靜地生長於斯吧？冷露、早霜的歲月延綿裡的冷杉們，不需要任何的理會，在大自然的撫愛中，兀自如此地傲立耐寒。

出了墓園，九彎十八拐，北宜公路迴旋直下，婆娑無邊之太平洋，猶如母親般，溫暖、包容的擁抱著土地與海水接壤的蘭陽平原。

5

一隻橙底黑點的瓢蟲，停駐在頂樓陽臺的桂花樹小而緊密的葉片上。

秋來，種植多年的桂花開得很香，母親慣於採擷，而後置於水盤，供奉木刻的媽祖之前；慈顏藹笑的媽祖，似乎也很適意桂花香氣。

看了這隻瓢蟲一個上午，下去接了兩通電話上來，瓢蟲還在同一株桂花樹上。是否沉迷於這秋來的香氣?或者，瓢蟲試圖在找尋什麼?我看了好久，牠竟沒有逃離。

忽然想起手塚治虫不朽的漫畫名作《火之鳥——鳳凰篇》裡，那隻化身為林間女子的瓢蟲，為感恩而獻身於殺人越貨的獨臂強盜，卻又被愛她的強盜在茫茫雪地裡殺死……。

我和瓢蟲，就在香氣滿溢的桂花樹間，對看去一整個上午，也許，都是被桂花魅惑了。

6

上塔塔加已是向晚，雲海將群山逐漸圍繞，襯以最後的殘霞，群山成為狹長的剪影。

他們告訴我，過了旅客中心再前行五百公尺左轉而上，經過大鐵杉右轉就可以找到鹿林山林場招待所，很顯然的，我是迷路了。

暮靄一下子就侵奪住山山樹樹，車前燈照處，盡是張牙舞爪恍似魑魅的草葉。

沒有驚惶，在巨大而繁密的檜木林之間，竟然是滿空燦亮的星子，好像在替旅人指路。

吸引住我的，不是星子，而是在無邊夜暗中，幾株泛著銀白微光的枯木，那麼挺直傲岸地緊抓著鞍部隱約的稜線，異質的美以及壯麗。

對枯木林的熟稔已不只是在塔塔加，在巴陵，在合歡山，在臺灣島嶼兩千公尺上下的山脈，它們靜靜地佇立，好像默示著一種誓語。

不知道，何以會在這冷慄無邊的夜暗山頂，枯木們會泛出微亮的銀白光澤？是滿空星子的反射嗎？海的聲音，竟錯覺地進入耳裡。

像不像死去很久，已成化石的鯨魚群們。

7

濱河的岸邊，五節芒似乎是不必季節的。

死去八年的阿媽，那張笑起來，兩眼瞇成一直線的臉，最近竟然時常浮現起來，尤其是在子夜或拂曉的眠中，阿媽來到細碎的夢裡。

沒有說話，只是站在濱河的岸邊，微笑地拔一根五節芒，靈巧的雙手摺弄，遞過來，竟是一枝生動拙趣的公雞。

像張照堂映象裡，那種凝滯、洞悉生老病死的特異風格，阿媽在我夢中，總是同一場景。

慢慢在醒後的被褥間試著尋求夢裡的岸邊，恍然大悟是秋冬芒草遍野的關渡平原。阿媽牽我的手，走入夢中童年的關渡，很多很多的五節芒啊……醒來已是滄桑中年。

8

再邂逅美濃煙田，卻是在冷氣寒慄得令人微顫的試片室裡——那一大片一大片肥厚、豐腴，在暖陽下閃著翠意的菸葉，那般的美。

吳錦發一定落淚。四十歲的小說家寫十八歲時純真無求的少年之愛，然後有人把他的故事拍成一百分鐘的劇情片，阿發，快不快樂？

試片室裡，我的快樂是那一大片一大片翠綠盎然的菸葉，好像要把人深深淹沒。

阿發有沒有常回美濃？很想衝動地給他寫信，問一問，鍾平妹老太太身體還硬朗吧？鐵民兄家居前那株繁密、巨大的桂花樹還年年開花嗎？

印象裡的晨霧，鍾平妹老太太綻放著少女般的笑意，用長竹竿壓下枝椏，採一大把桂花，給幾個漂亮的女子。

9

跨海大橋最後的西嶼鄉，風捲浪旋。灰銀微藍，緊壓海域的冬雲，含滿濕意。

戰管雷達，漆著迷彩的軍營被黑而尖銳的鐵蒺藜圍繞；衛兵說，要看燈塔請繞右邊過去，營區不可進入。

右轉已是島之邊陲，海在崖下憤怒咆哮，幾乎無以站立，欲語不能，這冬季果然酷冷！

天人菊竟然在視野裡那麼燦爛地綻放，橙褐相間地散布在這狹長陡峭的高地。

仙人掌探首過來，在強勁冷慄的風中兀立，無語卻深情地護衛著燦美的天人菊。

燦美彩麗的天人菊，多像野性的島之女子。

尖刺粗糲的仙人掌，多像雄渾之海的男人。

美麗奪目的草葉，常在被人遺忘的地方；這不是凡俗筆墨所能輕率予以描述。

1994

尋人

1

窗外的東河，果真有一片小小的島，以及那棵小樹，像水晶般凝固。

他坐在窗前，說還有兩年就可以退休，如果拿下眼鏡，把頸後像披頭四一樣的長髮剪短，他真的很像日本明仁天皇。

臺灣退出聯合國第二年，他進入聯合國做事。他一直像則傳奇，保釣運動時的健將，有個被稱之為國寶級的畫家父親……冬季冰雪中我來到紐約，不是為了以上因素，我只是來尋訪一位心儀久久的小說家。

紐約雪夜，長榮航機在黑暗的大西洋上繞了一個多小時圈子，甘迺迪機場飄雪，所有的航機延誤……我的畫家朋友焦急地等了五個小時，行李被拿錯，穿上朋友厚重的毛呢大衣，一上他們的車子，畫家朋友就說：這是紐約多年來，最冷的一次。

我還是惦記小說家的名字，手提包裡放著他的選集，從西雅圖看到紐約。

不說話的時候，他顯得那麼沉靜，眼睛那麼凝注地看著你，忽然問起宋澤萊還寫不寫小說？真的離開臺灣好久好久了……一時間我竟答不上話。

聽他說多一點的話，是坐在暖和、舒適的客廳，那隻乍看彷如粉紅色、漂亮的小貓跳上沙發，不怯生，愛嬌地以頭撫挲著來客的臉頰及手背，他緩緩地說出對文學的一些看法，很謙遜的。

小說家的妻子也是小說家。窗檯上種了很多盆花葉，炒好吃的菜請客，他為我們倒上紅酒，笑說：太太要照顧三個孩子，大的是他，兩個小的是兒子，還要寫小說……。

似乎很少有自己的憤怒，是不是歲月的沉澱？或者已然看透人生中諸多的不真與詭譎？他坐在我的前面，像從書裡的相片走出來，我依然沉陷在他小說裡那些純真，近乎精神潔癖的特質，窗外白茫茫的雪夜，積雪從不堪負荷的樹上跌落，輕輕的一聲脆響……。

我開始說起一樣是童年時代的大稻埕，小說家在作品中時會寫到的拱形的街屋紅磚砌成的長廊，母親靜靜地從廊柱間走來。或者是河岸的鋸木工廠，在那些粗糲、香氣的杉木之間貪欲的青春，他的小說就這般沉靜中隱含風暴地走下來。

想到七〇年代屬於他那段風起雲湧、怒目熱血的生命，應該正是無怨無悔地痛快淋漓；想是也已足夠。

2

不知道在那張前清時代，雕滿花鳥、美女的床上做愛，究竟是什麼感覺？

畫家和他慧黠可人的妻子，掀開床前的白紗縵遮，優雅地用銀鈎掛妥，紅喜被套，金黃絲褥，還有一只小老虎枕。

我是不安的，我總是早起，坐在面對著無法不令人遍生遐想的前清古床左側臨窗的方桌上寫作或者抽菸、呆坐。

三個紅得像鮮血的大石榴被我和畫家分而食之，還在棉衣上不經意地沾上幾滴，忽然想起在臺北與郭君喝紅酒，沾在同樣一件棉衣上，總覺得情欲的顏色。

畫家則坦言，十年前回臺展「閨中美女」時，他揮灑的紅藍黃綠，十足的情欲感覺，那種創作的快意，幾乎將生命燃燒到每一個毛細孔深處。

我坐在燈下翻看他的畫冊，女人們從畫冊裡的床褥間翻身而起，撩人交叉著大腿，雙手微撫乳房或扯亂長髮……慵懶的貓靜靜在床的一角。

畫裡的貓真實地昂起頭喚我，咪嗚咪嗚地要我抱牠。我把貓的前腳提起，像鐘擺一樣的左右晃動，並且發出滴答、滴答的聲音逗這隻大黑貓，牠睜著眼茫惑地看我。

畫家要我放下不安的心。

帶我踩著蘇活區街邊的殘雪，在午後微暖的陽光裡去推開每一扇畫廊的門，或者促狹地偽裝同性戀者去走格林威治村，買像他畫中的顏色一樣的太陽眼鏡，並且扮鬼臉給畫家的妻子拍照說要我暫時做幾天紐約人……。

睡在他巨大的畫下，以及周圍他精心收集的石灣與漢玉，很冷的晚上，王鼎鈞先生來，用心地撫看畫家的古硯，要我去法拉盛走走……問我何以來紐約？在最冷的雪天。

最冷的雪天，也許冷能夠讓我較為平靜，心無雜質地反思未來要走的路、生命要做的抉擇。

從亞特蘭大回來，畫家直接從機場把我接到賓州鄉間的家，白茫茫的雪地，他們古樸的維多利亞式家居。門一打開，紐約帶來的大黑貓咪嗚咪嗚地滑到我沾著雪的腳邊。

從薄薄的金黃陽光中幽幽醒轉，暖和的細花被褥好像枕邊存留著心愛女子的體香，還是不敢向畫家問及；不知道在那張前清時代，雕滿花鳥、美女的床上做愛，究竟是什麼感覺？

3

和盧棱先生的正式相見，竟是在二十五年以後。

逐漸挪近他那深不可測的闊葉森林，彷彿聽見狒狒們用力拔下果子，急促的叫聲，或者只露出一雙詭異、反光的金綠色瞳孔，像夜一樣黑暗的豹子，撥開濕濡的巨大蕨類植物，美麗魅惑的裸身土著女子，紅日悄然垂落……。

誓言去念藝術學校，母親寒著臉，父親撕去我畫了很多天的水彩。常常路過衡陽路，仰著年少不被理解的頭顱，瞻望書店木架最上層那排日本出版的精裝美術全集。那是最奢華的盼望，每月進口一冊，新臺幣兩百五十元。我明白不可能從憤怒的雙親那裡得到資助，我開始寫作向報社投稿，或者是小插圖，藉以換取畫冊。

繞過梵谷的星夜，疲倦而沉重的吉普賽歌手，終於在沙漠席地而眠，和他一樣孤獨的獅子，慢慢靠近……。

十八歲，有些顫慄的少年之手，拿到畫冊覺得心頭猛跳，重磅雪銅紙格外沉重，翻開時，險些割傷了急躁的手指。

低階稅務官員的另一面，竟是不朽的畫家盧梭先生。許多年以前，在法國巴黎的小酒館，害羞、不諳學院語言的盧梭初遇意氣昂揚的畢卡索。

而後，畢卡索與盧梭一起依靠在書房一角，落滿了塵埃。已經很多年不曾翻看。一長排當年奮力寫作、投稿，每月換取一本的畫冊，達利、普魯東、莫狄尼亞尼……不再純真以後的中年，似乎他們也被我遺忘久久。

玻璃牆外的雕刻庭園已被白雪層層覆蓋，向晚微微泛橙的天色，如果再濕濡一些，應該會飄雪吧？我靜靜地啜飲薄如茶水的咖啡，彷如看見少年時候的自己站在雪地裡，腋下緊挾著盧梭先生的畫冊向我走來，眼裡有著淡淡的愠意。

離開少年傾往的色彩、線條彷如告別最初的純真。生命本來就是一條向前不斷淘洗、沖刷的大河啊！我闔上眼，搖搖手，少年像泡沫般的消失在玻璃牆外那片白得像故夢般的向晚雪地……不然，還要怎麼樣？忽然覺得有些生氣了。

親愛的盧梭先生，是不是有時也會忽然懊惱地生起氣來？買了一張盧梭先生〈沉睡的吉普賽人〉海報，走出美術館，穿上大衣，圍上絲巾，仰首，果然白白的雪花飄下來了。

剎那之間覺得好寂寥……。

4

覺得像幽靈般的在紐約旅行。

逐漸老去，蘇活區的華人畫家從雪後冷慄的街角出現，循著華埠與小義大利區接壤，濕濡、骯髒的市場街向我走來，裹在厚重的羽毛衣裡的軀體已有些許龍鍾……忽然有所疼痛，一生以畫逐夢，他們完成自己當年許諾了嗎？

秦松的鬍子白了，卻仍像十多年前，在臺北東區，拉著席德進的手，要他看從咖啡座前娉婷走過如花的漂亮女子，那種對生命與青春充滿自信的語言。頸間花俏的絲巾能否驅走異地雪天的陰冷？他的油彩凝固三十年青春，那麼，生命中的某種隱痛是不是在他穿梭於地下鐵與蘇活區之間，讓他也一如異鄉旅行的幽靈，那般的孤寂、落寞……？

還是不曾問畫家關於創作的事。

一九九六年的第一個夜晚，坐在偌大、古老的劇院，前排同號座位，坐著全場最高大的觀眾，擋住我半個舞臺的視野，他禮貌並且勉為其難地壓低肩膀，將一隻長腳盡量塞進前排的座椅下方，並回首稱歉。

演克莉絲汀的女角換人，歌聲依然悅耳，戴著半邊面具的男主角划著小舟，飄浮在煙霧迷亂、鬼氣森然卻燭光滿布的河面……。

而後是飄著大雪的哈德遜河，我們要出城走八十七接一百號公路，鄰座的女子微微咳嗽，感冒一直沒好，糖漿愈喝愈多，胃痛不已……午間相約在華盛頓廣場彷如巴黎凱旋門的地標物下相見。朋友畫了張地圖，中央街到西百老匯右轉直走可抵達。開始下雨，咳嗽的女子撐把黑傘，在冷雨中等了四十五分鐘，凍得哆嗦。原因是我迷路了，左轉幾乎走到世貿中心，只見那兩棟巨大墓碑般的建築，在濛霧中猙獰。

迷路的幽靈飄浮在雨後轉雪的陌生街頭，想起一生曾讓某個女子辛苦的守候，或者爭執的告別，手中朋友所借印著雷諾瓦睡蓮的花傘竟在不經意間為之骨折。

踩雪前行，大雪紛飛，前路茫茫，家屋亮著一盞暈黃的燈，在積雪的窗前。朋友笑說：你很幸運，遇到美國東岸七十年來最大的風雪。

臺灣永遠不會有巨大的風雪，那四季如春、美麗豐饒的島國。但在生命深處，有時風雪的冷慄與苦楚卻是綿延不絕。

是應該要回家了。

1996

島嶼飛行

1

詩人華髮漸生，那柔和的眼神凝鍊地校訂著手中的書稿，機窗外已是冬來冷藍轉暗的暮色。

航機在跑道頭足足等待了十分鐘，詩人側首提及大選之事，在攤開的晚報這端，我陷身在猶如野獸鬥場的政治消息中，厭倦卻也杞憂……九〇年代中期，臺北松山機場跑道頭鮮紅若血的導航燈從這邊伸延到平蕪茫然的遠方。

應該是在書房坐下來，應該是放著貝多芬或布拉姆斯的樂曲，等候放學推門而入的兒女，撫賞著案頭的小銅雕，或為自己泡上一杯香醇的咖啡或凍頂烏龍，在這冷冷向晚。

航機咆哮憤怒地往前奔去，吃力地爬升，迴轉向西，機窗下一大片亮麗的燈火。三十分鐘之後，再見到滿城的燈火，機翼從那兩棟三十五層辦公大樓削雲而過，在晴空藍麗反射的鋁帷牆之間，有時還可以瞥見佇立在窗前眺看的人影，他也正在看著這架航機戛然滑落的弧度吧？

那是一個熟稔又有些陌生的營建業者，經由作家兼企業家朋友的引見，首次踏入他寬闊、明亮的大辦公室，吸引我的，就是一室大小不一的水晶球，他說這是此間商家的流行，水晶可以聚氣、凝財……說著，一架航機戛然地從窗口閃落，他打開印著宮澤理惠裸照的檳榔紙盒，很誠摯、有禮地遞給我一枚翠綠如玉的檳榔，而後攤一攤手笑說：怎麼知道這也是航道？每天看從臺北來的飛機。王董告訴我，你五點半會到水湳，三十分鐘前，你應該知道我站在這片窗前看到你班機的降落……。

而後是酒店的紙醉金迷、軟玉溫香、不真的應對以及不斷波湧而至的巨大空虛……，男人之間戲稱的「只是找尋某種失去的鄉愁」，並且不忘記提及對臺灣政治亂象的不安。

在同一時刻，冷慄如刀的晚風切割著詩人的臉顏，臨海的寬闊廟埕，稀疏的群眾，政見臺上燈亮如畫，帆布背景上候選人的笑臉在強勁的風中彷彿也僵硬了起來，詩人站在臺前，掄起有力的拳頭，對著麥克風大聲說話。

晚風把聲音撕成碎片。

2

那是母親的思念，服役時候的府城，古老的東門城樓以及廟前的虱目魚粥、害羞婉約的女子。

那是二十年前最美麗的惦記。

向晚總約在松山機場相見。剛從美國大學拿到博士，意氣昂揚的朋友說：為了臺灣更好的明天，我們不能沉默！上了航機，有的要了份晚報看，用力地捶拍政治版那些令人生氣的消息，有的閉上眼入睡，慢慢歸於寂靜。

雲上幽幽轉入深藍的晚天，遠遠的一道狹長的橙紅霞帶，空服員包裝紙般的笑臉，來去恍如幽靈，醒來的年輕副教授，睜著一雙茫然的眼問說：還沒有到臺南？而後又斷電般的倒頭再睡……，像孩子般純真的臉。

很多年前，在波士頓雨後冷空氣中，他向我走來，而後進入那棟維多利亞式的學生宿舍，接過沾著露水的行囊，說：我煮龍蝦，你們看電視，臺灣好嗎？

航機繞了一個大彎，隱約反光的水面，再來就是像一扇一扇方窗的魚塭，空服員飄過來，要你把小桌子收起、安全帶扣緊，年輕的副教授們輕輕地嘆口氣。

堅決參選市長的朋友脫離加入不久的政黨，土木工程博士，曾讓此間的情治人員雞飛狗跳，允為反對運動傳奇的朋友凝重地宣布他絕不退出，參選到底！他所脫離的政黨尷尬，他的朋友們兩難。

也許，這果真是一次夢的戰鬥？如果密集的向晚飛行是為了奔向一個女子溫潤、飽滿的情欲，或者是商業利益的合縱連橫……，這個已經逐漸失去情義，美德的九〇年代，這群年輕的副教授用力、大聲地宣稱理想性、使命感，坐在機窗旁，呆看著夜暗燈火的我，也不禁微濕了冷漠久久的眼眶。

理想性是什麼？很多年以前，一些政客們血脈賁張，沙啞著嗓音、痛心疾首地說：我，代表公理、正義！他們現在坐在巨大的黑色房車，衣冠楚楚的、極有教養的，噤聲一如馴服的鸚鵡。

副教授們終於在夜深的Pub哀傷地掉下眼淚。

回到校園去，不要再關心政治、不要再想到臺灣……，真的能夠這樣嗎？國科會的研究經費不是快撥下來了嗎？明年春天，你就可以散步在幽靜、美麗的劍橋校區，抽著石楠木的荷蘭三B菸斗、優雅地向走過的金髮女子道日安。

我又回到母親的思念，服役時候的府城。滿城燈火總令我隱隱心痛……，飛行又將另一次的結束、另一次的開始，面對的又是人性另一次的刺傷、另一次的扭曲以及糾雜。

3

彼此約定，午後四時的花蓮機場。他從臺中過來，我從臺北過去，我臆測的航程是從蘭陽平原出海，沿著海岸線飛行，他則要穿越大甲溪直至源頭接立霧溪東飛，皆是三千公尺的峰頂。

他說：我沒去過花蓮。

沒去過花蓮，卻一直關心那位不曾見過面的散文作家。能夠寫出雄渾氣勢，運筆如大河山巒的秀異作家，卻去參選省議員了？這個九〇年代的臺灣是怎麼回事？作家逐漸棄筆？

塞車的臺北市區，計程車插滿了市長候選人的小旗幟，司機老大連珠炮一樣地抨擊執政黨，我則由於時間緊迫，腹間隱隱作痛，索性閉上雙眼，左手抓著的皮包滾到椅座下端。

塞到民權東路、敦化北路口綠燈一下子換成紅燈，耐不住性子，我說要下車，司機老大說：我幫你趕吧！用力踩油門。兩側湧上的車子緊急煞車。喇叭聲大作，交通警察的臉很長。

喘過長長的氣，航機已穿過雨雲，在無涯的棉絮上水平飛行。我也很久不曾去花蓮了，想到花蓮總是多少會怦然心動，好像一種生命中難以承受的負荷、絞痛之時，就會想去花蓮……。

把這種想法告訴住在花蓮的作家，他回信說：花蓮治療了你們的負荷、絞痛，那麼誰來治療創痕累累的花蓮？

作家帶領群眾去包圍紙漿廠，抗議水泥廠，被指為「有心分子」。我在報紙的地方版上見到作家，心中總是一種溫熱卻又摻雜著辛酸。

機窗外是蘇花公路，迂迴如細髮般的銀線，顯然逐漸降低高度，後座兩個日本人指著壯麗的清水斷崖，不禁輕呼地讚美：真是綺麗啊！航機猛然急墜，所有的乘客有所騷動，機長把航機拉平，忙說：剛通過一段不穩定氣流……五分鐘後在花蓮北埔機場落地。

在花蓮長住的作家，今晚的募款餐會，要替花蓮爭取、説話。忽然想到他所寫的兩本散文：《地上歲月》、《永遠的山》那份令人感心的暖熱。如果作家只是一直守住書房，也許這就不再是作家特有的質性了，夢終究不能只是文字。

太平洋灰茫蒼鬱的海水拍擊著花蓮海岸，航機在海灣上繚繞了個大圈，然後筆直地降落長長的跑道，穿過兩旁停駐的虎鯊型戰機以及微霧。

臺中來的朋友已經在機場外抽菸、等我。

4

航機在暗夜的海峽尋找島嶼。

攝影家說：明天是投票日，沒有人要來澎湖助講，他們說，反對黨的兩個縣議員候選人，選不上。政客們不來，作家，你來不來？

那是午後三時的電話，我正把明後天的副刊版面看完，剛撕開茶包，還沒有走到飲水機旁。三個小時後，我和其他的十三位乘客在暗夜的海峽尋找島嶼。

其實無關乎選舉，主因是攝影家以及他的島嶼、冬冷的海水擁抱著微弱猶如油燈般的某種民主激情，以及沈臨彬筆下曾經美麗、壯闊的方壺。

後座的女人急躁地責怪弄翻開水的兒子，流著鼻涕，穿著印著唐老鴨圖案，大約四、五歲大的小男生放聲哭了起來，空服員趕忙過來，航機忽然又往上升騰，空服員差一點摔倒。女人不管這些，還是埋怨兒子弄翻了開水，並且不死心地尋找，滾落的感冒藥丸。

海峽的晚風想是淒厲非常，航機忽上忽下，有人忙著找嘔吐紙袋。把情緒拉回晚報頭版：全國動員地方檢察官，雷厲風行查察賄選，已掌握多人實際證物……看書燈下的晚報暈暈黃黃地攤著，好像睡醒時踢開的被，空蕩蕩的一種疲倦、虛無。

這種疲倦、虛無一直延續到攝影家把我從機場接到某地的過程，車前燈照處，只是一條灰茫茫的公路，兩旁盡是無邊無涯的夜暗，穿過一些墳墓、廢屋、碉堡，沒看見人、車。我有些擔心地問攝影家，這般黑暗，車子還開得這麼快，路熟嗎？攝影家平淡地答說：澎湖人嘛。

澎湖人林文義是個大鬍子畫家，伴著美麗沉靜的妻子住在赤崁。他睜大眼睛說：終於見到臺北的林文義了……。看到他一屋子用粗草繩綑綁的水色玻璃球，鯊牙以及貝殼還未細看，大鬍子林文義就催促說就在街角廣場，有沒有聽到煙火的聲音，請你準備上臺……。

十多個警察嚴陣以待地橫在政見臺前，男女老幼一兩百人，攝影家附耳說：反對黨候選人與執政黨候選人是表兄弟，所以……請不要說得「太鹹」。我差一點就笑出來，忽然覺得，有時候選舉就像一場荒謬的遊戲。

第二天一早，當我在旅店浴室狠狠摔破了腳，血流一地之後，跛著腳叫計程車去機場，藏在鞋裡，用繃帶簡單包裹的腳面還在流血、抽痛，才發現天人菊已開滿島嶼的四處。

1996

青春

1

堆置在頂樓的紙箱子，由於屋舊漏水，白石灰牆暈著一大塊霉綠，褐黃色的牛皮紙箱飽吸水氣，濕濕軟軟。

站在這堆紙箱之前端詳久久，有多少年了？親手將物件封存，已忘記究竟有哪些？所封存的也是一些生命的記憶吧？忽然內心冷冷地顫慄，彷彿有種不祥的感覺。

這樣的猶疑事實上是大可不必，我只要伸出手，搬下這些積滿塵埃的紙箱，用力撕開緊貼的工業用膠帶，也許，記憶就回來了。問題是，我需要重溫這些記憶嗎？

向晚的天光，透明中帶著混濁，颱風前夕般的橙紅，有兩條長長的凝結尾，越過國境領空的航空器，從很小很小的時候，就習慣於仰望，好像那是一個遙不可及的遠方或者希望。

希望，成為年少時內心的夢，總在追尋，卻也在歲月的追尋中難以定位。追尋復追尋，竟然一下子就跨過四十歲。

四十歲的孩子？有人如此揶揄。厭倦世俗的造作與應對，我是不在乎被形容是孩子。有顆孩子的心，事實上仍是我無以觸及的，也許在子夜，靈魂會忽然變得澄明、平靜，有時會幽幽地有所傷楚，就著一盞燈，默默地面對自己。

面對怯於打開封存的紙箱，一如面對自己。到底要不要打開？是潘朵拉的盒子嗎？打開後，傷心、病痛、災禍？不打開，回想自己生命一路走來，就是鄉愿似的幸福？有人告訴我：人生不要太認真，一下子就過去了，原則以及信念，都會因人、事、地、時間的相異而改變，生命的堅執，只會帶來苦痛……。

他是善意的，舉起一杯酒，先乾為敬地仰喉而下，卻又看見他喝盡之後，微喘並且酡紅的臉上，眼裡竟有濛然淚光。

2

我決定不要壓制自己。

動手把紙箱搬下來，一身濛濛塵埃。

燈下，用力撕開膠帶，紙張的霉味撲面而至……十六開本的異議雜誌，幾隻銀灰色的書蟲怕光，一下子鑽到紙頁暗處。彷彿那個仍未解除戒嚴、噤聲的封閉年代，驚怕卻又不屈的心情，微顫的筆在六百字稿紙上沙沙滾動，認為：也許用筆，可以讓長長的暗夜將盡，有一絲微光。

彼時，有一顆杞憂的心，卻不是傷感自己，而是面對黑暗籠罩的大環境，問著：明天，到底會怎麼樣？

總是很長，好像永遠都不會天亮。無法入睡，輾轉床褥，懊惱地醒來，又急促打開桌前的燈，面對攤開的稿紙，告訴自己，不能再偷懶、不能再逃避……。但這樣的寫，又能幫助些什麼？

為他們撰寫的異議雜誌在裝訂廠被沒收了，朋友跳上成堆未裝訂的紙頁緊緊抓著，管區警員及查禁官員用力把他拉下。

很多年以後，朋友約我喝酒，笑我：還在堅持理想嗎？看看當年我們支持的人，現在變質成什麼樣子？晃動著手中的皇家禮炮酒，十多年了，那雙眼睛依然銳利如昔；現在是以選舉公關聞名的公司董事長，兼營越南房地產投資。

我說，那段拚鬥民主的日子，應該用小說寫下來的。

他哈哈大笑，答說寫了一些，卻懊惱地撕了丟紙屑筒：你覺得還有意義嗎？呵，都過去了……。

換了兩個地方，話愈說愈少，酒愈喝愈多，終至無言告別。

一本、一本翻閱，已經泛黃，有的脫頁掉落下來，曾經銳氣、堅執地以筆作為抗爭的文字，如今都已是被遺忘的舊頁。那些蚊蚋飛舞，菸一根接著一根不停地討論、爭辯的夜晚，揮汗撰寫的豪情壯志，都在翻閱這些被我封存十多年之後，化為若有似無的幽然長嘆。

3

歲月終究不是為了幽然長嘆而存在。

打開另外幾個紙箱，竟然喚回年少的傾往。魯迅以及沈從文向我走來，牯嶺街舊書攤，那一口山西腔的退伍老士官，壓低著嗓音說：放在書包裡，別給教官搜到，這可麻煩。

忐忑地在最後一堂課自習時偷偷翻閱，導師從後面用力一把將書抓起，書皮一看，厚度鏡片後面的眼睛驀地精亮起來，拍拍我的肩，低聲說：這種書，你也敢看？收好，小心。順手把書放入書包，若無其事地走開。

那夜，我睡不著，也無法潛心看那兩本書，我一再想到導師那精亮之後略帶驚惶的眼色，那麼細緻優美的《邊城》為什麼不能看？文筆如劍的魯迅做錯了什麼？

而王尚義卻在二十六歲因肝癌死去，那本《野鴿子的黃昏》陪我度過慘澹、無聊的高中二年級。只覺得書首那幅史懷哲的畫像為什麼老是那麼憂鬱？王尚義的流亡鄉愁又是什麼？接連不斷的情愛去來，存在、幻滅，像星閃、泡沫？

原是橙色書皮已褪成淺黃，封底那幀微笑的黑白半身像就凝固在最後的二十六歲。版權頁鋼筆的墨跡已淡，寫著「購於一九六九年春東方書局」。一九六九年？好像遙遠到上一世紀。戴著大盤帽、帆布書包穿梭過重慶南路一家又一家書店的愉悅，那是一次又一次的發現之旅……過了兩年，我讀到了葉珊及沈臨彬的散文，就試著拿起筆來。

而後父親激憤地撕掉我的文稿，散了一地的碎紙片好像被扯裂的夢與希望。我一直很不諒解父親，一直到十年前，他肺癌末期時，問及他才知悉苦心，二二八事件，他的記者朋友在三月屠殺時失去了生命。

在紙箱旁想到父親以及他們那個黑暗的年代，他們的青春是不能有夢及希望……。

4

夢以及希望，曾在一束舊書信之間。

以為完全都付於燃燒淨盡……。

一時間竟呆滯在另一個打開的紙箱旁，顯得尷尬無措。一疊皇冠雜誌上端，用紅色橡皮筋束綁的書信，年代久遠，橡皮筋已經斷裂，且由於溫差，膠著在信封上，好像掉落燭油地暈染開來。

某個女子的來信，用著工整秀致的筆觸，捎到服役時的郵政信箱，告訴我在大學最後一年的感覺，那般真情而多感，像春天的風。

休假回去，總是盈盈微笑，帶我去徐州路的商學院，看那古老典型的日本校舍，而後告訴我她哪個同學要和男朋友相攜赴美留學，或者誰又和誰分手了。

她總是盈盈微笑，像春天的風，卻覺得不知道怎麼待她，只是感到她像個姊姊，可以和她說很多很多的話。她終於提及情愛，我回頭去看商學院裡遍開的杜鵑花，淡淡的三月天，我沒有回答。

燒掉了很多書信，何以留存？是因為她的筆觸工整、秀致？抑或是一次年少歲月的清純情懷？捧著那堆信，記憶慢慢回來，都二十年了。十年前在西門町偶遇，已是豐腴婦人，彼此面對，客氣地問安，依然是盈盈微笑，而後，擦身而過。

燈下，耐著性子把信一封一封地讀過。溫柔甜意地說，願意等候。願意等候？任性而多變的我，二十年前，哪能體認她盈盈微笑背後的真心？孩子氣任性地跳躍過來，猛然憶起退伍那年耶誕分手時，她忍不住掉下眼淚的傷楚。

人生，有緣而無分，還能如何？

誰負了誰？或者結合之後才驚訝地互相明白，彼此竟是全然相異。而後，生命蹉跎了大半。

把紙箱重新封存，逐一堆積整齊，也許再也不要打開了……。默默地走下樓，若無其事地進入房間，坐了下來，為自己倒了杯酒，青春，好像一下子就過去了。

1996

在鮭魚的路上

1

在電腦網路上，竟然不經意地找到自己的資料，思索久久，想到遠在南臺灣念醫學院的年輕小說家陳豐偉，在一封來信中，誠摯地要求將《鮭魚的故鄉》納入他的文學網路。《鮭魚的故鄉》是我的第一本亦是至今僅有的小說集，一九八七年到一九八九年之間的十篇小說，描述的是海外臺灣人的故事。

忽然陷入久遠的回憶，那是一九八六年七月上旬，和作家林雙不從康乃爾大學演講之後，搭一位黃先生的車子回紐約市，七月的美國東岸，燠熱一如夏季的臺北盆地，一車四個男人全部脫掉上衣，黃先生的車子沒有冷氣。

不多話，留著小鬍子的黃先生竟然毫無隱瞞地談及他內心深埋的情事，一個愛他的外省女子，由於他的政治信念而蒙受叛亂罪名。黃先生淡淡地說，嘉南平原的口音，沉穩地操作方向盤，沒有激動，平靜訴說的彷彿是別人的昔事，眼角卻飽含著晶亮的淚光，我與林雙不都陷入沉默。

一九八七年初，完成了這本小說的首篇作品〈風雪的底層〉，寫的正是黃先生及其蒙難的愛人的苦戀。怎樣的一個不公不義的時代，如何地扭曲與侮辱的、沒有尊嚴的人性？

完成後的小說，交給文學好友主編的副刊，好友最後還是為難地轉交給《文學界》雜誌刊出。

幾年過去，一個晚霞滿天的向晚，陳菊大姊來到我所工作的報社，充滿神祕的笑容，說有個漂亮的女子要求相見，在暮色深濃，編輯部、記者仍未上班，空蕩寂岑的辦公室顯得昏暗的二樓入口，朦朧間，彷彿夢境般的不真切，女子向我深深一鞠躬，她，是誰？

她，是誰？她是我小說裡那個為義受苦的堅強女子，七年的政治獄，白了一頭的髮。陳菊大姊的眼眶紅了起來說：不錯，就是她。

而當天的早報影劇版正刊登著從明尼蘇達回來的傳播學博士，儼然電子媒體新貴，相貌堂堂，一表人材，當年出賣這個女子的人，所謂「忠黨愛國」的青年才俊。

我的眼淚不禁奪眶而出，不應該是她向我深深一鞠躬的……我只是寫出她與黃先生的故事而已。窗外是濟南路逐漸暗起的夜色，生命中長長悲苦的夜色終於過去了吧？

以後，知悉她去了比利時，從此不願再回臺灣這片傷心地，而黃先生，以後我去了紐約兩次，也不曾聯繫，歲月終究會教人逐漸學習遺忘與麻木。

受苦的女子與淡然的黃先生，一個在獄中煎熬，一個在域外被故鄉放逐，八〇年代，這對被拆散、撕裂的苦命戀人相互咀嚼著黑暗的人生。

他和她不就是逆流返鄉的鮭魚？巨大的折損、衝撞，美麗的鱗片脱落、流血，巨大的浪潮殘暴地阻隔他們的相見與歸返，什麼是公理、正義？什麼是真實的尊嚴？

一九九六年八月中旬的子夜，在電腦網路上，不經意地找到自己的文學資料，才想起《鮭魚的故鄉》已是絕版的舊書，卻喚起我深深的回憶，關於一段悲戀的往事。

我還能再説什麼？只是一片黯然。黯然之間，隱約的，一片溪流，鮭魚拚死返回牠初誕的原點。

2

返回鮭魚初誕的原點。

那是冬冷的七家灣溪，向晚山雨，看不見湍流中的櫻花鉤吻鮭。

不應該冬天來訪，深秋七家灣溪兩岸的楓葉轉紅，逐漸掉落溪中，一片一片的美麗紅葉下，就躲著鮭魚。

陸封型的櫻花鉤吻鮭。

初識，卻是在李喬的大河小説《寒夜》的序文。小説家的筆觸帶我上溯大甲溪旅行，慢慢的，我泅泳的雙手變成鰭，雙腿蛻化為魚尾，呼吸的肺竟轉變為鰓……從一次驚訝的眠夢，溺水般的醒轉。《寒夜》從被褥滑到我裸露的胸腹。

所有的鮭魚都有回溯的本能。

至今沒有任何人能窺知這種生命神祕的力量，經過萬年前臺灣島嶼地殼的變動，從大甲溪上溯的鮭魚被截斷返鄉之路，卻也無以回首，一代接連一代，七家灣溪默默承傳的櫻花鉤吻鮭家族。

回到冬冷的七家灣溪。

看不見湍流中的鮭魚，山雨激盪，兩岸的楓樹林禿光了葉片，彷彿許多向天哀求的瘦削之手。

何以冬天的林相如此蕭索？適合穿越林間，回首些許往事，像山雨之後的煙雲暮色，一下子就令人訝異於它們的浸淫之快，茫茫一片夜暗了。

只能待在潮濕的木屋裡獨自喝酒，那是取暖的方式，逐漸微醺，酒像某種神祕的氛圍，再喝下去就心跳加快，暈眩之間，昔日的女子鬼魅般的回來，輕輕敲擊著木屋的門扉……

依然是多年以前如花的臉顏。

依然是飄飄如潮浪的長髮……

而妳所見的，酒後的男子已逐漸老去，那時交換的千言萬語在別離之後的遺忘裡竟然彷如一夢。終究，還是穿越過生命的交點而後各自尋找相異的前程。

像不像鮭魚的旅行？向前不退，殉於一種無以變易的宿命？鮭魚是否有淚？所以泅泳過的大海與河流是鹹味的，哀傷的鮭魚之淚滴落在水中，有誰看見？一如昔日的情事，可以平靜追憶，感謝曾經結緣的人，卻不必感傷怨艾……

有一天，我會試著用畫筆描繪曾經冬天路過的七家灣溪，曾經允諾深秋楓葉轉紅時再來，卻似乎永遠爽約了……生命的流程一如溪水，允許以後的變數，彷彿掉落的紅葉在湍流間遇石擱淺，乃至於腐爛、渙散，終究無以被漂送到下游，等候的人只好轉身離去。

會在離開七家灣溪很遠很遠的旅行路程，也許就在飛航的打盹裡，眠夢在半醒半睡之間，竟有一群一群的鮭魚泅泳而來，仔細想看真切時，只有溪流上飄落紛紛的楓葉，心像深秋一般蕭索，幽幽醒轉，不知今夕是何年。

離去的人，在生命的旅路去尋找安頓各自的生涯。淡去的如花臉顏，潮浪般的長髮，會是冬冷七家灣溪最後的記憶？一切都會被冷慄的溪水沖散、帶走，我們終究成為陌路。

3

陌路是無以揣測的未來。

羨慕鮭魚，生命的循環有固定周期，牠們的宿命是如此簡單：孵化，泗河入海，回歸上溯，在初誕的原點拚死射精、死亡。

鮭魚，不懼生與死。

我們，卻總是掙扎在生死的不安裡。

或許，就在一個月光如銀的秋夜死去，沒有任何預警，更不必一一告別，有如入睡。眠前為自己在床前、桌上、窗邊點亮幾盞燭光，而後替自己倒上一杯酒，微笑地敬自己，明天拂曉，陽光依然升起，自己留下眼前最後一抹微笑，從此不再醒來……你說，是不是一件樂事？

或許，有人在極度的憂傷之後，吞下大量的鎮定劑，決定結束人生，卻在昏迷久久之後，竟然意外地無事醒來，窗外月光濛濛灑了一身，幾點綠光，是夢般的螢火蟲，牠們帶來的暗示，是前生？是後世？卻似乎不是此刻決定辭世的自己。

有一年，從教堂的彩色玻璃，灑下異樣的光，空空蕩蕩的岩造建築，學校的記載它已有百年歷史，沉重堅實的長木椅，排列成整齊的聆聽姿勢，巨大的黃銅燭臺存留著凝結成堆的白色燭油，只有我獨自一人端坐在教堂裡。

永遠蹙著緊密眉頭的耶穌，被釘了近兩千年的十字架，會不會太累？一直被懸掛在教堂的牆上。

我只是不想再在圖書館裡翻閱那些在臺灣找尋不到的歷史資料，我總是不夠專心，總是忍不住伸長頸項，偷窺屋外的那棵五葉楓。不然就乾脆把書拋下，到那片陳列著羅丹雕塑的廣場，與沉思者一起沉思，仰看天國之門發呆。

天國又如何？地獄又如何？

羅丹總是把人體玩弄得那般糾葛，一回首，雨果那張背負著整個法國苦難的橘子皮臉那般傲岸地朝著你看，我寧可去與巴爾札克面對。羅丹終究逃不過生命之死。

教堂很靜，巨大的管風琴直立，如果是周日，這裡會充滿了大學裡的人。現在，只有我占領了整座教堂。

不得不想到生與死。

彼時，剛從胃出血暫且脫身，離開傷心的島國，來此駐足，不知何去何從。

不知何去何從，遠方的朋友好意地說：就安排你來這裡讀些書吧？我們學校裡有相當豐富的臺灣歷史資料。

我不是一個用心的研究者，總是漫不經心地瀏覽而過，像一縷幽魂飄來飄去，沉默得像一棵樹。

夜來，多少被仍未痊癒的胃疾纏繞，隱約刀割的尖刺感幾乎令人想立刻死去，而後是劇痛之後的某種幻覺，那大約是暈眩、喘息加上虛無，若隱若現，鬼魅在側。

不要這般的折難，就這樣死去。

那時的確這樣地暗自祈求。

很怨恨何以人生會走到如此？

甚至會在子夜的床上無以自制地放聲嚎哭，覺得存活是一種浪費，並且一再思索著死去的方式。

自己的懦弱與眷戀還是留住。

比起拚死返鄉的鮭魚，自己竟是那般的不堪與脆弱，還能誇言什麼生命的無垠與更大的可能？

4

無垠與更大的可能又是什麼？

在生命的某個轉角，是否可以讓自己暫時休息，思緒全然留白，愛恨情仇都不繫念？安安靜靜地看一座山，一片海，撿拾落葉，種一盆花，走一遍長長的紅磚道，生命能不能自在、簡單些？

追尋生命的無垠與更大的可能，以後呢？有一天終於體認到自己要的，不外乎是真正心靈的自由與平靜，而又是多少歲月的翻滾與折損？

在鮭魚的路上，只有生與死。

寧願一如鮭魚的宿命。

彷彿穿過秋深的長廊，所有的落葉都蕭索成憂鬱的容顏，欲言又止。我還能再說些什麼？譬如季節的心境，厭倦或者驚喜，濕濡的雨後天空乍現的彩虹，只有這無以預知的天象是少年延續至今的不斷發現。

鮭魚有著彩虹般的異彩。

那是十年前的西雅圖，華盛頓湖與太平洋潮汐相連的午前，有人帶我去看鮭魚回家的路。湖底漂晃的藻草慘白而淒美，幾條回家的鮭魚逆流，等待縱身跳過陡峭的魚梯，有一條魚試了幾次，鱗片碎裂並且滴血，牠依然輕擺著逐漸無力的前鰭，肥壯的軀體在藻草飄晃之間，明暗互見，竟有著彩虹般的異彩。

想到西雅圖，一直就呈現鮭魚，永遠是我無以解開的迷霧，像夏夜海岸滿天燦亮的星群那般遙不可知，鮭魚的名字是一種美麗的祕密。

我開始在文字上深感到詞窮，對於鮭魚的描述，終究只流於某種膚淺的美學經驗……反而在夜晚的日本料理店，一再邂逅的鮭魚被切成薄片，橘色以及雪白交織，吸引著食慾以及酒興，繫著江戶花頭巾的料理師傅說，今天的鮭魚正鮮美，從北海道來，配溫熱的清酒最好。

鄰座兩個日本商社的男人顯然已有幾分酒意，日語時重時輕，彼此激著對方喝酒，聽著料理師傅說及鮭魚從北海道來，他們問師傅有沒有一種產自札幌的啤酒，不是清酒，配鮭魚冰啤酒好！他們爭著向師傅建議，像邀功的孩子。咬著唇，寒起臉的料理師傅一言不發地從冰箱裡拿出兩瓶日本啤酒，開了用力放在食檯上，是不是這種酒？

對著我苦笑，說這兩個日本人是老顧客，有時還是會令人有些生氣，來，人客，咱們也要喝一杯，我請客。說著倒了兩杯日本啤酒，又切了兩片鮭魚，料理師傅舉起杯子說：乾杯！

日本人唱起歌來，我知道這首歌：〈津輕海峽冬之景色〉，他們唱得斷斷續續，顯然是酒意已深，忽然感覺，這兩個異鄉人是沾著眼淚在唱歌，有著難以言喻的鄉愁，我不禁舉起杯來，說：乾杯！他們豪邁地一飲而盡，哈哈地笑出聲來，竟然清楚看見他們眼角隱約的淚光。偶爾側首，看見料理店窗外的小巷，冷冷的秋夜，彷彿有一抹熟悉的眼神看了進來。

是妳嗎？在長遠的生命流程之間，從窗口幽然走過，也許終究會將妳逐漸忘卻。

一如生命中的鮭魚，誕生、死亡。那般自然，那般無可奈何。

1996

二十年前龜山島

1

我終將告別這片夜暗的海岸，告別年少曾經仰看北斗七星的頭城，讓所有的遙遠記憶更遙遠，讓應該切割的無謂感傷全然切割，告別就要轉身，不再有任何意義。

四十歲，必須是生命的分水嶺。

路過頭城，真的是頭也不回，一路踩緊油門，到北關，才放緩速度，灰茫的太平洋，欲雨未雨的龜山島終究像是不渝的戀人，靜靜向我揮別。北關過去，宜蘭人就開始黯然思鄉，很多年流浪之後，小說家黃春明決定重返他的家園。

很多年以前，去黃春明的公司看他，知道我即將遠行，二話不說，拿了一雙公司出品的運動鞋給我，說這鞋很好走路，你就穿著去吧。

問他說，多久不曾回宜蘭了？他摸一摸頭，笑得很豪邁，江湖氣地答說：為生活奔波啊。再問他說，最近有沒有寫小說？他張大了嘴，一時語塞，竟然沉默了。

很多年以後，多次路過黃春明的宜蘭，有時從梨山經過武陵，穿越一個名叫「四季」的泰雅族部落，蘭陽溪上游，一直思索，怎麼有個如此美麗的地名，四季？四季如春嗎？泰雅族人怎麼去詮釋？壯麗挺秀的山巒與潺潺湍流的河谷，泰雅族人百年前不愉快與恥辱的記憶吧？關於吳沙拓墾古名噶瑪蘭的宜蘭、屠殺以及驅逐。

那麼，歷史的課題就還給歷史。

冬冷夜暗，四十歲以後，漸矇的視野所見，依然是不朽的北斗七星，依然是翻騰的浪潮拍岸。隱約的茫白，是海與陸地的接壤。不再是虛妄、驕縱的青春年少，而今我所面對的晚潮，卻也不再悸動，只有生命平靜的入定，又是如何？

紅燈籠綿延得很長很長，像一串紅熟的柿子，冬冷的夜暗，感心的一種溫慰，堤岸過去的廟埕，謝神戲賣力演出，一群已經兒孫繞膝的歌仔戲演員，演出前爭先告訴我，她們童年學戲，至今不悔的選擇，聽著，我的眼角也不禁微熱。

越過堤岸，就是沙灘，隱約之間，一排長長的腳印，是我年少時曾經遺留下來的嗎？沙灘上的腳印終會被潮水沖刷，被風吹散，而鐫刻在心中的，卻是永遠。

永遠又意味著什麼？……

日記裡歲月印證的褪色墨跡？告訴我，贏取又怎麼樣？失去又是怎麼樣？只是印證自己深怕失去，變得虛茫、無助並且那般寂寞嗎？

現在，我一個人站在這裡，站在這片冬冷夜暗的海岸，既不寂寞，也不孤獨，我明明白白確定自己存在這裡，生命真實而泰然。

仰首的星空，鼻息之間的微腥味，我所惦念的，此去七海里之外的龜山島，夜暗之中，我無以準確地尋找到它的定位，只知道它一直在那裡，我就能知悉，我是笑得很欣慰。

龜山島，入夜之後，靜靜沉睡。

而我卻必須趕路，走九彎十八拐的北宜路返回軟紅十丈的臺北，我是很不甘願的，但是我仍須歸去，而後將島逐漸拉開距離。

至少，今晚，龜山島會伴我入夢。

2

夢中的龜山島依然彷如是夢。

那般遙遠，不真切，二十年前的花蓮輪，子夜航行，濛著詭譎、濕冷霧氣的白色船身，劃開黑色的晚潮，白而蒼茫的浪尾，一下子遠了。

所看見的，是龜山島的背面，夜暗中巨大的島影，彷如史前猙獰的海獸，靜止在潮浪湧漫、迴漩的海上，忽然一切都沉默無語。

我的沉默是來自於對島的未知。朦朧中的斑白，是島萬年來的滄桑嗎？水手淡然地說，是海軍艦砲演習留下的傷痕：他們把龜山島當成靶標，每年轟它幾回……

島上的羊群以及住民呢？

住民早被遷移到對岸的頭城，羊群還留在荒蕪、冷寂的島上嗎？低首咀嚼著丘陵上的草葉，偶爾抬頭，只有茫漫的海……羊群也會有鄉愁嗎？

無以返回的龜山島民，擁有最接近卻又最遙遠的鄉愁。

依然環繞著島的海域作業，依然視野穿過窗子，年邁的阿媽幽幽然向孫兒提及昔日初嫁，從頭城搭著柴油木殼漁船到龜山島，逐漸接近，逐漸羞紅起來的容顏……孫兒們少人注意，凝神在跳躍、閃爍的電視畫面上，留下阿媽逐漸緩慢、時續時斷的喃喃自語。

阿媽遙遠的青春，已然在舊日的相本中朦朧、褪色，那雙手互握、侷促不安、微笑的纖緻少女，是阿媽的五十年前，那時的阿公呢？壯碩，有著古銅膚色的少年打魚人，向晚時船靠頭城港岸，卸魚空閒之時匆匆去小街的雜貨店為初嫁、嬌羞的妻子買胭脂、水粉……

阿公的臉，還可以預知生命裡不被輕侮的固執與率性。放大後的黑白相片掛在廳堂中央，瞇著眼，深得像海上波瀾的皺紋，不自在的似笑非笑，粗糲的、寬闊的肩膀，承載歲月多少的苦楚、無奈，相信他一直堅執到生命終結的最後一刻。

他妥協了什麼、背叛了什麼？都已不再重要。彷彿看見窗外那一大片茫茫海域，忽然沸騰了起來，形成無邊無涯的白氣，一下子龜山島被掩蓋無蹤，一種時空裡的失憶、蒼茫，生命渺小如塵沙。

我妥協了什麼、背叛了什麼？試圖在生命的失憶中去尋求不想回首的二十年前，任性與自傷截斷了往後原可以擁有更大可能的旅路，捏碎了自我所一向期許的夢與希望。站在二十年前的花蓮輪後甲板上，黑夜與黎明最後的接壤，彼時還很年輕的心已沉甸一如老者，那樣如黑夜與黎明的相互撕扯，竟至無以面對自己。

老漁人的阿公應該不會有如我的問題，純然的心境，為生活在凶惡的海浪之間拚鬥，還是多少有為少女時代的阿媽偷閒買胭脂水粉的浪漫？

3

曾經傾往胭脂水粉的浪漫。

曾經有著白膚、深眼、豐盈、長髮的妻子，曾經只想尋求一生平靜、溫美的生涯，一起好好把孩子養大，白髮的下半生，攜手相伴，共話昔日青春種種，終究，相異的認知與不可得的相惜撕裂了最初的盼望。

我還深切記得二十年前的花蓮輪一等臥艙，她正沉睡，長而黑亮的髮垂了下來，微翹的睫毛緊掩，嘴角微笑，她的眠夢很遠很美吧？睡在上鋪位的我，一直清醒，睜著一雙眼，盯著圓形的船窗，黎明前最深的黑暗，船笛聲響，混濁沉悶，隱約的水藍閃光，趨前探首，幾艘在不安的波濤間起伏動盪的漁船正在奔忙作業。清晰的，走道急促的腳步聲。

推開通往後甲板沉重的艙門，冷慄的風撲打而至，濕濡的鹹意以及微微刺痛，水手回過頭來，他正抽菸，燒紅的菸頭一閃一滅，彷彿初夏野薑花間的流螢。

睡不著嗎……？離天亮還有兩個小時，很淒冷，再睡一下嘛。

水手說著，隨手遞過一支菸，並且替我點燃，兩個人默默地相對抽菸。

黑暗的太平洋，花蓮輪用力切割過凝重、強硬的海，碰撞、嘶吼地濺起銀亮水沫，左側竟然異常清晰的紅紅的燈號，時閃時滅——啊，龜山島燈塔……

水手輕呼著，臉色忽然靜肅起來，船笛又沉濁地叫了幾聲，船身明顯往右大弧度挪移，輪機運轉的聲音加大，微微傾斜，有些暈眩。

前面有一大片暗礁群，船的航道要和龜山島拉開距離，一方面要避開作業的漁船隊……那些打魚人，都是龜山島民，去年，全數遷移到對岸的頭城，現在島上只有軍隊，平民不能再登陸。你？來花蓮新婚旅行嗎？我看見你的妻子，髮上還插著紅花……

歸寧宴客，妻子的雙親在鳳林，就從臺北到宜蘭，走蘇花公路到花蓮，再搭東線列車到鳳林。

恭喜你們，白頭偕老。

我輕聲稱謝，把手裡的菸抽完，而後用力往船身劃破的白浪間擲去，星火一閃，無影無蹤。

很多年以後，在一等臥艙下鋪沉睡的長髮女子，終成陌路，彼此離開彼此，另尋天涯。花蓮輪擱淺，我生命所期盼的，平靜、溫美的婚姻也相對擱淺，人生的暗礁那般尖銳、殘忍，我是怎麼一回事？想要再搭一次花蓮輪，它擱淺後立即被解體，再也沒有任何機會，在黎明前最深的黑暗，航行過龜山島的背面，再也沒有任何機會……

我終將告別這片夜暗的海岸，告別年少曾經仰看北斗七星的頭城，讓所有的遙遠記憶更遙遠，讓應該切割的無謂感傷全然切割，告別就要轉身，不再有任何意義。

1997

雪夜回首

1

大雪紛飛的夜晚，陌生的林間家居，暖暖地散發出暈黃的燈光。

那是小說家在丘陵上的家，針葉樹負荷著積雪沉甸的重量，車子異常小心地前行，未裝鏈條的輪胎吃力地陷入柔冷的雪中，又拚力地升起……

像小時候，喜愛收藏的，那種黏貼著碎銀片的耶誕卡，悄靜的冬夜，冰封雪閉的森林，童話般的房舍，尖頂的教堂，夜空，幾顆明亮的星。

小說家就住在大雪紛飛的丘陵，那片被針葉樹覆蓋的白色房舍，安安靜靜地過生活，安安靜靜地寫小說，曾經風起雲湧的革命壯懷，都被歲月的雪，逐漸掩埋了嗎？

終究，我面對他，卻有著情怯。

車座裡，由於黑暗，我看不見他的表情，左側的紅衣女子還是間歇地咳嗽，很冷的冬夜，衣服穿得夠嗎？接到小說家時，一上車，就溫暖地問及這初見的女子，女子點點頭，才說了兩個字：夠了……又忍不住地咳嗽。

感冒糖漿，不要喝太多，對胃不好。小說家溫柔地說，聲音令人安心極了。

畫家與他的妻子，開車來接我，約好下午五點，雪開始飄落，華盛頓廣場一片茫白，遠天粉紅帶橙，畫家遠遠踏雪走來，深色的厚外套、長筒鞋、黑呢帽，在茫白中彷彿一棵堅定的樹。

剛從紅衣女子的十二樓住所下來，坐在她堆滿書籍的狹窄空間裡，相對抽菸，問及來此留學的種種心境，忽然，電話驚兀地響起，來自臺灣子夜的電話，深情款款地要她回家。

免持聽筒，女子不怕我知悉她與長年交往的男友的對話，我卻極力分神，翻閱著桌間的雜誌，盡可能不想涉入其中的祕密……女子顯然有所不耐，安撫了子夜的臺灣男友，就斷然掛話，微蹙眉頭，用力地抽菸，一時間，尷尬的沉默，我側首窗前，什麼時候，開始下雪了？

那麼，一起去小說家那裡，好嗎？

紅衣女子抬起頭來，眼裡竟然微濕的淚光，用力地點了幾下頭，微笑了起來，瞇起來的雙眼，像一隻貓。

像貓一樣的女子，飄進昔日記憶的報社編輯檯，告訴我她的名字，遞給我名片，同業，記者，我微笑地交換名片，輕聲問好，好像生命中尋常見過許多的臉顏，接過許多的名片，而後錯身，而後相忘。

似乎又見到她，說換了工作，不做記者了，現在是一個企業體總裁的特別助理……匆匆的三言兩語，提及可能去紐約念書，覺得心靈疲倦了。

心靈疲倦的一九九五年十二月下旬，風雪紛飛下，我獨自前往紐約。

一九九五年最後一夜，畫家與他的妻子帶我前往時代廣場倒數計時，竟在日本料理店與她巧遇，朦朧的燈影，她走過來，喚著我的名字，我依然想了久久，依然感到陌生，她顯得無奈，苦笑地介紹自己，而後有些怨艾地自嘲：每次，你總是記不得我的名字……

生命匆匆，記得或者遺忘的分野何在？有時，記得反而痛楚，遺忘反而幸福……而在大雪紛飛的夜晚，一起去尋訪小說家積雪的林間家居，也許就是生命中最溫美的記憶；記得或者遺忘，又如何去定義？

2

地圖上，試著尋找它確實的位置。

也許終其此生，我再也無以重回那個高原上積雪的小城，彷彿眠夢中曾經觸及，稀疏在朦朧間若隱若現，卻深切記得小城的名字叫：孔雅。

他們說：這是古代歐亞之間的絲路，一個重要的城邦，開國英雄的出生地，欲雪的鉛色向晚，禿光的樺樹林下，英雄的銅像幾乎被昨夜的雪片掩蓋，還是堅執地凝肅著臉顏，成為歷史的一部分。賣毛披肩及絲巾的小販大聲地叫賣，嘴鼻間呼出一團團的白氣，像吃力爬上高原的燃煤火車頭。我沒有理會，閃過他們，踩過清真寺第二道門檻，要脫掉鞋子，不得聲張。

冷空氣充滿巨大空蕩的圓頂，月亮與火，彎刀與古蘭經……穆罕默德少年時代是如何面對沙漠與大河？如何尋找星座的方位？如何從人類與走獸之間徹悟到生老病死的起源？油燈閃爍著千百年來，回教人民的虔誠，殺戮與祈福，智慧或者愚昧，經典散開，血跡斑斑。告訴我，在這沉靜卻充滿某種未知的壓力的清真寺中行走，我試圖求取什麼教義？

悄然回首，寺外何時開始飄雪？褐色的眼睛跟隨我腳步的挪移，覆著厚頭巾的女子，終究無法解下她蒙著面紗之後的嫵媚，緊密包裹的古老傳統下，該是一個多麼神祕而妖嬈、熱絡的輝煌肉體。

我是不該有這般想像的。

我寧可走出寺外，看著逐漸茫白的小城，向晚天暗，灰濛濛街上少行人，積雪的街角，古老的電車敲著銅鐘，叮叮噹噹地滑過，竟然有幾隻飛鳥，倉皇地低空掠過，淒厲的尖叫，一下子消失在清真寺那排高瘦的塔尖……

有人走過來，問我冷不冷？還未會意，那人已將厚重、溫暖的毛呢圍巾覆上我開始冷慄的頸間：晚上抵達旅店，我們應該喝紅酒取暖……旅店有暖氣系統，紅酒只是旅人睡前的溫慰。

那人兀自地說，聲音在雪中低微得無法聽清楚，我問說：再說一次……那人搖一搖頭，轉身離去，還是留了一句：記得，回旅店喝紅酒。

離開叫孔雅的小城，我還是深切地記得孔雅這個名字。一如在人生的旅路行走，我是無以忘卻那人的名字。不知應該苦惱還是慶幸？

喝掉一整瓶紅酒，竟然沒有醉意？旅店的暖氣悶熱得令人生氣，用力把毛毯踢開，用力拉開窗帘，窗外是一片雪原，白得銀亮，反而子夜的黑暗不再重要，獨坐在窗前，不想什麼，只是靜靜地看雪，看啊看的，哈欠來了，捲了下舌頭，告訴自己，是該入睡了，明早還要趕長長的路。

熄去房裡的燈，不拉窗帘，竟然窗外的雪光逐漸入侵進來……整個房裡白亮了起來，彷彿依稀，很多年冬天，臺灣無雪，有人點燃一室的燭光，以及流迴著〈天鵝〉的鋼琴曲，忽然，我後悔沒有多要一瓶紅酒。

空的紅酒瓶直立在擺著圓桌的窗前，平躺著，從枕頭的高度看去，襯著雪原，好像一棵巨大的樹。

一夜無眠，還是想著：孔雅。

3

子夜航行，二十八歲時候的瀨戶內海。

第一片雪花，第二片雪花，第三片雪花……彼時，初見北國之雪，彷彿是年輕歲月中的星空，一下子許多星子閃亮地直曳而下，幾乎是歌般的狂喜，子夜初雪。

狂喜得無以成眠，臉頰緊貼著圓形船窗，冰寒的玻璃；雪花撲來，輕輕微微的撞擊，好像飛鳥鼓翅的脆響，隱約的白色浪痕，是巨大的船身輾壓過內海的沉重水面，激起的號叫……艙室中，紅色的小燈，散發著一種迷情氛圍，嗜血的妖魅顏色。

忽然，心頭狂跳，一直無以自制，彷彿，有件事即將發生……鬼魅般的視野逐漸朦朧，一時間竟然目盲，驚嚇之餘，想張口呼叫，竟無法出聲。

怎麼回事……？究竟怎麼回事？

嗜血的妖魅顏色，艙室中紅色小燈，時而清晰，時而朦朧，想起日本四谷怪談裡的一段：長髮、膚白的女子，脱掉沉甸、繁複的和服，裸身走來，將訝異未定的武士緊抱於胸前，豐潤的乳房撫挲著武士微髭的下頦，猛然高漲的情欲，武士終於用力地進入女子體內……

醒後，疲倦而幾近虛脱的武士，驚見床褥間緊摟的女子竟是一具死去多年的枯骨，而微微蠕動，不斷地延伸，如曲柔的蛇直追而來的，是女屍依然黑亮的長髮……武士曾經憐愛，埋首其間的萬種風情。

這般的情色聯想之後，告訴自己必須找點事做，否則無以成眠的子夜航行，如何度過？開始搜尋艙室中的設備：圓窗緊靠著的是我的床位，僅能容納一個身體躺臥，米色保耐板隔開的背後是一張鋁質方桌，菸灰缸及玻璃杯，桌子左側是洗手間，牆角仰下來吊著的是一具十八吋電視，註明「有料」，意思是說：要看電視就必須付費。

一百日圓可以看半個小時。

子夜二時，我投下了兩個百元銅板。

從地下鐵憂鬱下車的長髮女子，清純而慧黠，走過兩條幽靜的小街，轉身入一條狹窄的巷道，靜止的車輛，刺眼、白亮的車前大燈乍起，女子驚訝的抬首，長髮水般的曳起。

久美子，妳，還恨我嗎？

久美子，我，還是無以忘懷……

而後是燈光暈暗的和室，久美子與她分手半年的男人，激情的撫愛……男人的舌頭從她的乳房直舔到暗鬱多毛的小腹，久美子發出呻吟，微笑的緊閉雙眼，忽然流下淚來……

幽藍的畫面，久美子與男人憂鬱地擁抱在被褥裡，男人幽幽地說：呵，妳看！下雪了……窗外，子夜的雪，一片、一片的飄落下來，無聲無息。

我靜止在付費的電視前面，情欲竟然如同劇中人般的高漲，面對自我忽然羞赧而不安……深深吸了口氣，冷慄的從鼻、嘴之間穿喉而入，硬挺的男性，忍不住地自慰、微喘、呻吟。

用力推開通往中層甲板的艙門，並且繞著簷下狹長的甲板慢慢奔跑，雪依然落著，船燈所照亮的，一片一片彷彿櫻花飄落。

靜靜地，告訴自己靜靜地平下心來，情欲之後，靜靜地看子夜的雪。
那是二十八歲時候的瀨戶內海。
雪悄悄地飄落一如櫻瓣……
遙遠地回首，壯美、悲涼的青春旅次，關於雪夜的某種私密。

1997

童年照相簿

1

經過一次遷徙，多少會遺失一些物件。譬如相簿、畢業證書、少年戀人的信……，我已經倦於回憶。有一夜，推開住處的大門，轉身閃進玄關，脱掉鞋子，偶抬首，看見玄關穿衣鏡裡自己的倒影，陌生的一雙眼睛爍亮而疏離，髮絲垂下額頭，未開燈，還在無邊的黑暗中，忽然就凍結在那裡。

母親的聲音平靜地從電話彼端響起：啊，我找到你五歲生日的相片，圓山動物園，還有阿霞姨媽，我牽著你的阿姊……。

好像敲開電腦鍵盤，那幀5×7黑白相片，微粗的粒子質感以及裁成鋸齒的邊框，很清晰地顯影在我思緒裡，穿著素色旗袍的母親，以及沒有笑容的阿姊……，伴隨母親搭早班的飛機下高雄，天剛濛濛亮，冷風徐來，長長的民權東路，少有車輛，母親不發一語，凝重而疲倦的臉顏，定定看著車前窗。過了復興北路，前去五百公尺左轉就是松山航空站。

阿姊火葬後的骨灰放在一座佛寺裡，白髮的姊夫帶著三個兒子，張羅喪事內外，母親終於忍不住哭了起來。還在服兵役的二侄紅著眼挪身過來，輕拍著母親因哭泣而微微抽搐的背脊安慰說：阿媽，莫哭啦。

姊夫遞給我一根香菸，哽咽地替自己燃上一根，斷斷續續地說：感謝你的阿姊，三個兒子都撫養成人……。

不知道姊夫的頭髮什麼時候變白？彷彿還是昨日，帥氣、敏捷地送冰塊來母親的咖啡店，看著正埋首煮咖啡的阿姊，臉紅了起來，匆匆離去，像埋藏著某種美麗的小祕密。

然後有一天，阿姊鼓起很大的勇氣，向母親說：想嫁給送冰塊的姊夫。母親似乎寒著臉不允，阿姊咬著嘴唇，用力地說：我，一定要嫁給他……。

我默默地把菸抽完，靈堂中間阿姊的遺照，像極我五歲生日在動物園與她合影，她那沒有笑容的臉顏。

我竟然遺落了這幀相片，並且在長遠的記憶中忘卻，成為生命的一次留白。

2

第一次逃學，是厭倦於日以繼夜的升學壓力，肥胖、鬈髮的班導師總是慣於揮舞著那支三尺長藤條，算術七十分是合格標準，差一分打一下手心，所以每天書包裡都帶著虎標萬金油，以備隨時而來的鞭策。

裝病寫請假單，偷蓋母親放在梳妝檯抽屜裡的印章，早上背著書包出去，從住家的錦西街右轉寧夏路，在重慶北路與涼州街的交口就是我們的太平國民小學。逃亡似的穿過蘭州街，從民權西路往中山北路三段的方向急走……。

小學五年級，厭倦那些煩躁的模擬試題，心裡隱約的鬱結難抒……，繞入撫順街，腳程有些驚怕，好像就在街的轉角，肥胖、鬈髮的班導師會忽然出現，獰笑地壓迫而來，說：我逮到你了。

怎麼有一片綠意盎然的林葉？怒放的九重葛以及粗壯的大王椰子樹？碎白石子砌成的圍牆、舉目所見是十字架尖塔，西洋式二樓建築，神召會。

然後是比班導師更令我驚怕的一張臉顏向我挪近，父親站在教堂大門的臺階上，攤開一張建築晒圖，和兩個工人比手畫腳，指著對面進行的工事。

當天晚上，被下班後的母親痛打一頓。撫著手腳間的鞭痕，裹在薄被裡靜靜地、靜靜地浮現那座林樹蒼鬱的神召會教堂，那一大叢穿牆怒放的九重葛。

小學畢業前一個月，我們終於搬家到神召會教堂對面那棟四層樓高的公寓，一住就是三十年至今。

阿媽在四樓陽臺養了一窩雞，然後蓋了鴿舍，向晚時分，矮壯勤勞的阿媽揮舞著小紅旗，鴿群以優美的弧度在霞色滿天的黃昏飛行，而後逐一回來，阿媽的臉笑得更圓，眼睛瞇成一線。

那時，少有五樓以上的建築物阻擋，站在四樓陽臺上，可以清晰地遠眺蜿蜒的淡水河幽幽流向觀音山與大屯山的交會之點，真是壯美的山河。

阿媽開始種花樹，那種秋來香氣蝕人的桂花、紅竹或者闊葉的雞冠。阿媽總像孩子，喜歡帶我回她位於暖暖的故鄉，去太原路底的後火車站坐往基隆的列車，一路上指著車窗外的景物告訴我，這是錫口，那是水返腳，一會兒就準備要在八堵下車了。

阿媽與父親相繼在三個月裡過世，一九八五年春天，對我及母親是非常黯然的日子；此後的四樓陽臺，只有母親孤獨地整修花樹，默默無言……。

3

大龍峒的孔廟及保安宮位於酒泉街。

那是飛行航道，從林口臺地逐漸降低高度的飛機穿過淡水河，就沿著酒泉街直線衝向幾公里外的松山機場跑道。

三十年後，介於濱江街與民族東路之間的一條通路，成為臺北人看飛機起降的風景點；一種巨大的音爆以及感受航空器發動機的燥熱，從開著炫眼信號燈，從遠方的一個黑點一下子成為龐然巨鳥，那種極度的壓迫……，很多人站在那裡，還有賣烤香腸以及冰涼飲料的小販。

三十年前，從新生北路堤岸走過來，盡是稻田，秋後收割時，農人會把打完穀的稻稈綑成球狀，吹了強勁的向晚北風，稻草球就滾來滾去……，我坐在那裡，等候久久一次的飛機從遠方來。

很久才有一架飛機降落，或者起飛。紅尾巴的客機是西北航空，藍底白線的地球是泛美航空、一條捲動的龍是民航空運……，我記得很清楚。

跑道頭有一條清澈的小水溝，三斑魚兩三成群，清晰地看見牠們啜食水中碎石間的蘚苔……，我有時會興起捕捉牠們，裝在空罐頭裡帶回家去；有時卻只喜歡一個人靜靜坐在跑道頭，看飛機起降，覺得對我而言，是個遙不可及的夢，那一架一架的飛機，好像一個一個高而遠的希望，在雲的深處，埋藏得很迢遙。

總覺得自己孤獨得一如小草，沒人看見地顧影自憐……，荒蕪空曠的田野，一所國民小學叫：大佳國小。去看飛機的時候都在假日，國小空無一人，有一次周五下午沒課，又去看飛機，國小教室傳來低年級琅琅的背書聲，一架C119軍機轟轟然降落，書聲一下子被巨大的噪音掩蓋，玻璃窗戛然作響。

三十年後，日本式木造黑瓦的大佳國小已成歷史舊頁，遷校到濱江街依傍基隆河岸的水泥建築物。三十年前的田野早已是雜亂、充滿壓迫感的汽車維修廠或者是汽車教練場了，小水溝的三斑魚呢？念五專一年級的兒子問説：這是你童年的祕密花園？

童年的祕密花園？

十七歲的兒子怎麼會有如此的形容？他指著一架逐漸降落，形體愈來愈呈巨大的MD81客機大聲地回答：日本科幻卡通裡説過，每個人童年時候都有一個屬於他的祕密花園！

忽然覺得，兒子的童年、自己竟是疏於參與的一個不盡責的父親……。

1998

旅人八帖

七美銀合歡

賣石花冰的老婦人有如深諳腹語的鸚鵡，幾乎是反射動作，搭載旅行者的小型廂型車抵達，就從攤位的陰涼處奔跑出去，急促地呼喊：來哦！來吃涼的，石滬就在下頭……來哦！來吃涼的……。聽說，原來老婦人的攤位是在兩公里外的另一景點，那裡有一片酷似臺灣地圖的礁岩平臺，在那裡她也是這樣招喚來客，只是把「石滬」改做「小臺灣」。

一如澎湖群島，所有從事農漁工作的婦人同樣的打扮，斗笠下包裹著花毛巾，露出一雙異常晶亮的眼神或者像賣石花冰的老婦人，索性就呈露著粗糲、布滿皺紋的臉顏，明白告訴你，歲月是怎樣的一種滄桑。想起昨天午後，兩個小時航程，從馬公到七美，陽光燦爛金黃，海面澄藍得像吐著汽泡的檸檬水，同船漂亮的女子開始忍不住嘔吐，並不是秋深狂蕩的浪啊，不曾來過七美，我很傾往。

鄉長先生很熱心地帶我們到「七美人塚」，他必須告訴鏡頭，關於這個已然是傳奇的淒美故事。顯然他早已是老神在在，不慍不火地提及七美鄉在一九四九年以前名叫「大嶼」，這傳說中的七位女子在百年前因不願受海盜凌辱，相約投井自盡，而後井裡竟然長出七棵香花樹云云……。

側首是空蕩伸延到地平線盡處的環島公路，事實上不能用「地平線」三個字形容，而是矮矮的隆起的小丘陵吧？有一座白色燈塔，從燈塔矮牆下拉過來是平蕪的草原，兩頭赤牛、一群黑羊置身其中。

幾盒花粉及俗麗的圓鏡放在墓碑四周，七美人雖然死去百年，還是愛美的女子通性，說來也是信眾的虔誠好意。放眼皆是一株接連一株的銀合歡，鄉長先生不厭其煩地稱許銀合歡耐旱且可防風，問他島上是否有天人菊？他不置可否。

意識裡一直存在著二十多年前，我的文學啟蒙師，詩人沈臨彬所寫的散文〈方壺漁夫〉，開頭的首段如此之魅惑：

> 你來的時候，天昏地暗，只有波濤在你繭色的布衣後翻滾；濺在身上的水花，像是情侶死別前挽留的手；你是死去百年的漁人，又回到這曾經是古代的方壺。

沈臨彬離開少年時代的澎湖很久，卻常在言談中不經意會提及古名「方壺」的澎湖群島；

而我總認為澎湖是臺灣的異國。

向晚時分，我們的工作小組穿過航空站末端的小路，試圖拍攝養殖九孔的情形，並且要求我伴隨養殖人一起站在小木筏上，拉著縱橫交錯的繩索飄動，並且將筏上疊置的四箱龍鬚菜用力拋撒入池，他們要在夕陽消失之前，搶拍一些畫面，終究有些不適應，畢竟我不是一個表演者。

愉悅的，是結束一段工作後，坐在海堤上靜靜抽菸，遙看燦爛多彩的霞色。這是澎湖群島的最南邊岸，花嶼與貓嶼分列，往上航行十數海里，狹長的褐黃沙岸逐漸亮起稀微燈火，正是望安與一水之隔的將軍澳。

潮浪逐漸由青綠轉為深藍乃至墨灰……晚雲恣意地覆蓋，捲纏而來，那種異象之華麗令人驚心！最後的落日光影曳浪而來，逐潮而去，夢幻與現實交織，一時之間，恍惚得不知今夕是何年？

人生的榮辱、悲歡，如果能在此時此地付之茫茫滄海，解脫、釋懷，那該有多好？怎麼只是一瞬之間，島與海已呈夜暗；仰首，星光已占領無以數計的浩瀚空域，而我在哪裡？我到底生來為何？在七美最南的海角天涯，終於知悉自己只是渺微如一顆塵沙，回首之處，島上遍布的銀合歡在夜風中微微簇擁、搖曳，彷彿一些呼喚以及喘息……。

奉歲月之名

推開傾圮的門扉，歲月已然停格在小心的雙掌之間。

攝影師側首告訴助手，不必蓄意地打光，就讓這門內的陰暗保留它自然的氛圍吧……。

蛛網四布的正廳，古老的供桌上已無神像，僅有一張褪去顏色的紅紙，殘餘的墨跡書寫著「福德正神」四字。地面的呎二磚滿是霉苔，嚼著檳榔，熱心的鄰人比手畫腳地說：你們趕快拍成電視給大家看，不然快坍落了。導演微蹙眉頭，眼神閃過一絲不耐，低聲附耳對攝影師交代了什麼……鄰人矮壯的軀體挪了過來，依舊喋喋地對我說：喂，你們一定要拍哦，這是古早厝，拍給大家看。

喝了一口礦泉水，我沒有答腔，早晨逐漸炙熱起來的陽光，穀埕過去是鄉道，再過去是一方一方的魚塭；電動螺旋槳葉用力拍打水面，一朵朵銀光炫亮的水花。這是一九九八年九月二十五日上午的布袋鎮虎尾寮一號。

第二個場景，八十幾歲的蔡先生緩緩走入鏡頭。

戰前的硓砧石三合院，依然明顯的珊瑚骨骸交融泥灰之牆面，老人家有些感嘆地說：阮厝少年仔都住在嘉義市內，老厝嘛是愛我巡頭看尾……。

據說，都市計畫已決定橫越這條古老的布袋老街，這座先人從澎湖運來的硓砧石建材所構築起來的精緻三合院，不久勢必成為歷史記憶的一部分。

電視攝影機留下映像，幾分鐘以後，觀看這采風節目播出的人們按下選臺器，方才的某種惋惜立刻會全然消除於新的感官吸引，這是一個沒有歷史記憶的年代，巨大的生活重壓，每天一再重複的工作、爭執、耳語、喝酒、抽菸、做愛、貪婪……臺灣，令我們又恨又愛的島國。

一如鄉人們用心解說關於魍港媽祖的由來：

本宮位於魍港（或稱蚊港）內海西側北鯤鯓島北端，以二小丘之上青榕成峰，中有關口，稱為青峰闕，俗稱青龍關。明天啟元年，西元一六二一年，顏思齊、鄭芝龍率眾來臺，屯駐於此，立小廟於小丘之東南，以奉祀媽祖香火，並以此為中心，開拓魍港內海沿岸諸地，及開發有成，往湄州祖廟，恭迎媽祖聖像來青峰闕奉祀，即本宮今所奉祀的媽祖聖像。

這是成功大學石萬壽教授為此地之「太聖宮」所寫的一段文字，印證廟裡的媽祖已近四百年遙遠歲月。廟方也熱心地將媽祖從神壇上請至供桌，恭敬謙卑地取下媽祖之繡袍、冕旒，古老的明代媽祖靜靜地、靜靜地端坐，紅豆杉材質，損壞、剝蝕的鼻梁，從四百年前端坐到四百年後，不由得後人頓起敬拜之心。

歲月也在布袋港邊，低首用心挖著蚵殼的鄉人身上可以窺知，他們純熟地用一支尖細的小鑽子，左手抓起一枚粗糲尖銳的蚵殼，輕輕一剝，蚵殼應聲一裂為二。我試了幾次，十分笨拙，才稍微知悉那支小鑽子事實上在尖錐之頂像刀片的功能，刺入，輕輕攪動，蚵殼逐漸剝離時，刀片要深入割開蚵肉與蚵殼連接的韌帶，方可取下肥美的蚵肉置於清水中……鏡頭掃過，老婦人呵呵地笑出聲來，隨即卻紅了臉頰，繼續低下頭去，做他們一成不變的營生。

落日時分，行走到廣闊的鹽田，濱海公路幾近完工的一段，巨大、沉甸的水泥車像甲蟲般來來去去，幾隻白鷺鷥優雅地站在鹽田一角，像是白色瓷器做成的。

鹽工用木片集中結晶沉澱後的粗鹽，像一座一座堆積起來的小小雪山，落日的方向就是臺灣海峽。

是不是有些漁船在落日之後即將出海作業？是不是辛勤一天之後的鹽工，洗去一身腥鹼，終於可以在家屋裡靜坐下來，一邊晚飯、一邊電視，這是生活。

而我這匆匆旅人，只是路過布袋，從事一次映像作業，入夜以後的海岸星光，將送我離去。

回去紅塵十丈的臺北，還有四個小時車程……。

生命的鋼索

原來，運煤的輕便車深入礦穴時是必須依靠一條鋼索。

對於採礦知識幾近無知的我而言，毋寧是一次奇妙的生命體驗；一九九八年十月下旬，我站在礦穴之前。

與工作小組相約：午間十二時在三峽大板根森林度假中心門口見面，結果我遲到了近半個小時，小組成員綽號叫「非洲」的憨直青年站在工作車旁，默默抽菸等候。

我輕聲致歉，「非洲先生」不以為意地揮手做「沒關係」狀，跳上工作車，引領我前行約五百公尺，隨即往一段下坡路走，進入一處已顯斑剝、古老的廠房，紅色正楷字寫著「利豐煤礦」，這是此行的主要目的。

由於遲到，錯失了進入礦穴的好機會……他們明白告之，客人一次只能讓三位進去，於是攝影師、錄音師及執行製作勇敢地跟著下坑作業的礦工們搭著運煤的輕便車（想必懷抱興奮、不安的心吧？）進入那片黑暗而充滿壓力的糾雜礦穴底層。

我，只能靜靜地等候工作小組上來，我點起一根菸。

寂靜的山間，薄薄秋陽，微風輕拂而過……。

菸慢慢燃燒，不經意之間，已燒去大半，灰燼竟然懸而未墜，仍然保持一根菸的最初形態。注視著礦穴的入口，輕便車軌道狹長地伸延到無邊的黑暗深處……把一大群礦工帶進去，把他們再帶出來。

嵌在粗糲的土地之間，軌道已然有許多年代了，兩軌中間一條指頭寬度的鋼索，透過滾動的輪軸，可以把整排的輕便車拉上拉下，是動力的來源。

終於，把一根菸靜靜抽完，視野依然停駐在礦穴那張大的入口，好像無聲卻用力吶喊的嘴。

隱約的咳嗽，彷彿是六歲時印象依稀的祖父……他總是沉默不語，只在把我抱上他那輛幸福牌腳踏車前座時，才會綻放出少見的笑容。有時他會在夜晚獨自喝酒，面對家人，寒著一張六十歲的臉，好像對這不美的人生有很多意見。

六十歲的最後容顏，祖父黃昏時帶我走過雙連火車站那棟日本式建築，在車站右側的攤子吃米苔目綠豆刨冰，是不是被冰嗆了？猛烈的咳嗽，咳到滿臉通紅，全身顫抖，冰還留大半碗，乏力地、絕望地拍拍我的頭，低謂：「乖孫，我們回去……。」

我緊抓住祖父腳踏車把手的龍頭，六歲的頭部抵住祖父不禁起伏的削瘦胸口，清楚地聽到鼓風器一般呼啦、呼啦的異樣聲響。茫惑地看前面的路，那個黃昏一點風也沒有，天空橙得彷彿橘子的顏色，祖父又忍不住用力、艱難地咳嗽不休。

第二天，祖父過世，什麼遺言也不曾留下。

幾年以後，我才知悉祖父一直是個採礦工人，穿過北海岸直至北插天山的礦脈，他像一隻候鳥，從年輕到老邁，揮動著沉重的鶴嘴鋤，在黑暗、封閉的礦穴底層討生活……長年的礦工生涯，不能免俗的，祖父的肺葉裡堆積著致命的煤塵。

我的六歲，初曉這蒼茫世事，緣自祖父之死。

四十年後，我站在利豐煤礦的出口，等待深入礦穴底層的工作小組，他們穿戴著安全盔、照明頭燈以及求生氧氣筒，鏡頭呈現的，工作中的礦工又是怎樣的形貌？我充滿了一種期待，注視著兩軌之間那條鋼索，靜止，而後慢慢滑動，繼而加快速度……。

第一次，鋼索拉上了一列滿載煤塊的輕便車，第二次則是將礦工們送了上來，起先，那種來自礦穴的聲音是由輕微，然後聲音大起來，是輕便車鐵輪輾壓過軌道的脆響……終於看見黑暗的通道口，像一群螢火蟲般的晃動光點，全身煤灰的，工作後的採礦人們彷彿隔世地回到了地面，他們愉悅地對著我笑。

彷彿是四十年前，做礦工的祖父容顏呢……。

綠島像一隻船

綠島，是很多人的故鄉；
綠島，也讓很多人失去故鄉……。

彷彿依稀，我想起這樣的兩段文字，那是十多年前一本異議雜誌創刊號的封面裡，謝春德的相片，一條無人的公路通向蒼茫之海，說明文字令我驚心。

綠島，是很多人的故鄉……十多年後，我伴隨施明德先生踏上那片曾被目為流放之地的島嶼。

從富岡漁港到綠島的航程，太平洋深邃墨黑的潮水翻滾，午後微雨，雲層低垂而猙獰，施明德闔眼沉思，像是小寐，他內心正湧漫多少記憶的風雨浪潮？腳鐐手銬的押解航程，在潮濕、陰冷的運輸船底層，還正年輕的政治犯施明德在想些什麼？革命的青春折損，茫茫未盡的囚禁或者死亡。

一九九七年九月底，這個曾經家破人亡的政治犯，以著臺灣最大反對黨前主席及國會議員的顯赫身分再來綠島，不是為了個人追憶，而是挾帶整個立法院的一致決議，為保存「綠洲山莊」原貌而重履這個傷心之地。

「綠洲山莊」聽似幽雅寧靜，卻是解嚴前囚禁異議分子的國防部軍人監獄。施明德盼望已荒廢多年，曾經禁錮過他的地方能夠經由立法保存原貌，作為四、五十年來為臺灣土地奮力的政治犯們留下給後代子孫永久的紀念。

顯得些微激動的施明德，終於挪動佇立片刻的雙腳，走進「綠洲山莊」，走進幽深、黑暗的牢房，一坪大小，狹窄的室內曾經囚禁過多少自由、理想主義的革命者的身心，哭過漫漫長夜，或者哀傷死去，沒有人知道他們的名字⋯⋯。

施明德是這樣勇敢活下來，見證那個黑暗、不公不義的年代，二十五年半兩次囚禁，他，沒有恨意。

我深刻地記得，施明德慢慢走過操場，走向一扇巨大的綠色鐵門，推開之後，就是一片碧澄之海，他幽幽地回首過來⋯⋯這樣的自由走出去，迎向廣闊的海，在他囚禁歲月是不敢想像的。

他要求不要人跟隨，自己獨自走到海與陸地之接壤，眺向臺灣本島，他，是不是哭了？

一九九八年十一月，施明德又來綠島。

風浪太大，臺東與綠島之間的飛機與交通船宣布停航，我們包租直升機硬是橫渡抵達。不曾見到施明德生氣，這一次，他顯然被強烈激怒了。

一年前所見的「綠洲山莊」幾乎全然改建，全新發亮的鋁門窗替代了原先斑剝鏽蝕的古老鐵柵欄，囚室裡昔日囚禁者所刻劃的數字或文字已被水泥漆塗平，幾幾乎乎是一座重新改建的綠島監獄分監⋯⋯。

典獄長一副事不關己、奉命行事的沒事人模樣。

施明德指著他斥責：你怎麼對歷史交代？

鏡頭裡的施明德似乎一下子老去了十歲，喃喃自語反問：怎麼會這樣？怎麼全都改變了……？

法務部次長則婉言解釋，這座改建的分監是要繼續使用的，無法達到保存原貌的最初要求。

雨一直落下，十一月綠島的雨又冷又濕……。

雨一直落下，一直落下，不曾停歇。

施明德在綠島技訓所的康樂室唱卡拉ＯＫ，朋友們要求合唱〈綠島小夜曲〉。暗淡的燈光下，他沉吟了半晌，終於以著略為感傷的聲音唱了——

這綠島像一隻船，在月夜裡搖呀搖，
姑娘喲，妳也在我的心海裡漂呀漂……

我側過臉去，施明德的眼眶緊噙著淚水。

意外的旅客

滯留在臺東航空站九個小時，對於一個曾經旅行過五十個國家的旅人而言，是一次莫大的意外。

決定等待下一個班次前往四十九海里之遙的蘭嶼，我氣定神閒地啜飲咖啡，透過航空站二樓的落地窗看著因被取消座位，準時在八點二十分起飛的國華航空十九人座的多尼爾航機衝向逐漸濃灰起來的大片雨雲，我等待十一點鐘的班機。

達悟作家夏曼·藍波安正在等待。

他已經等待好多年了……每年四月上旬，他的聲音從太平洋波濤洶湧的島鄉清晰傳來：「阿義！什麼時候來？我們捕飛魚去。」

我是個一直爽約而失去信用的漢人吧……？

一九九九年五月五日大清早六時四十分的遠航帶我及工作人員飛往臺東，已在蘭嶼勘景幾天的兩個企畫小女生傳來國華航空八時二十分往蘭嶼班機的訂位代號……我是充滿雀躍的，二十年不見的蘭嶼、一直熱忱要帶我捕飛魚的藍波安。

到站出口大廳的水族箱裡，幾條熱帶魚來回穿梭，馬達呼呼地打著氧氣，水賣力的洄流，礁石疊放，彷彿一處迷你的海床，仔細一看，竟有一條兩尺長的金錢鰻病懨懨地斜臥在礁石洞間，伸出極其絕望的頭，長著利牙的尖嘴，一張一闔。

不到五尺長的水族箱，被囚禁的海魚們……。

偶爾溜到門外抽菸，警員說：「快下雨了。」好意地建議：「你們可能要搭直升機了……下雨，蘭嶼航空站會關閉，船也不開。」話未說完，天空果然下雨了。

十一時班機只能排上候補，國華櫃檯的葉惠枝督導十分熱心地安排，但是十一時班機未能起飛，廣播說：「由於天雨，蘭嶼航空站關閉。」一些人忙著擠到德安航空櫃檯，問直升機的票價。

回到等待的座位，四個憲兵圍繞著一個押解的人犯，微笑地撫平他顯然不安的情緒。剃了光頭，年輕、削瘦的臉顏無奈地苦笑，腳鐐、手銬……濃眉的憲兵班長向我打招呼，我頷首並問他們去處。

「綠島。」簡單的兩個字，人犯的臉抽搐了一下。

撥通了藍波安的電話，他笑說：「蘭嶼也在下雨，飛機不飛了，對不對？」我說，也許搭直升機吧？

才說完電話，方才相遇的攝影家簡扶育及公視工作小組已當機立斷，包了一架直升機穿越波濤詭譎、風雨不歇的海域，準備飛往蘭嶼。

我及工作小組則仍然困在臺東航空站……藍波安為了我的前往，向他工作的山海雜誌社請假一天，要讓我看看他獨力完成的拼板舟，以及要我為他的新書《黑色的翅膀》表示一點意見，結果，我依然是一個爽約而失去信用的漢人。

雨輕輕落下，心中只有重複的一句話：

「對不起您……夏曼．藍波安，對不起。」

向晚五時的莒光號列車，我決定去花蓮。

臺北尊嚴

幾年之後，從臺北車站搭捷運到新北投，然後沿著泉源路往上走，右轉種植著幾株高大細長椰樹的華南巷，把正在作畫的黃銘哲叫出來喝酒……。

三百號的油畫靜靜靠在牆間，未完成的朦朧狀態，彷彿沉睡，像烏魚子垂下的金屬雕塑，替代畫家傲然佇立的風格……在門口喚了好幾聲，才有回應。

他說沒帶紅酒，只隨身一包PARLIAMENT淡菸，我們沿著一條狹長的巷道下山，我說：

「上次來看您，送我的兩瓶紅酒，沒幾天就喝光了。」

新北投公園口暖暖兩盞燈，阿嬌蝦仁羹以及少年嬤清爽的麵攤……畫家驚喜地大呼：「這裡有我最愛的滷大腸頭。」我又切了軟絲及腿肉，帶著可以下酒。

有些羞怯卻真心實意的黃銘哲，我們多久不曾暢快共飲？歲月如公園角隅的磺溪之水，一下流逝過去。

推開一扇厚重的檜木大門，隱約的明暗，踩入竟恍惚是一片空蕩的舞臺，屋頂大梁上的投射燈彷如月暈，二十多坪大的木板地面竟僅有一張古老的圓桌，圍繞以六張有靠背的雕花坐椅，好像，等待演出。

疑惑未盡，黃銘哲從半樓上探首招呼，這才意識到一條極後現代的木梯，虹般地流洩而下，泛出神祕甜潤的金黃色澤，那是長木梯與半樓相接連的銅欄杆，明暗之間，似真似幻——如流星劃過。

「那麼……吃個我們的膽肝以及秋刀魚吧？」

這個蓄著鬍子的畫家，我與他相對，每每想起一位出色的日本演員仲代達矢：「怎麼開這麼有趣的一家店？」我挾起一片膽肝，和以兩片蒜苗。

店的名字叫：「臺北尊嚴」。

「因為，臺北沒有尊嚴。」他平靜地說，笑了起來。

有一次，約陳婉真喝酒，她來到「臺北尊嚴」，一坐下來，即驚叫：「這是我念大學時住的宿舍啊，我的房間就在這個位置！」木質的窗外，夜暗人稀的和平東路，正對面是師範大學校門。

慢慢的，有些舞蹈發表，小型演奏，文學座談乃至於劇場練習……「臺北尊嚴」逐漸有了名氣……黃銘哲偶爾會來，還是縮在新北投畫作品，似乎永遠靜謐得像一片風景，仍然是笑起來羞怯而純真。

有一年在臺北市立美術館看他的年度展，他穿著一身純黑向我走來，我問起「臺北尊嚴」還開嗎？

「結束了。」他淡淡的回答，好像不經意，吹過的午後微風：「看我的作品吧，阿義。」

每次路過師大校門口，總是眷念那棟兩層樓高的紅磚樓房，換了招牌叫「滷蛋」？想是他人接手，卻總是在心中念念不忘地想：「臺北尊嚴」多麼有意思的黃銘哲啊。

紅磚老屋拆掉，蓋了十二層大樓，日據時代十分精緻的樓房呢？果然，臺北至今還是沒有尊嚴。

黃銘哲，我們喝酒吧，這新北投有月光的涼夜，末世紀的夏天，至少我們還活著，暢敍你曾經有過的創意，幾年之前的「臺北尊嚴」，以酒紀念。

遇見邱松梅

松梅是個泰雅族女孩，念小學一年級。

我們的外景隊從養魚的黃先生住處，往後山的地帶前行，兩次颱風造成的路基損壞仍未修復；裸露、窪陷或突出的黃土、石礫直接磨撞車底，發出巨響。

松梅的父親叫：巫勇，水蜜桃種植人，笑起來有些靦腆，面對鏡頭，臉顏會紅了起來，只是招呼茶水。他的妻子是：寒娜，就顯得大方許多，廚房、客廳交會穿梭，熱忱地張羅我們這群不速之客，削著黃先生帶來的山藥，並且柔聲地問松梅功課做了沒？

這是雪山山脈之東，大霸尖山近北的尖石鄉，海拔一千兩百公尺高處，巫勇帶著妻女在這裡蓋起鐵皮屋，種植水蜜桃，已經是第五年了，水蜜桃開始有了收成，曾經是頭目的八十高齡父親，有著一雙異常明澈之眼，靜靜地微笑招呼我們，並且帶我們去採擷試種的荷蘭種大夾豌豆，並且示範水蜜桃接枝。

靜靜地端詳這泰雅族老頭目，遙想五十年前，壯碩敏捷的身影，穿梭在雪山山脈，行獵、種植……從日本時代到國民黨政府，他與所有原住民族群的宿命一般，是無從抉擇的……。

老頭目回首，乖巧的小孫女站在遠遠的簷下，微笑一如初綻的白色小雛菊。她的名字叫：

邱松梅，在巫勇與寒娜有過一對而今在城市工作的成年兒女之後十多年，他們回到家鄉，再生下了第三個孩子松梅。不知道我有沒有記錯？我很用心傾聽。

松梅在我們走入門廳時，略帶羞怯地坐在沙發上，一綹凌亂的髮，掩蓋了半邊臉，清澈之眼一如年邁的祖父……外景隊的阿姨愛憐地摟一摟她的肩，柔聲說：阿姨替妳剪頭髮，妳去拿剪子來。

松梅竟然拿了一隻巨大的剪子，是修整水蜜桃樹的工具。阿姨為松梅細心地整理頭髮，一下子原是凌亂的髮繫成可愛的豬尾辮，松梅笑得甜蜜極了。

小學一年級，尖石鄉泰雅族小朋友。

巫勇在飯後邀集所有朋友坐在屋前，剖半的廢棄汽油筒放置拆屋後帶著鐵釘的木架……我們在逐漸冷慄的夜色中烤火取暖。

鏡頭在離我十尺之外，暈紅的火光燃燒，小小的松梅挪近，導演要我做書寫的沉思以及動作，忽然心中有一份疼惜，輕輕地把松梅抱在左臂，彷彿自己的女兒一般的溫暖情懷啊。我為松梅畫了一張半身像，並且寫著：一九九九年二月初，在尖石鄉為松梅畫像，盼望很多年以後，松梅長成一位堅執而自信的泰雅女子……。

從筆記撕下這張速寫，交給松梅的母親寒娜，真的，也許很多年以後，松梅長大成人，會偶然翻看這張畫像，會想起一位平地叔叔曾在一九九九年初來到她種滿水蜜桃的家園。

也謝謝小小的松梅，給予滄桑的叔叔一次美麗的相遇，盼望她像所有臺灣的小朋友，安心地長大。

蘭嶼學習

向晚，壯闊漾藍的鱗狀海域迎面而來……這是蘭嶼朗島村面向臺灣本島的海灣，時為一九九九年五月二十七日下午四時三十分。

有著飛魚般矯健、黝黑膚色的孩子們，載浮載沉地在岸邊泅泳，並且喊著：叔叔下來！不待我脫卸涼鞋，冰涼的海水就潑了我一頭一臉。彩色的熱帶魚從溫柔迴蕩的淺流間成群閃過，像達悟孩子的夢。

朗島國小的教導主任和我盤坐在操場足球門旁的草地上，面對鏡頭，有幾分的怯生、羞澀，我輕輕的勸慰：不要緊張，放下心吧……。他開始談及蘭嶼孩子的鄉土教育以及漢人對蘭嶼的某種誤解……忽然幾個孩子橫跑過鏡頭並且嬉譁，他隨即板起臉孔，提高聲量要他們安靜，果然是教導主任。

迷你豬跑過公路，幾頭羊抬起瘦長的臉望著我們，坐在涼臺裡聊天的達悟人在我們將器材搬上工作車時，停下他們原本愉悅的交談，以著警戒、不信任的冷眼目送我們即將的離去。

我再次走回岸邊，向依然快樂戲水的孩子們告別。他們齊聲問：叔叔，什麼時候再來？我笑著用力揮手說：再見。一個在二十尺外磯釣的男人回過頭，冷冷的語氣：哼！騙孩子……。

回旅館的路上，走的是島上唯一的環島公路，我看著車窗外永遠壯闊漾藍的海域，想著從日治時代到國民黨政府，是如何地對待達悟人？靠近蘭嶼航空站時，一架國華航機剛好降落，在跑道頭繞回來，隆隆的引擎聲，又帶來了幾個觀光客？還是久未返鄉的達悟人？

和夏曼·藍波安終於相見，即將前往清大人文研究所念書，剛以《黑色的翅膀》獲得吳濁流小說獎的作家第一句話就是：阿義，終於來蘭嶼了。這個原住民文學重要的作家有著憂喜參半的心情，他說要帶我去捕飛魚，天氣卻變壞了，第二天，陰鬱沉重的大片灰雲籠罩了蘭嶼的海域，無法出海，藍波安憂愁地眺看小蘭嶼的方向，指給我看，幽幽地微嘆：那是我們達悟人的魚場啊！藍波安親手打造的橘色拼板舟靜止在布滿石礫的岸邊，像失去水分、垂死的飛魚。

我們秀致、美麗的女性工作夥伴，晨起在旅館後陽臺洗衣，三個穿著某公家單位制服的漢人挪近，驚見深眼、高鼻、盤起長髮的女子，輕薄地問說：妳們蘭嶼的女孩有像妳這麼白皙的嗎？我們的工作夥伴不客氣地回他們：就是有像你們這樣的漢人，蘭嶼人才會不歡迎外來者！

我們這位秀致、直率的工作夥伴一併將旅館老闆娘放置在洗衣機裡的衣服好心洗淨、晾乾，而在離開時，這位聽說是蘭嶼最有錢的，前任鄉長、縣議員的老闆娘竟在住宿費之外，宣稱要另收「洗衣機使用費」及「廚房使用費」時，我們為之怔然。

身為臺灣本島的漢人，蘭嶼怎麼樣來評斷我們？

1999

2000-10

溫泉女體

1

如果，謊言的慌亂一如溫泉灰濛的微暈，傷心的女子該如何詮釋？小說家以「凝脂」浮現溫泉的水波之間，質疑男人的背叛，呈露情愛的不可置信；浸泡在乳白泛青，炙熱而致出汗的女子終於忍不住哭了。

捷運北投站第四月臺轉支線到新北投，夜已深沉。

那隻黑色PRADA手袋是男人從米蘭帶回來送她的，裝了一本叫《凝脂溫泉》的小說。下了班，突然不想立刻回家，跳上往淡水的捷運，如果像慣常的回家方式，她必須在芝山站下車，卻不知如何竟茫茫地一路到北投，小說翻了幾頁，只覺得女主角彷似自己。

這是怎麼回事？夜色迷濛的溫泉鄉竟讓自己哀傷了起來……卻步不知往何處去，只見新北投公園右側的超商二樓閃著紅、綠交錯的霓虹店招，大大地閃眨著「洗溫泉」三字。女子不自覺地紅燥了臉，彷彿啊彷佛，第一次，男人將那部綠色的歐寶車駛進那溫泉旅店的地下停車場，停妥，男人有些靦腆。

「可以嗎？」男人遲疑些許，終於堅定地問。

「可以什麼？」女子側過頭去，一雙暗裡微亮的眼。

「洗溫泉。」不加思索，男人推開車門，牽她下車。

不知所以然地呑嚥下幾口的日式牛肉飯，這位於二樓的速食店，隨著大片的玻璃窗，視野裡那「洗溫泉」三字的霓虹燈，不安、忐忑地在心裡灼亮起來。

2

告訴自己：妳啊，還能相信什麼？

溫泉的炙熱使得女子，難忍地將肩膀浮出水面，深呼吸，百葉窗吹入的晚風襲來，冷冷的寒意，是秋天了……濕濡、黏稠的汗滴，河流般往額間、眼鼻、唇瓣直下，聚集在頦下，好像凝結的記憶。

小說裡的女主角等候男人帶她去日本，結果卻是棄她而與元配同行……這，這算什麼嘛？女子微惱，雙腿用力踢了幾下泉水。僅是小說情節，卻也敵愾同仇？曾經追隨那心愛的男人，全島的溫泉勝地幾乎走遍，從羞答答地婉拒共浴到愛憐、迷戀男人的浴中裸身，甚至情欲放縱地吸吮、套弄，溫泉由於兩個肉體的緊擁、糾纏，彷似狂浪雨暴，波擊漾捲，煙氣騰漫……是那男人讓她成為少婦的。

溫泉的熱力，果真能誘使情欲？

想起知本，想起四重溪，想起中橫西端的谷關。

男人曾親口應允，要一起前往日本北海道的。

「冬日的網走，無以數計的流冰群從庫頁島越鄂霍次克海悄然而來，我們在層雲峽溫泉共浴……。」

許諾終究失約，北海道永遠遙不可及。

「男人啊，你把我一生的夢都殘忍摧毀了。」

女人憶起曾經淚流滿面的埋怨。奇怪，竟然沒有絲毫的憤恨與傷感，好像只是小說中的一段對白。

3

將自己在安山岩砌成的浴缸上緣坐成一尊雕像。

面對的竟是一方明鏡，女子忽地警覺，幾疑鏡後有雙窺看之眼，經確認、檢視之後，這才安心地回到最初的坐姿，鏡中呈露的上半身，膚色依然白皙若雪，乳房仍舊青春……浸泡過的臉顏竟泛出異樣的紅豔，轉換下姿勢，對著鏡子故做妖嬈之態，這才察覺，肉體仍是少女時代延伸過來的纖細。
丈夫，怎麼摸索她這少女般的身子？
丈夫，何曾頻繁地與之溫泉共浴？
丈夫，有過揣測或試探她的最初？
丈夫，就任由他從肉體尋求歡愛，只是闔眼相應之時，那恣意或溫柔的撫愛，彷彿依稀，錯覺成曾經深愛的男人之手……好像，一種背叛。
而背叛的，摧毀的，是曾經許諾的男人，不是她。
小說裡女主角最後是坐在家裡的浴缸，用那種日本溫泉粉，加薰衣草或櫻花提煉的沐浴精，想到要用刀片割腕，一邊哭泣又一邊自譴地結束小說。唉，那寫完小說之後的作家呢？是否也無可奈何了？
也許，只能撫摸自己，微顫的指頭拉扯著因溫泉浸泡而突兀、飽脹的乳房，或者伸入水底，恣意、放浪地探索深邃、濕濡起來的花朵……。
說真的，這都無關於丈夫，無關於那男人。

4

浴後的公園散步，竟彷彿在日本的風景中。

巨大繁茂的楓樹，從拱橋傘蓋般的層層疊疊簇擁、延伸，在圓形的磨石地溜冰場，讓出一圈環狀的步道，又繼續蓊鬱地潛入夜色，直至盡頭那棟以橙色霧燈照亮的日式雙層建築。

溫泉博物館。丈夫帶她來過，是個人潮熙攘的周日午後，換了拖鞋，小心翼翼行走在指定的動線參觀。不知道夜來此處，卻是靜謐無聲……彷彿這棟重修過的古老建築，在人跡消失之後，才真正回到自我的氛圍，卻已不再是最初的原形。

是啊，已不再是最初的原形……最初的自己。

女子仰首，幾片楓葉悄然、無聲地落下。穿過巨大、茂密的枝葉之間，深邃的夜空竟有幾顆疏星。

那是你的眼睛在看著我嗎？

溫柔、深情的眼神……但，我已不再相信。

屋旁停著一輛開著小燈的車，交談著的一對男女：

「可以嗎？」左手伸出車窗外，挾著菸的男人問。

「可以什麼？」右前座染著紅髮的青春女孩反問。

「洗溫泉。」男人深深地吸口菸，淡淡地結論。

多像，多像很多年前的再版，女子啞然失笑。

應該要回家了，浸泡過溫泉的身子微寒，秋，果然深了，夜也是。回家？雖然回家的路，那麼遠。

2001

光影捷運

回家的路

詩人說：最遠的，是回家的那條路。

你要回家，家在燈火闌珊處。這樓房與樓房擁擠，人心與人心疏離的城市，忽然一時恍惚，竟不知道要如何回家？或者捫心自問：想不想回家？家，是甜蜜的負荷？還是傷痛卻不能不回去的所在？

這一連串的反思與問號，一生都似乎沒有答案。

有人在捷運車廂裡沉沉入睡，錯過了下車的地點，幽幽地醒轉，看一看手表，微嘆口氣，又倒頭再睡……反正到終點，這列車又會回程。而錯亂的人生是否也可以過站再回到原先的方位呢？人生流轉、夏花冬雪，不經意之間，青春一下就老去了。

哎呀，作家。不要老是提及如此沉重的天問嘛。米蘭．昆德拉不是有一本小說叫《生命難以承受之輕》嗎？人生在世，掂掂自己的重量，幾斤幾兩，就留待自己衡度，過得去，就好死賴活好了。不是有個詩人寫著：「厚著臉皮，占據地球的一部分」嗎？更通俗一些，我們愉悅地來唱一首臺語歌：〈海海人生〉雖然唱到尾段，多少有幾分悲涼，那又何妨？

捷運緩緩的滑進月臺，人群急急地湧了過去。

急什麼急？請用緩慢的心靜靜等待。

每天從家裡出來，每天要循序地回家，如同這捷運，東到西，北到南。人啊，只是這巨大運轉體制裡的一個晶片；悲傷或愉悅不由自主，你只能在離開家，搭上捷運到目的地的短暫旅程中，擁有自我的片刻，譬如低首小睡，或者翻看一本書，如果是讀小說，可能只能看個三到四頁；如果是詩集（這個年代，有誰還會讀詩？）默念個兩首，心情會如同鴿子飛翔般的奔暢起來。

對面座位的兩個婦女，旁若無人地議論另一個不在場的同性，從不會理家因而導致夫妻失和說到如何被人倒會乃至於這一期的樂透彩那女人連簽一百注全都槓龜的倒楣事……全車人洗耳恭聽，一句不漏。

旁邊坐著的老男人，被一份晚報全然淹沒，終於不耐地探出頭來，鬆弛的老臉下頷正貼著頭版上的宗才怡打哈欠的彩色照片，應和地打個特大號哈欠，又縮進第三版的全島久晴不雨，缺水的新聞之中。小女生依靠著抓環，嗲聲嗲氣地說著手機。

那兩個喋喋不休的婦人忽然戛然停話，列車已經靠站，一個催促另一個，叫嚷著下車！下車！好像一九四九年中國大逃難，逃了五十二年，在某個捷運站依然重演……看報的老人不屑一顧地啐了一聲：哼！沒有水準。小女生仍是忘我地和手機你儂我儂。

其實啊，只是為了回家而已。詩人不是說過嗎？

最遠的，是回家的那條路。

儲值卡

匆忙趕捷運，到了入口，卻翻遍手袋四處，就是尋不著儲值卡；那種慌亂、急躁想是你懂。

會不會塞到另一個手袋？那個伴隨了十年的MARCO POLO的全皮手袋，還是報社記者時，在香港九龍海港城購物中心偶爾驚豔邂逅，一直愛不釋手的心愛物，而今已褪線，拉鍊也換過兩次……大概是一年多前，去了義大利，在米蘭買了這一個黑色降落傘布做的PRADA，舊物多年來就被擱置，是不是遍尋不著的儲值卡，就放在那個手袋裡？

就呆滯在捷運入口嗎？就不會再去買一張新卡？不是在趕著三十分鐘後電視臺談話性節目的通告嗎？內心不禁吶喊自責，腦中浮現出還有七百二十元餘額的儲值卡圖案：幼稚園小孩手繪的可愛粉筆彩畫，鐵道及捷運，笑咪咪的相互牽手的小孩，上面歪七扭八的以注音符號寫著：˙ㄅㄚ ㄅㄚ ˙ㄇㄚ ㄇㄚ ㄉㄞˋ ㄨㄛˇ ㄑㄩˋ ㄉㄚ ㄐㄧㄝˊ ㄩㄣˋ……。

抽出一張千元鈔，遞入服務臺，那富泰的年輕男子拿高對著燈光檢視（偽鈔充斥？），將紅色圓盤從大玻璃的下方票口推出來，一千元面額儲值卡再找兩百塊錢，拿著快步奔下月臺，捷運剛早走一步。

有著錯失什麼的耗損感覺。坐了下來，手裡新買的儲值卡，印著一雙女子細緻的手掌合捧著冒著熱氣的咖啡杯，一行文字：再忙，也要和你喝杯咖啡。

這感性的文字是手寫的，呈露彷如情愛的傾訴。下端卻巨大的印刷體字：肯定是你。事實是某個品牌的咖啡廣告，在趕不上捷運的些微挫敗裡，有著某種溫慰的貼心。側首月臺尾端闇黑的隧道，期待月臺邊緣的警示燈，閃著紅紅亮光，下一班捷運再來。

感謝方便的捷運，並沒有耽擱通告的時間，一個小時，凝神專注地傾聽別人，敘述自己的時政觀點，圓滿地結束節目，走了出來，已是夜涼如水。可以不再匆忙趕捷運回家，慢慢地走向捷運站，手裡緊捏著新買的儲值卡，怕再忽然忘卻、遺失……。

這般的變得小心翼翼，不禁自嘲地啞然失笑。

曾經在生命的每一階段，多少的忘卻、遺失，換來久久的悔憾，再也無以重返最初時間的原點，一如青春、歲月、抉擇等等……如果人生能像儲值卡，掉了可以一再重新購買，那麼塵世也不會有諸多紛擾、不平。

儲值卡，一次，一次的消掉額度，最後插入票孔，倏忽，收回沒入。必須再買一張新卡，從一千元逐漸歸零，沒有生命苦痛，更無任何悔憾、自責的失落感，假如有一天，愛恨貪嗔的複雜人心被植入一枚晶片，所有的意識被一部巨大的電腦終端機掌控，那麼人之所以為人的本質又何在？不如煙消雲散。

儲值卡插入票孔，人走進捷運，靈魂無言以對。

居酒屋

帶著醺然，搭子夜零時的捷運回家。

從來不知道，曾經是唱片公司總裁的友人，角色一變，會在捷運站旁開日本式居酒屋？問他的理由是：傾心小酒館那種優閒與自在，與其錢讓別人賺，不如自己開。

店名「樂樂亭」取其「獨樂樂，不如眾樂樂」之意。

好，有酒喝，我就來！

人生是很難說個清楚。有時過於清醒，別人將你想做「傲慢」、「心機深」；大而化之，厚於待人，別人就將你踩踏過去，喝血、啃骨，不留情面。

寫了以上這段文字，連自己都感到心驚！

一個浪漫、溫暖的文學作家，到了中年才明白這貪婪、不真的島國普世人心若此，那是你活該。

不如去友人捷運站旁的居酒屋小酌。

秋深時令，魚鮮正肥美，黑鮪魚伴冰啤酒，海膽佐溫熱的日本清酒，高粱豪邁地一杯入喉，夾片山藥沾芥末……耳畔揚起的是美空雲雀的〈川の流れのように〉，再聽個前川清的〈長崎今夜又下雨〉，這般的苦澀生命是不是會更愉快些？

人生啊人生，人會生孩子，孩子二十年後又是大人，這一代把更苦的人生交給下一代，這是什麼人生？

好啦，好啦，作家，專心喝酒吧。談什麼人生？

就是因為人生太苦，所以開個居酒屋逗樂。古詩不是說：「與爾同銷萬古愁」嗎？

這樣雞雞歪歪地喝酒不漂亮，再罰三杯！

告訴你，一首詩比不上一片紅鮒肚，信不信？來！師傅上菜，你來嘗嘗。

捷運穿過居酒屋地下三十公尺處。咚咚——咚咚。喝酒的人不會聽見，三十公尺底下在車廂裡的乘客也不知道頭上有人在喝酒，也許有那麼一天，乘客從這個捷運站出去，猛一回首，咦？這站旁右側竟然有家居酒屋，看那暈黃的燈籠暖暖地亮著，好像很遠很久以前的戀人靜靜等待……

你，來不來？掙扎吧！心中的相互拉扯……立刻回家！不！轉去喝一瓶酒，吃幾樣小菜，反正喝掛了，最後一班捷運還是會帶我回家，去或不去？

上帝打個哈欠，這詭譎多端的壞老頭，隱忍了幾千幾萬年了，如果祂不是上帝，一定陪你喝，大聲地和你用力划拳，輸你又有何妨？別忘了，你，所有的人類，包括人類所創造的捷運，都是出自上帝之手，但祂老人家就是不能陪你喝，自己喝酒，有寂寞相伴，喝多些，對影成三人。

還有十分鐘就是子夜零時，應該告別了，醺醺然揮揮手向友人說：「酒店關門我就走。」友人忙留客：「喂，我們營業到凌晨三點鐘呢。」

走出居酒屋，七張捷運站，晚風好冷……

沉靜

小說家到了五十歲，終於試著寫詩。

小說讓他迷亂、翻騰，詩卻令他感到異常沉靜。

猶如構思某個小說情節，夢魘般的波濤起伏，連睡眠都零碎、切割，甚至遙遠的往事忽然回來，不知所措。

有一次，眼淚竟濕濡了臉頰，竟久久才驚覺……。

詩，宛如一道清新的泉水，在偶爾回眸之間，有著一種「美麗的意外」，字與句當中，延伸想像，綣繾情思，時時邂逅突兀呈現的花朵或者星光。

小說家搭乘捷運來回幾個電視臺之間。你一定奇怪：文學創作和電視臺關聯似乎稀微，難不成是電視劇的書寫？這小說家別於其他的文學工作者，是他幾乎上遍了所有的晚間時論節目，從政治、社會現象在電視映像前縱談深論，成為小說外的另種風景。

有人質疑：這價值觀逐漸傾圮的臺灣，時論節目不也形成另一個動亂所在？你是清新、自我的文學作家，與政客同席辯證，不也污染了沉靜之心？

小說家笑了起來，只答以「人間好修行」五字就不再多言。

終究，書房之外就是滾滾紅塵，眼見政客手握權力，追名逐利卻以人民為芻狗，這曾經涉身民主運動二十年，深諳其中明暗光影的小說家怎能沉默？要做慈眉菩薩或是怒目金剛，皆在一念之間。小說家快步走入捷運站，有人認得是每晚電視映像前熟稔的「評論家」、「觀察員」，有人會生澀地招呼，有人卻也私語。對年已半百，人生看透的小說家而言，一切都只是雲煙飄過，榮耀與屈辱，背叛和出賣，什麼不曾經歷？冷眼看人間，一切終將消滅，那置身高位，手握權柄之人，和世上任何生命相彷，都會老去，上帝這一點絕對公平。

讓充斥的膚淺虛華，粗暴的政治權謀，歲月的風把它們吹散吧。

小說家寧可沉默地坐在清冷的捷運車廂，低頭看書，思緒裡反芻構思的小說情節，讓心靈純然地沉靜……如果是在地下行走，那車窗外大片的黑暗，不也多少能夠有更多深邃的想像：譬如這班捷運忽然迷失在另一個空間，永不回頭，不斷地行駛，直到茫茫的無盡之處。如果爬上地面，看著明亮的午後陽光，聳立擁擠的水泥森林，也許偶爾會驚喜地眺見遠山，蒼鬱、翠綠的公園以及一片雲彩。

想起芥川龍之介的名言：「人生，不如一行的波特萊爾。」那是指十九世紀，法國的頹廢派詩人波特萊爾文學上的驚豔讚歎。芥川，這位出色的日本小說家卻在三十三歲之時，服安眠藥自殺，留下至今世人難忘的秀異作品，是他太過憂鬱悲觀嗎？他早看透人生。

小說家幽幽地微笑，他只追求一種，沉靜。

候　鳥

板橋、南港之間的捷運上，邂逅了一對母子。

戴著選舉的棒球帽，一臉因長期勞力而呈現粗糲、黝黑的膚色，雙手不自在地反覆交換位置，些微的不安，由於他人不約而同投遞過來的好奇眼神，這才察覺，一旁白髮的老婦人頰間清晰的藍色黥紋。

這般的一目了然，立即明白這是一對母子的關係。中年男子有意無意閃避他人的注視，壓低嗓音，以著人們所不諳的原住民語逐站時斷時續地解說；他的母親不時點頭，回以話語，那微笑的唇形很美。

許是母親從山地前來探望子孫，兒子帶她搭捷運要回家或是單純的旅行吧？沒看見隨身的提袋或背包，就母子空手地搭乘捷運，幽幽然穿越這城市的地下……沒有交談時，黝面的母親一雙深邃如海的眼眸，靜靜流迴著一種溫柔、欣慰的愛意。

車到市政府站，我匆匆下車。眼角餘光依然停駐在那對安坐的母子身上，車又開動……成為剎那間的記憶。電扶梯很長很長，到地面出口時，晚風冷慄吹來，視野呈現的是信義區那片高聳如林的大樓。忽然，有種不忍的惦念：那對母子應該搭到底站的昆陽，然後換公車回南港、汐止間的原住民社區吧？

穿越在大樓與大樓之間，不經意昂首看見正構築到一半的國際金融大樓，夜暗中依然可見它巨大而氣派的骨架，前些日子大地震時，頂端的吊車懸臂折斷掉落，死去五條人命……這資本主義社會的象徵，仍未完工卻已殺人奪命，令我不顫而寒。再迴望四方，燈火亮麗的購物中心，豪宅及商業總部林立於此——貴如金鑽之地，忽然想到多年以前，幾個原住民朋友在酒後，憂傷地，有些埋怨地向我說：

「看啊！這棟大樓，那間大廈，都留過我和妻兒的足跡。從打地基到結構，扛磚拌水泥，我都做過……然後完工了，我們又換另一個工地，好像一群候鳥呢。」他們的臉漲紅著，眼裡隱約的淚光：「而我的孩子七歲了，有一次帶他來東區玩，跟孩子說，那幾棟大樓是爸爸當建築工時蓋的。你知道孩子怎麼回答？他竟然反問說：爸爸，那為什麼我們住不起這種大樓？」

「那你怎麼回答孩子？」我小心地問說。

「哈哈，我說呀：爸爸是候鳥啊。飛來飛去，就是沒有停駐的定點，討生活嘛，哈哈。」候鳥不知如今又在哪裡替別人蓋大樓？或者早已回到山地去，種筍、培育高冷蔬菜、水蜜桃？多年以前，我的原住民朋友，你們現在還好嗎？

放慢腳步，想起方才在捷運裡邂逅的那對母子，是否兒子亦如同指著大樓，向母親說：

「媽媽，那是我參與建築過的工程哦。」

候鳥，來去無聲。黯然的我，輕輕向前走去。

最後夜車

子夜零時，最後一班捷運，感覺青春一下就老了。

其實，生命還能盼望什麼？好像存活的，僅是愈來愈不敢確認的，屬於自己的軀殼，包裹在厚重的冬衣裡，察覺到逐漸降低的體溫以及與日俱增的呆滯，就這般無表情、動作的面向窗外，聽著那車裡的播音系統，告訴你站名，機械化的上、下車動作，彷彿是一些城市飄浮的靈魂，你很寂寞，城市更寂寞。

有時，會錯覺那捷運列車所載送的是服飾店裡的模特兒假人，自己每天也成了假人的一個單位，一跨進車門有座位就癱下來，沒座位就抓著掛環，面無表情地像一個假人，隨著車行搖搖晃……幸運的話，前方座位假寐的一個美麗女子，如果是在夏天，或許可以窺看低胸衣服下半圓球狀的乳房而覺得某種歹念的小小得逞，偶爾不經意想起日本A片，在極其擁擠的捷運裡，不倫男子的手伸入女人的裙底……自己卻淫邪地吃吃笑了。

如果車程遠些，買份晚報，卻總是那麼令人不快，卻又忍不住想一再窺看的情色消息：那個一臉忠厚、誠摯的前立法委員怎麼玩三人性遊戲？還是真的被綁架取財？政治版上誰可能跑票拿錢？誰又和誰內訌……我們的島國，終年動盪，再也沒有真正的英雄，道德、傳統統統交還給少人問津的線裝書，現在，樂透彩比真理還要真理。

也許，故意不在回家的那站下車，也許就勇敢地任性一次，讓最後一班的捷運將自己帶到終點，那濱海的小城，曾經留存著遙遠青春年代最可感的純真、眷愛；出海口遠方的閃亮漁火，那是二十歲，現在什麼都看不到，……有段時日，怯於前往，淡水小鎮已成俗麗夜市，你嫌惡地思索：不去就是不去。問題是淡水不能為你的青春保留它最初的美麗，一如自己早就已蛻變為世俗之人，誰也沒有權利去埋怨誰。

好了，如果自己有意不回家，子夜佇立在淡水捷運站城樓式的後院，要一杯熱咖啡，寂靜的夜氣裡，你終於忍不住眼裡一陣濕熱……問問自己：多久不曾落淚了？側首，看見靜靜停駐在站裡的列車，忽然想起沉睡的妻兒，忍不住有些後悔自己的一時任性，就在心裡暗罵那個文學作家說什麼：「勇敢的任性一次……」回家已午夜，沒有捷運，沒有公車，只好叫計程車回臺北市去。

捷運只要四十塊錢，計程車還要夜間加成，幾百塊錢呢……或者不到終點下車，到北投都好，找個溫泉浴室，浸泡暖熱再回家去，淡水，太遠了。

淡水，太遠了，卻也太久沒來了，那就看海吧，子夜的出海口盡是一大片黑，就僅是中年追念的心情好了。

曾經許諾的青春與夢，似乎如今實現不多。

至少，至少，勇敢、任性地讓最後一班捷運帶來淡水……但是，請你千萬不能告訴別人。

2002

冷杉林

如同我相仿年歲的冷杉林，在晨間白濛的山霧之間，隱約著靜謐、清瘦，若有似無的乍近還遠；幾乎難以定焦，視覺錯亂，哪怕試圖揣測它所占領的幅員都顯得無從著力，只存沒有任何重量的晨霧，恣意地、無聲無息地予以侵奪、漫著煙嵐、長驅直入。

長驅直入的，不只是白濛的山霧，據說，遠方有戰事；冬末春冷的海灣，靜謐如死的綿延大漠，與沙丘、石礫同樣顏色的駱駝，眨著長如羽毛的扇睫，嬰兒般黑亮的眸無辜地睨著海無盡的遠方，陌生的軍隊逐漸挪近。駱駝們開始竊竊私語，低臥著的沙漠底層隱約迴繞著百年來，駱駝們所熟稔的呼喊：新帝國來了，他們要原油！駱駝以及牠們祖先的幽魂從不理會土地的哀號警示，依然優閒地存活。

優閒存活？人之所以為人的最大不同就是奮力存活，卻缺乏真正的優閒。世俗而言，所謂：好死不如賴活。繁複萬端的人類慣於作繭自縛，永遠沒有其他物種所屬單純思想的幸福。

我置身在兩千公尺高處的冷杉林，靜謐之心來自於冷慄、清爽微帶濕潤的大氣裡，深鬱綠意的針葉植被所引申的直覺感受。深知只要離開這廣袤的高山地帶，低海拔接近聚落小鎮，世俗塵埃立刻覆蓋而至，難以閃躲。

難以閃躲亦是好死不如賴活的消極態度下自然而然的反射動作了。一如積非成是無可奈何，那麼來到這美麗出塵的寒帶林行走，所試圖獲取的身心體驗又是什麼？事實上沒有。我將一無所獲地回到上山之前，沉鬱、窒悶的自己。

只是在筆與紙之間的書寫，才真正回到自我確認的存在。好像盡責的農夫在春分耘土、播種，勤於巡看、給水且在秋時收割，而少問實質盈益如何。

美其言為半遁世主義，卻必得勇於自承是在現實世俗之間行走，拙於應對與爭逐；究竟是好是壞？如何以一個普世價值予以準確評估？走過一大叢密布的羽狀蕨葉，它們活得那般燦綠、肥厚，雖說是謙遜的低垂葉脈，卻呈露著不屈且迎戰的蓬勃姿態。默然的，寧願生長在巨大的冷杉林壯碩、粗糲的軀幹之下，晨時飲啜著冷杉針葉滴落的晶瑩露水，夜來收攏羽狀的瓣葉，靜謐沉眠。

我則時常在沉眠深處，艱難地，無以控制地翻騰、進出白天仍未收息的思索、情緒，恍惚且不寧。

原來是島國的三大林場之一。

古老、雄渾的運材蒸氣火車頭，如今有的送進鐵路博物館，有的被遊樂區買去妝點懷舊的氛圍，更多的被棄置，風吹雨淋，腐朽鏽蝕。

昔日的燦爛，今日偶爾記載的歷史；曾經被形之無所不可，無所不能的偉大英雄，其實說來又和這些老火車頭有什麼兩樣？銅像、肖照皆成為後人漸去漸遠、如風吹過的笑謔，是非混淆，真實早已宣告解體，讀史的後人，信疑自便，這是悲傷。

僅剩下一條狹長的昔日鐵道，匡啷匡啷的黃顏色旅遊車廂，情人雅座般的沿著山壁，蜿蜒、曲折地奔向煙雲深處，左邊是紅檜，右方是冷杉，車中靜坐的是茫然的自己。

自己是不該茫然的，茫然應該回歸給冷杉林間那久久不散的嵐霧。這正是春冷時節，他們說如果仲夏前來，飛舞的是無以數計的蝴蝶，翩翩如粉色落櫻……我想問：春冷的旅人，在山霧中因絕美而迷路，那麼夏日飛舞的蝴蝶呢？那人竟極有深意地答說：蝴蝶不會迷路，只有人。這樣一問一答，噤聲的是我自己。

與我同行的青春歌手，一身螢光粉紅色外套，獨自離我二十米之遙，以單腳、跳芭蕾舞似的旋轉身姿，像停駐葉脈上的彩蝶，直呼這片冷杉林真美。青春就是這般的簡單明白。我則沿著鐵路散步，辨識著單一的鳥啼，崖壁磊磊之間，濕潤著一朵朵雪白如觸鬚的花，像昨夜未融的早霜，還是不諳學名，就當路過。

青春歌手忽而提及所住的港都家居旁的丘陵有猴群聚集，慣於向遊人索討食物，不給則鼓紅腮頰，明顯表明慍意。純真的臉顏問說：這麼高海拔的森林地帶可有臺灣獼猴？我笑答說：如有猴群，一定比妳家後山的要來得自由自在。

哦——青春歌手睜大眼眸，若有所悟。隨即被啼叫的鳥聲轉換思緒。

下一班的小火車還要二十分鐘才來，冷杉林依然靜謐不語，相信所有的草葉都不會期待。山霧又無聲地攏聚過來，視野前方的鐵路在蓊鬱的冷杉林間，時而銀亮，時而黯然，再往遠看，就隱沒在濛濛的霧氣裡，看久了，竟而會有些心悸，突兀地錯覺到，歷史裡，運送砍下的紅檜、冷杉的小火車，彷如幽魂般的挪近……

湖，鏡面般的躺臥，霧漸散去。

冷慄的枯水期，潮線與岸邊植被地帶明顯地拉開一大段間距。抵達時，渾重的雲煙緊覆著湖左方的鞍部，猙獰、詭譎地延伸染指於半個湖面，遙看，彷佛深沉的水底，隱藏著某種遠古世代的水生物種，即將現形。

木質棧道旁面湖的導覽板上印著野生水鹿及長鬃山羊……卻只見水面拉過細長泛銀的水痕，不知是魚是鳥？還是冷！起先感覺四圍的大氣愈加濕潤，片刻之後，雨斜落繼而變得急驟，這種旅行的感覺多少就折損了美好的情緒。昨夜微雨一直不曾停過，耳畔盡是淅瀝的簷滴，時睡時醒，起身佇立窗前，掀帘一望，山莊前能見度幾乎是零。彷佛被夜霧包裹得層疊不透，橙色霧燈未熄，光被霧折射，竟彷佛是置身在電燈泡裡的蒼茫，一種無路可出的生命無奈。

推開木格子窗，點菸獨對窗外迷濛夜色，雨絲飄了進來，鼻息間花粉熱般的連打幾個噴噓，夜霧大到連燈火裡自己的影子都難以尋覓，這種徒然的虛耗，幾乎會令人悶得發慌；就讓吞吐的煙氣，頹然乏力地對抗窗外那魔幻般的封鎖。

睡意很深，卻又異常清醒，這才是最折騰的焦慮、懲罰……多麼期盼，湖岸未見的巨大水鹿、長鬃山羊，悄然地來到敞開的窗前，就算是未眠的黑熊都好，夜，太寂寥了。

不禁由衷地深切敬佩起梭羅。可以獨居華爾騰湖畔，勇敢地為了抗爭不平的嚴苛體制而坐牢，不改其堅執的原則，一連多年，不與人近的湖邊獨住，卻也憔悴而蒼涼，《華爾騰湖》終究只是烏托邦。

只好打開電視，藉著影音作伴。深夜新聞：英美聯軍與伊拉克在巴斯拉海港對抗，兩千磅重的炸彈凌虐首都巴格達，領導人海珊似傷未亡，反而被炸死的大多是婦女與小孩……

子夜二時，夜霧彷如英美聯軍圍困一如伊拉克人的我，而電視螢幕裡，穿著迷彩軍服，眼露興奮異采的新聞主播，引用大量西方觀點的一一數說，新帝國主義的強權武力，彷彿海珊象徵所有的伊拉克人，邪惡軸心死不足惜。

子夜二時，荒謬的鸚鵡學人話。我再次點起菸來，霧背後山風吹拂的冷杉林似乎譁然地爭辯了起來，我用力切掉電視，卻切不去心中無以冷漠的遠方戰事……婦女的哭喊，浸泡在鮮血裡的小孩，這錯亂、蠻橫的世界，假正義真入侵的霸權。

終於宣告這夜，徹底失眠。

冷杉林，沒被子夜的戰爭新聞擊倒，晨霧從兩邊逐漸掀開，彷彿舞臺之幕啟。

山莊的主事者開始滔滔不絕地訴說這林場的開發與沒落，大約環繞在日本領臺半世紀，大量砍伐珍貴的紅檜送回本土興築神社、皇居等等……這些引言、過程、結論想見可以倒背如流，我用心傾聽。突然中斷了歷史陳述，精亮的眼神犀利如刀地掃過我顯然疲乏的倦意：昨晚沒睡好吧？

一夜失眠。我誠實以告。

一定是山中景致太美，不忍入睡，啊？

霧好濃，整夜雨不歇。我打個哈欠。

四月中旬再來，滿山櫻花開了。

他在善盡主人的職責，我則側首遠山，些微陽光，連綿的山脊層層疊翠，竟有一隻鷹，孤兀地翱翔。

問起有名的溫泉。他們說九二一大地震損壞源頭，仍在無限期關閉中。前一次來此，是在廿年前？或更早的歲月吧？奮力回溯仍不可得……只印象依稀，岩石巧思砌成的大型澡堂，碳酸質白礦溫泉，濛著熱氣，鬆弛的泡浸，汗水沿額間淌落，同行作家朋友皆讚賞水質溫潤，有人備了瓶日本清酒，相與共浴，酒暖熱，人舒坦；如今憶及，卻無以清楚地記得誰是誰了，那時多麼年輕，如今連要尋得昔日溫泉，都已舊景全非。

濛白的溫泉霧氣，在記憶中飄出，思緒裡與廿年後的此時此地的山間煙雲如此相彷，歲月果真不饒人。

所以，我不渝堅持地書寫，不就是為了留存記憶？人在歷史記載中時有爭論乃是形之於外的定位，文學書寫則重真實；侈言大我太假，我寧願在小我的私己，但求無愧於天地，無傷於他者，卻也在無意之間違逆這俗世的既有價值及人性判斷，卻又不能像百年之前的梭羅半隱於世，必得在這只問立場不問是非的島國，無可逃遁地被要求選擇，在不見提升反而沉淪的亂世中自我長期地流亡。

看這高山的雲，那般遼闊壯美，看那千百年的紅檜與冷杉組合的雄麗山脈，這狹長的島嶼是無邪的，有罪的是血脈相通的人竟日相互揣測、彼此折損，才是最愚昧的悲劇。你見過紅檜與冷杉以枝椏格鬥？見過永遠的山脈拒絕雲霧的包容？峽谷阻止溪河的暢意流洄？

如霧起時，我走入冷杉林……。

2003

陌路與望鄉

五十歲之後，說的盡是斑剝追憶
譬如古老長街的城隍夜巡，
我們的童年同樣，歡耀在星火迸裂
之間，彷彿之夢相距十五年

月，印證著九歲的你，噤聲不語的一九四七
畫家父親是否帶你走過天馬茶房？或者
悲怨地攪拌東洋膠彩，猶如深鬱

我依然偶爾靜靜行過你久別的茶行巷弄
暗影般地大正建築，母親幽幽地奔跑
向海。為你追索連小說都難以排遣的

鄉愁，而今夜星光燦爛……

——〈越洋書〉

這是我寫給小說家郭松棻的短詩。

詩題名是：〈越洋書〉。想見必得穿過萬里之遙的幽幽太平洋，抵達小說家海外寄居三十多年的北美大陸，若有心的讀者願意攤開美國全圖尋找確切的位置，那就是在東部瀕臨大西洋的紐約市以北百里的丘陵地帶了。

一九九五年冬季，七十年罕見的大風雪猛烈侵襲美國東岸。我從臺灣飛往紐約的長榮班機在西雅圖機場意外停滯了近三個小時，心中深感不妙，在猶如玻璃盒子般的過境抽菸室，讓來回玻璃牆外的旅客當作動物般觀賞。厚著臉皮，一連抽了兩根淡菸，機場終於廣播著：由於紐約甘迺迪機場被大雪掩蓋跑道，所有飛往彼地的班機全部誤點。

平時從臺灣去紐約，西雅圖是中途點，有五十分鐘的停留。飛機加油，旅客下機舒緩筋骨，抽菸上廁所跑免稅店，一停三小時的空檔，竟然想起在此久居的兩位秀異文學家：楊牧與陳芳明。由於離他們很近，那種獨自旅行的孤寂因此暖熱於心，至少再上了飛機，明白六個小時的航程與紐約更近了。

入夜，機窗外呈現繁星璀璨的世界第一大城，燈火不滅的曼哈坦，愛麗思島上泛著青冷的自由女神像，燃燒般輝煌的布魯克林橋。九年未見的New York City我再次重訪啦！內心興奮地吶喊著。長榮班機上的英籍機長從播音器裡，輕咳了一聲，帶點微微懊惱的歉意說話了：JFK塔臺宣布，因為所有跑道都積雪，空域待進場的各國客機都在排隊，靜候流量管制（聲音忽而靜止了兩、三秒鐘？）。換上輕鬆（故意強作鎮定嗎？）的語氣接續了：我們去大西洋上空逛一圈吧。原本充滿喜悅的心硬是被壓抑了一個小時，疲倦地走出海關，前來接機的畫家黃志超及洪淑娟夫婦已望穿秋水般的等了我整整五個小時，更令人氣結的是別人誤領，我也拿錯別人的行李（三天後，由於黃夫人鍥而不捨地向長榮航空追索才換回，那三天我所穿戴的都是畫家的衣帽），相見的第一句話是：小說家郭松棻好嗎？

這正是我此行最重要的目的。我不曾見過郭松棻，近二十個小時的飛行旅途，閱讀著厚達六百多頁的《郭松棻集》（前衛版一九九三年十二月），並且揣想相見時，如何將本人與小說完整地連接在一起？存在心中多年的一闋傳奇終於在翌日，也就是一九九五年十二月二十日雪停後的近午，畫家夫婦帶我進入了臺灣被驅逐出來二十年後的聯合國大廈第二十三樓，一扇研究室深褐的木質門扉，畫家熟稔地輕敲兩下，一個溫文爾雅，我所習慣的鄉音從門後應聲，門啟，小說集卷首黑白相片的人在我眼前，果然就是郭松棻。

包括他的個人小說集或其他各種選集裡，似乎都是這般的介紹這位秀異的小說家。

*

郭松棻，一九三八年生於臺北市，父親為畫家郭雪湖，一九五八年發表第一篇短篇小說〈王懷和他的女人〉於臺大《大學時代》，一九六一年臺大外文系畢業，一九六三年在臺大外文系授「英詩選讀」，一九六五年參加電影《原》的演出。一九六六年赴美進加州柏克萊大學念比較文學，一九六九年獲比較文學碩士，一九七一年放棄博士學位，投入保釣運動。一九八三年再度開始創作小說，以羅安達之名發表作品於《文季》，接著〈機場即景〉、〈奔跑的母親〉、〈月印〉、〈月嘷〉發表於港臺報章。現旅居美國。

如果讀者有心更詳盡了解小說家創作之外的心路歷程，應從以上的簡介裡思索郭氏何以在一九七一年「放棄」博士學位，而「投入」風起雲湧的保釣運動？同為保釣健將的張系國曾以此運動為背景寫出《昨日之怒》長篇小說。曾是郭氏老戰友的劉大任亦不缺此一壯闊年代的「革命」作品。讀者們（包括我在內）縱覽郭氏小說，卻少見其深入的、全面的以保釣運動為主軸的小說，這對於一向深讀郭氏作品以及研究的學者、評家想是難以明晰之迷霧。

哪怕連我在內，近十年來頻以書信、電話與之交談，問及保釣運動何以難見郭氏之作品，皆如同清風明月的淺答說：也許不久會著手書寫吧？印象裡，郭氏是作品未完成、發表，是不會先作陳述，這是他一向的嚴謹與謙遜，亦是學院訓練的踏實與求真的本性吧？

其實，讀者可在《郭松棻集》卷末第六二五頁，方美芬編，郭松棻增訂的〈生平寫作年表〉中，多少推敲出郭氏在出國留學後思想轉變的軌跡。在一九七一年三十四歲，放棄博士學位研讀，「專志」投入保衛釣魚臺運動。年表所標明，正是臺灣被驅離聯合國當年，美國將二次大戰後所託管的琉球群島（包括釣魚臺？）交予日本，引起中國大陸與臺灣一片驚愕、對抗之聲，主因正是百年領土主權未明的釣魚臺列島（日本稱之：尖閣群島）之爭執。郭氏義無反顧地放棄博士學位，投身保釣運動，無可置疑的愛國心與理想性，這從他往後復筆的小說風格可洞悉其與生俱來的一種生命浪漫卻自信的堅執；運動亦是種革命，成功或失敗，對於理想主義、自由意志的實踐者到頭來，可能就形成幻滅或虛無。有識者曰：七〇年代初的保釣運動，事實是被政治角力的中國大陸與臺灣出賣了。這歷史公案，唯有郭松棻本人藉由小說或自傳形式，方可還之大白吧？

增訂的年表中，值得注意的是郭氏從一九七四年三十七歲至一九七八年四十一歲，這風起雲湧的「革命」歲月裡，盡見其思潮性論述，如〈戰後西方自由主義的分化〉、〈從「荒謬」到「反叛」〉、〈冷戰年代中西歐知識人的窘境〉、〈現代宗教法庭和新教養〉、〈替無產階級規定歷史任務〉、〈行動中的列寧主義〉等等，所發表的刊物皆以左派思想為著，香港之《抖擻》、臺灣的《夏潮》。尤其在一九七四年七月，他進入了中國大陸，以一個土生土長的臺灣知識分子而言，是探索社會主義的真相，抑或對祖國原鄉的傾往？早在一九七二年就被彼時威權統治的國民黨政府將之列為「黑名單」人物，與海外臺灣獨立主張者同為被拒返鄉之群。同一年，他進入聯合國工作。

一九八三年，郭松棻意外地回到了文學。「革命」志業受挫？還是幻滅了原先巨大的期望？也許更單純的，他只想靜靜地重拾心愛的小說之筆，這是小說家以文學淨化自我的開始嗎？

＊

坊間至今可尋得郭松棻小說結集三冊：

《郭松棻集》（前衛出版社一九九三年十二月）

《雙月記》（草根出版社二〇〇一年一月）

《奔跑的母親》（麥田出版社二〇〇二年八月）

三書選文各有重複。主因在於郭氏於一九九七年六月三十日凌晨一時中風，從睡眠裡翻落地面，在這之前身體硬朗，毫無病徵。同年三月春冷時節，郭氏令華文讀者期待多年的名作：〈今夜星光燦爛〉才剛發表於臺灣的《中外文學》。四萬字中篇小說的雋永佳構，評家以郭氏為二二八事件時的臺灣行政長官陳儀翻案或揣其心事的爭論仍在方興未艾之際，小說家卻中風倒在萬里之遙。

小說家不做無謂的回應。同是小說家的妻子李渝幾近精神崩潰，卻以令人難以承擔的自信心、意志力，將郭氏從死亡的邊緣呼喚回來。讀者可從李渝女士的小說集《應答的鄉岸》（洪範書店一九九九年）前序求得印證。待數月安心復健後，從越洋電話中，郭氏以略為結巴卻精神矍鑠的語氣與我對話，深度倦怠裡呈現著無比的堅定，令電話這方的我為之感傷欲泫，要他一定保重自己！怕礙了他養病，不捨他虛弱、費神勞心，匆匆數語問安，只記得掛線之前的最後一句話：您的「保釣」小說還沒寫出來呢。掛上電話，這才發現自己是多麼的冒犯、不敬……

過了千禧年，彷彿深怕小說家會忽然從這荒冷的世間螢火般的消失了，我一直活在某種無以形之的深深恐懼裡。每隔個半月給他一通子夜撥出的越洋電話，有時給他寫信，慢慢地，感覺到他健朗許多，回復到平時可聽可說的狀態。有時收到他的航郵，歪歪斜斜的刻字，一張信紙要分好幾天寫就，信中有時消沉如陷谷底。實在不忍心，我勸說別回我信，太辛苦了，他依然捎來遠方音息。

二〇〇一年一月，草根出版社將郭松棻的中篇小說〈月印〉、〈月嗥〉合為一書，同是前衛、草根出版社發行人的林文欽將之命名為《雙月記》。此書延宕了五年之久。一九九五年冬在紐約與郭氏初見，就是帶著此書之邀稿函面交，而他在病後，意志不免消沉、自傷，甚而想放棄《雙月記》的出版。我一再懇請其「至少讓關心他的故鄉朋友們知道郭松棻還勇健、不屈地存活在這不美的人世間」，終獲應允，囑為此書作序，自是誠惶誠恐地以〈遠方來信——試寫郭松棻〉一文，配合書的問世，發表於二〇〇一年元月七日《聯合報・副刊》。

費心交代郭氏中風後的種種磨難，是要真實呈現一位少為臺灣讀者所熟稔，卻深具國際視野、美感獨具的秀異小說家，所經歷的痛苦及堅毅的生命力。亦讓對郭氏一向陌生的文學愛好者多少認識這位與白先勇、王文興、陳若曦、王禎和同期的臺大外交系文學好手的內涵深蘊，由於政治理念，被放逐於外的望鄉之人。

《雙月記》出版，即獲當年的巫永福文學獎及《中國時報・開卷版》十大好書殊榮，果然遠離了三十年的臺灣故鄉，無私、慷慨地接納了郭松棻。繼而是由陳芳明及王德威主編的麥田出版社「想像臺灣」系列首冊，收入了包括〈月印〉、〈奔跑的母親〉、〈草〉、〈雪盲〉及中風前最新的力作〈今夜星光燦爛〉。擇其中〈奔跑的母親〉為書名，以著厚實、經典的方式在二〇〇二年八月堂堂問世，王德威教授並以〈冷酷異境裡的火種〉為書前評序。

至此，郭松棻小說三集，得以完整呈現給故鄉，亦是傳遞回可喜的文學問候。

評家論及郭松棻小說，各有詮釋之言：

＊

綜觀郭松棻的作品，發現他慣用美學轉換的手法，縱使連「政治控訴」的小說，也試圖超越「社會反映」的層面，而伸入「內心世界」，企圖將人性的深邃細密幽微複雜刻劃出來，也就是將人際之間性靈志趣的相互感染神通契合表現出來。雖然，當我們在閱讀他的作品，難免被意象、情境、人物的歧出交揉，搞得眼花撩亂，但是深藏於他小說世界中的瑰麗迷人之處，就是在線索紛雜中，蘊含無限的遐思空間，一切都令人迴腸盪思不已。

——《郭松棻集》序：〈橫切現實面‧探索內心世界〉，羊子喬撰

特別值得一提的是在《郭松棻集》卷末，美國約翰‧霍普金斯大學英國文學博士董維良所寫的〈小說初讀九則〉，可說是郭氏作品極為鞭辟入裡的導讀。評析：〈奔跑的母親〉、〈機場即景〉、〈月嗥〉、〈雪盲〉、〈草〉、〈那嗟嗟的腳步〉、〈成名〉、〈向陽〉、〈論寫作〉等九篇小說，說是導讀，更有著散文形式的美感與知性交融，這必得要讀者細心品味，董維良教授彷如溯河入幽林的康拉德，穩健而帶著浪漫的探索，為讀者掀開郭松棻小說魅力無窮

的神祕面紗，卻又清晰地解碼揭祕。

再來，我們靜心地翻讀，有關哥倫比亞大學東亞系教授，評論家王德威先生對郭氏的看法：

郭行文運事凌厲精準，〈月印〉、〈雪盲〉等構思繁複，寄託深遠，但修辭上的寡淡骨感卻一如電影劇本的分場鏡頭。尤其可以注意的是，他的作品絕少提到釣運的種種，有的反而是臺灣早期的歷史創傷，或浮世人生的倫理糾結。彷彿經歷了一場大考驗，他反能從其中抽離出來，轉而思考更曲折廣闊的生命面相——事過景遷，一切盡在不言之中。比起兩岸各色傷痕反思文學的涕淚吶喊，郭松棻的選擇，仍有他毫不妥協的姿態。

——《奔跑的母親》評序：〈冷酷異境裡的火種〉，王德威撰

以上所舉評文只是羅列一二，主要是以郭氏最重要的兩本小說之評序。其他重要評論有早期主編《一九八四臺灣小說選》收入〈月印〉的唐文標所撰〈無邪的對視——評「月印」〉及張恆豪在一九八九年「二二八文學會議」論文：〈臺灣小說裡的「二二八」經驗〉（此文似未在刊物發表）。資料顯示，張氏後來在一九九五年四月，臺灣師大主辦「第二屆臺灣本土文化學術研討會」論文〈二二八的文學詮釋——比較「泰姆山記」與「月印」的文學觀點〉不知是否

為前文之延伸？吳達芸教授收在《郭松棻集》裡，有關〈含羞草〉與〈草〉的文本分析之〈齎恨含羞的異鄉人〉。晚近則有南方朔〈廢墟中的陳儀：評郭松棻「今夜星光燦爛」〉（《中外文學》一九九七年三月）、李桂芳〈終戰後的胎變——從女性、歷史想像與國族記憶閱讀郭松棻〉（《水筆仔》一九九七年九月），及附錄於麥田版《奔跑的母親》卷末，許素蘭撰：〈流亡的父親．奔跑的母親——郭松棻小說中性／別烏托邦的矛盾與背離〉（《文學臺灣》一九九九年十月），最近得之則是與郭松棻電話聯繫，由他告之馬華小說家，任教於暨南大學之黃錦樹所撰評文：〈詩．歷史病體與母性〉（《中外文學》二〇〇四年六月）更符合郭氏本人小說所要表現的精神蘊涵，可謂深得他的認同。

與我同一代的小說家宋澤萊，不久之前曾和我談及，郭松棻作品足以象徵六、七〇年代「寫實主義」創作形式之極致，如今哪怕有吾輩者以此典範奮力追趕，亦難以超越。那麼，郭松棻小說的本質究竟為何？前列各評家所擷取之片段詮釋、論析多少可讓不諳郭氏作品的讀者有初步的依循，但同為文學創作者的我，還是相信，只有全面用心研讀郭松棻小說，方能一窺其深邃之堂奧，而非一廂情願地透過他者或評論或轉述。畢竟在文學的領域，只有作品本身才是最終之途，沒有創作就沒有評論。

*

「去年這個時候，她是什麼樣子？」

他突然想起這樣一個問題，一時連自己也難以想像。

時序更番推移，他似乎在長年的昏睡中，於今第一次甦醒了過來，下午烏雲籠罩，妻剛剛擦過的榻榻米蒸發著一股蘭草香。躺下來，好像躺在流水上。天空雷電閃閃，他一個人悶在空房裡，想著妻子的身體。

近來，尤其是文惠一出門，他就不斷有了色念。他盼望春天，春天來了。可是不知怎地，人還是昏昏沉沉的，總醒不過來。

——〈月印〉

母親又從另一根石柱的背後伸出她的半張臉來，那充滿戲謔而又無語的臉。

我奔向母親的方向。

然而，我每跑一步，母親就後退一步。

母親好像決意離我而去，又好像在跟我捉迷藏。

她在石柱後面，把自然藏起來，然後暗暗地笑著。

久久，才又伸出那半張捉弄的臉，無言地看著我。

「媽。」我大叫了一聲。

母親乾脆跑了起來。她在馬路的中央奔跑。

她望著那更漆黑的遠處跑去，好像奔向海。

那麼拚命，那麼固執，那麼決絕，跑得一頭長髮都飛了起來。

她把我一個人留在黑夜的這一頭。

——〈奔跑的母親〉

就這樣，你第一次接觸到了魯迅。

廣漠的夜空。日本教授舉杯的姿勢，有如振臂。他操著沙啞的聲音，感慨的說，這是怎樣的一種生活啊。

「來，為你那位作家乾杯，為——」

「魯迅。」

「對了，為魯迅乾杯。」

從研究室回到公寓，從這點到那點，直線最短。你扶著爛醉的日本教授跌跌蹌蹌走出研究室。自從治好了痔瘡，他再也不鬧著要走出這沙漠了。關於研究室私藏烈酒的事，他的太太和系主任都不再過問了。從此他只是偶爾若有所思，低下頭，就細細數起他的家譜。從江戶的父親，數回到四谷的曾祖。而繼承了紙傘業的哥哥聽說最近生意破產，捲款私逃了。

「回到你的國家，你也教不了你的魯迅。」

他用這種激將法，想勸你安身於此地。頭頂上，星辰正在分裂著天空。那靜闃無聲的作為，比起閃電劈開雲天更其詭詐。

——〈雪盲〉

想不到鏡子會跟他吵起架來。

他站在它的面前，本來那血脈和骨架依稀可見的人影正在失血萎縮。他努力構生的圖像越來越不真切。他屏息專注，將全部的心力集中在他的凝視中。然而鏡子已不接受他的意旨。

他急躁不安，甚至有點慌張，他無法控制自己。他的飲食和睡眠受到干擾，他不得不把工作停下來。有一天，玻璃杯被他捏碎在手心，他看見自己的血混著潑濺的冰水流到地上，他才整個人清醒了過來。

現在，那影子又模糊來到鏡中，不過，整個畫幅有些改動。在可以稱之為人形的背後有新的東西閃現。經過幾天的端詳，終於悟得那原是自己家鄉的景色。他沒有一點疑惑，馬上了解這就是鏡子與他爭論的要點所在。

從這天開始，他不再推拒記憶。

——〈今夜星光燦爛〉

*

列舉四篇小說摘句，自無法呈現郭松棻作品全貌，但多少能讓未曾接觸的讀者推敲屬於「郭氏風格」之一二。我認為縱讀郭松棻小說之後，所得之的正是「陌路」與「望鄉」之本質，所謂「斯土者斯言」，以一九八四年七月二十一日至三十日，刊登於《中國時報・人間副刊》的小說〈月印〉而言，背景是在日本殖民時代結束到一九四七年二二八事件之後的國民黨綏靖軍隊「清鄉」時期。小說裡的男主角鐵敏參加了左派讀書會，熱中於戰後臺灣回歸祖國的重建，充滿了當時知識分子的熱情純真。二二八事件的發生，凸顯了中國文化和被日本統治了半世紀的臺灣之文化差異與衝突。小說走的是郭松棻一向的文風，溫文裡含帶堅定，對於終戰前後的臺北更有詳盡的風物寫實，將歷史融入文學，卻不流於宣教俗套，讀者看完〈月印〉等於無形了解了一九四七年左右的臺灣人情境，是相當彌足珍貴的國族經驗。

因為身為畫家郭雪湖之子，老臺北大稻埕，包括他成長的延平北路、迪化街，他所就讀的日新小學，信手拈來皆是老臺北的記憶。在他從「專志」的保釣運動回到文學領域之時，他已在聯合國工作多年。

這其間，郭松棻是個「無國籍」（被臺灣當局取消護照）之人，身為聯合國職員，由於任務所驅，縱走東亞、歐非。在工作之餘，靜靜地執筆書寫，在陌路之途，由於重返文學，相較家鄉執政者給予他「放逐」的罪名更嚴峻的懲罰，毋寧就是對臺灣深切的「鄉愁」了。與郭松棻熟稔的我，自始不曾問過他在職務之間，過境臺灣（或只是搭飛機由高空掠過）前往日本或東南亞諸國，接近母土，內心的感觸如何？心緒敏銳如他，絕不是冷漠以對，必然是波濤洶湧吧？而他在寄居三十多年的北美大陸，深夜窗前一盞孤燈之下，書寫的小說盡是臺灣，這情何以堪？我不敢問，不忍心問，怕他傷懷。

一九八九年，父親的紀念畫展在臺灣，他回來了一段短暫的時日。他所撰寫的郭雪湖先生評析，在我所主編的副刊上發表，我卻無緣得見，直到六年後，飛越千山萬水，在凜冽的風雪中專程拜訪。其實從一九八四年〈月印〉在臺灣發表後，這位秀異的小說家一直在我的仰望中。離鄉三十多年的小說家，我始終不曾覺得他真正告別了這片至今依然政爭不斷，族群問題被政客蓄意操弄的美麗島國。郭松棻的小說縱然所描述的是人在異鄉（如〈草〉），亦不脫離臺灣的種種記憶，不正明白顯示，在鄉愁與落腳異鄉的流亡歲月中，小說家不斷的以作品喚起家鄉的形影，深怕跌落「失憶」的陷阱，一旦沉落就難以接合、聯繫。這是郭松棻內在的長久哀傷，亦是臺灣這膚淺之土的宿命，輕人文、重表面，只有民粹口號，缺乏真正文明本質的相互涵容、尊重。

臺灣，難道真的不需要好的小說家？在這只見沉淪，不見提升的貪婪之島，小說家有的噤聲不語，有的落拓老去，有的自我流放在異國他鄉……也許，連大部分的臺灣人都已忘卻「文學」二字，竟日追逐權位、名利、粗暴、世俗。心有定見、深邃心靈的文學作家只有後退再後退，所謂遵循「作家是永遠的反對者」之人，則成了異端的極少數，永遠格格不入，不合時宜。

郭松棻在域外，陳映真在島內，這是以上所形之的兩個典範，若有評家、學者發願以宏文深論，應是文學盛事一樁。除了在小說藝術上極力尋求美學的無垠提升，更在文學上構築其一生信仰的政治理念，從青春到壯老，人格與文學皆不改其志，值得致上無比敬意。若以中國文學家比之典型，以魯迅評比並不為過。《吶喊》明顯在陳映真小說處處可尋，而在郭松棻作品裡，呈現更沉潛的勁道，亦是他在溫文的筆觸裡，透溢出那份無可比擬的自信與堅定，如同革命。

＊

年少時代的革命壯懷如果是熾熱的火，壯老之後的小說就是溫潤餘味的醇酒。

小說家註定是天生的「無政府主義者」。揣想，倘若郭松棻沒有離開臺灣，以他的生命堅執，怕亦難逃如陳映真之宿命。縱觀郭氏小說，天生就是個「異議者」角色，其實普世之下，百年來卓越的文學家，誰不是無政府主義、誰不是異議者？我願大膽的說，郭松棻作品的殊異性就在這裡。看似婉約、溫潤的字句組合，卻呈露人類生命最巨大的對抗。如同王德威教授所評述的：「郭松棻的選擇，仍有他毫不妥協的姿態。」

這句鏗鏘有力的形容，印證郭松棻的小說及其人格、風骨可謂知己者言，讀者從〈今夜星光燦爛〉足可一窺堂奧。

小說中的將軍，曾經權傾一時，無奈統治者以其逆向反思懲以重罪，解職禁錮於他所慣住的行館，最後難逃槍決之命運。

如同評家南方朔先生在〈廢墟中的陳儀？〉所論，讀者亦可能聯想到抗日初期「西安事變」的張學良或「臺灣兵諫」的孫立人，但這兩者後半生被蔣介石予以軟禁，幸未被誅。二二八事件，蔣介石以陳儀未能平靖民變且可能變節投共而歸罪處決。此一歷史公案自是小說家所勤於探索、揣測，南方朔評文有合理的論定，但小說終究是小說，意識形態或歷史評價無形之間浮沉於小說字句，若以小說家試圖「平反」或「異議」，不啻是教小說家太沉重。

特別請有心的讀者注意〈今夜星光燦爛〉，文中除了彰顯郭松棻殊異的美學構成、歷史軌跡、情境反思所組合的小說藝術之外，更十足凸顯郭松棻那「毫不妥協的姿態」。

書寫至此，文已盡意。倦而回首窗外露臺，艾莉颱風之後的闃暗子夜，一片黑沉，不是小說家筆下的「今夜星光燦爛」；再轉頭回桌前五百字橫格稿紙，桌面靠牆的中央，戀人遠從中國上海專程攜回贈我的「魯迅」青銅頭像，靜靜的與我對看，那清癯、滄桑的瘦削之顏，透溢著眼神一片望向前方的些許茫然，卻是堅毅不屈的沉穩自得。很像，郭松棻。

很像郭松棻，我抵達那積雪的丘陵家居，他正埋首賣力地鏟開門前雪堆，唇間呼著白氣，我輕喚他的名字，回過頭，是初見的那抹溫文爾雅的笑意。而那夜，星光燦爛如恆。

2004

島外之島

五十米高度下波濤洶湧，海，灰濛如墨。

我在飛越島外之島的航程，座艙裡久久沉寂；九人座直升機，除了戛戛然槳葉旋動的噪音，僅有能予以辨識的，是前座駕駛員不住監看的衛星導航螢幕。機窗外，微雨與海霧。

三十年前，詩人好友搭著AP運輸艦抵達此時我所前去的島外之島，詩人是否仍記得他在一九七四年前後所寫的〈觀測士〉及〈燕子〉詩作？但他清楚地提及；至少，當年抱過剛滿月的小男嬰，二十二年後回到詩人年少曾駐防過的島外之島；岩岬峭壁，夏花石蒜，紅豔似火，百年前英國人所築的燈塔依然點起火焰。

詩人啊，我們都逐漸老去，一如島外之島，偽裝網下逐漸傾圮的迷彩碉堡。年少軍人的傷心在於冬冷的孤獨暗夜，撕碎戀人告別的遠方來信，夜風殘忍地將訣別信的碎片吹得很遠很遠……就忘了吧，當做幻夢一場。年少軍人自我解嘲地呼朋引伴，烏梅酒配花生、豆乾，盡情喝吧，我請客，我終於沒有牽掛，終於自由自在了……呼喊的嗓音怎麼瘖啞？繼而是心虛、可憐復可笑的氣音，被哽咽緊捏住脖子。

二〇〇四年耶誕節，浪湧霧冷的陰霾午後，未先告知地來探訪曾是年少軍人的我的再版……從幹訓班被喚了出來，未及回神從指揮部岩石構築的會客室略帶驚惶的喚聲：爸——繼而相對無語。只見冬寒的氛圍裡，一身毛領迷彩深綠軍服，向著前去的來人行著舉手禮。

*

午餐老酒芳純若醇厚之秋陽。我說，不能貪飲，否則午後的文學演講醺紅之顏可會愧對三百個高中學生。留學西班牙的本地畫家仍不減談興地提及安達魯西亞滿地的葵花及海明威參與過的內戰採訪，關於為了抗議軍事獨裁者佛朗哥將軍而離鄉半生，以《格爾尼卡》畫幅予以譴責的畢卡索……酒，讓人毫無距離。

子夜未眠，念著七十公里外，臺灣最北疆域戍守的少年軍人，在外島與外島之間，去看他？不去看他？手機未關，前幾天從臺北捎寄的耶誕卡寫著：我來距你數十海里的島上做文學演講，如你願意，撥個電話，說聲問安……僅此盼望。手機自始沉睡無聲，我卻未眠。

二十二年前，詩社同仁在滿月酒聚，爭先親吻、擁抱的小男嬰，如今是島外之島的年少軍人。未先預告，我掙扎在去或不去的糾葛裡。為什麼不去？去吧。島上的朋友鼓舞著。夜深人靜，傍海的渡假旅店，落地窗外的狹長露臺，咖啡桌上燃著燭光，彷佛一種呼喚。如果是三十年前，應該熄燈警戒，砲擊構成暗夜裡僅有的煙火，不是喜慶，而是對抗與世仇。

那年，同樣冬夜霜凍的高雄橋頭鄉，師對抗前夜的限時信，最初的戀人比寒冬還要冰冷的字句猶如利刃，說，情緣已盡，告別於此。就是分手的殘忍宣示。是我不諳她慧黠的心思或者是她真的不懂我自始殷切執著地期盼？也許，誰也沒錯，錯的是時空遠隔，烈愛難留。

明年即將跨海去探訪年少軍人的我，只最稀微地願望——三十年後可別重蹈覆轍。

*

據說初夏抵此，滿島皆是北來的黑尾燕鷗；在層疊磊磊的岩壁棲息，如冬日初雪。

營房旁的巨大坑道，據說美製的猛虎坦克可穿梭自如；如今成了觀光景點，架著木質階梯，供我這青春不再，體力衰微的半百之人攀附而行，我氣喘吁吁，年少軍人則足蹬長筒皮鞋，小白馬般昂然上下，微笑指點我，昔日的砲陣地，岩岬間參差的詭雷、堅利如刀的龍舌蘭……數十丈下潮浪哮號，鐵蒺藜漫布如蛇。

年少軍人啊，而今你壯碩如這島上青春、勇健的堅岩，再也不是那個嗜愛模型、電動玩具，撒嬌羞赧的男孩，這臺灣國土最北，冬來霜寒雪凍的島外之島，鍛你由柔而剛，什麼時候，你溫柔的雙眸如此沉靜又如此堅強了？

多少年，不曾沉睡在我的身旁，緊密的操練行程，讓你疲累酣睡嗎？或者是晚餐時的幾杯陳年高粱？你說，受了風寒，那麼就安心地睡去吧，也許眠中有夢，夢見距此一百七十六公里之遙的臺灣本島，夢見雙親、姊姊及最疼愛你的阿媽，睡吧，父親不就在你身旁同眠？

島外之島的軍人眠夢，或許鄉愁，或許戀人，哪怕醒著，皆是悲壯的美感經驗；孤獨因而思念，追憶以及未來，親愛的孩子啊，歲月還正起始，微笑、勇敢，青春正是燦爛。明早醒轉，又是滿眼的海，壯闊無涯，手握捍衛家園的武器，是偉岸的年少軍人，管他是冷冽的冬風或奔忙的操練，看那海潮，澎湃永恆。

偶爾你咳了幾聲，我心疼。島外之島的凜冽冬寒，夜沉如墨，我們相會就是無限圓滿。

*

晨起的寬闊港岸，僅有我黑衣獨行。

船訊未知，或者從臺灣開來的定期航班未到？你仍在熟睡中，我已在岸邊的白馬尊王廟燃香三炷默禱，祈願所有在此的年少軍人平安、保重。大海沉寂，前望蒼茫，島仍未甦醒嗎？

憶及昔時的冬季，厚袍裹你年方三月的小小軀體，走訪家居桃園平鎮的軍人叔叔，陸軍上尉的小說家，去石門水庫吃活魚八吃，季候奇寒，叔叔怕你冷，憐愛地以厚實的野戰大衣予以暖烙，你睜著一雙黑亮大眼，咯咯笑了。

那時，我和叔叔還那般年輕，相互許諾文學的堅執不渝，且遙想多年以後，我們會看見小說家叔叔成為將軍……二十二年前可不是？

二十二年後，我來這遙遠的島上看你，終究必得離去。年少軍人送我到直升機場，我問：待會怎麼回營區？你果斷地回身指向島的某個稜線，峭壁與兀岩接壤的低處，一排迷彩建築物，堅若堡壘——我，走回去，不遠。

保重，好好照顧自己，嗯？最後之叮囑。

知道了，爸，您也保重。

走向直升機，槳葉旋起暴風，我回頭，忍不住再看一眼，候機室門口已在百尺之外，一身迷彩軍服的年少軍人輕輕地、緩緩地揮動右手，靜默地沒有任何話語，凝肅著送別。

同行的友伴催促上機，顯然是我停滯了。

再回首，年少軍人依然揮著告別的手姿，我回以同樣的手勢，踩進狹窄的機艙裡，直升機立刻騰空而起，不由然地哽咽，低首俯看——最後一瞥，是他脫下軍帽，輕緩揮別。

2005

掌中翅膀

想像鯨豚，無聲地漂行天空，那種異質的壯麗魅惑；海拔直上三萬呎，一切不覺意外。

所以百年歲月對最初的萊特兄弟而言，腳踏車輪架以木質結構，伸延如鳥之雙翼，裹著亞麻仁布，再加上個裝著螺旋槳的小發動機，從草原斜坡自歷史原點騰空而起，飛行的時間哪怕僅不到半分鐘，人類飛行之夢由幻成真。

萊特兄弟見不到百年之後，地球大氣層下來回數千架次的航空器，密如蚊蚋。巨大推力的勞斯萊斯、奇異、普惠的發動機，燃燒牽引滑輪葉片，雄渾如鯨豚的流線型飛機，在航程萬哩間，可以不著陸的跨洲越洋……。

一九六九年二月九日，美國波音公司的七四七巨無霸客機在西雅圖首次試飛成功。

二〇〇五年四月二十七日，由法、英、德等歐洲國家組成的空中巴士公司試飛比七四七更巨大、載客量更多的雙層客機A三八〇，在法國土魯斯上午十時的微風裡昂然展翅。

人類因夢想而偉大，因飛行而毫無阻隔。

航空器帶你暫離紅塵裡的恩怨情仇，悲歡愛恨；飛行的旅人，在與上帝最接近的雲上三萬呎高空，往上探看，就是浩瀚無涯的宇宙。

你或許靜賞座前的小液晶螢幕播放影片，耳機裡是劇中的樂音飄揚，窗外一片深沉無盡的墨藍，更遠處，略呈弧狀的地表也許泛著一線橙紅光影，你暗自輕呼——那是海角天涯。

機艙裡，幽暗著大多數沉睡之人，你打開頂上的看書燈，百般無聊地翻閱航空雜誌，衛星地圖、旅遊景點，到最後的免稅商品——不外乎是菸酒、化妝品、人造珠寶及領帶、絲巾、皮夾……很少人會注意到自己此時所搭乘的航機是何種型式？波音七四七？麥道十一？空中巴士三四〇？洛克希德三星？抵達就好。

若你願意如我，在每次旅行航程中，買一架你正搭乘的航機模型，縮小版四百分之一或五百分之一；返家之後，它會留存旅人飛行的記憶，無論彼時此刻，你歡愉或哀愁……。

現在，我的掌心靜靜泊著一架七三七模型。精緻的烤漆，這逐漸老花的眼睛，必得依靠放大鏡才得清晰見及微若毫毛的古歐洲文字。譬如：這是希臘奧林匹克航空公司的五百分之一模型，尾舷五個彩色圈，明白顯示奧運由雅典開創；古老的一行希臘文命名這架七三七的名字就叫：「馬其頓」。揣測，也許另一架A三二〇，希臘人就叫它作：「阿基米德」吧？

夜暗寂靜，孤燈下書寫暫歇時，隨手抓來幾架模型，列於案前，攤展的綠格稿紙遂成停機坪，鯨豚般的各式航機整齊靜泊自成風景。

不知是誰有此巧思？將昔時一呎長的樹脂模型，以金屬縮成更精緻的五百分之一或四百分之一？回想高中時代，誰不傾往飛機模型？行過航空公司氣派寬闊的落地窗前，就一架燦亮閃熠的模型，作翱翔狀——帶你去旅行。

模型店尋搜，那時多的是二戰後到越戰時期的戰鬥機，英國逆火式、美國野馬、蘇聯米格、日本零式……必須要小心翼翼地剪下塑膠表盤連接的機身、起落架、螺旋槳、副油箱、戴彈匣……仔細地以強力膠組合，黏貼紙國徽，像野馬式戰鬥機P五一，韓戰時前方的引擎蓋還要貼上鯊魚尖牙以示威武雄壯。

蘇俄米格機那時不易尋得，模型店老闆會悄聲告之，貼紙是血般紅星標幟，請別炫耀，以免有「通敵」之嫌。但那時多迷米格機，那如鐮刀般的翅膀，冷而堅定如傾往北方之雪。

二戰德國沙漠之虎隆美爾將軍的戰鬥機仍是模型同好的熱火之愛，黃土地般沙漠偽裝迷彩，有人還買了噴槍，以顏彩做成滄桑、斑剝之擬真，令眾者驚歎……三十年後，我輕易地在某家飛機模型店買到，比三十年前土法煉鋼更精緻更完美，卻再也無少年時之烈愛了。

幾年前，有名的萬國表IWC公司，租用一架容克斯五二骨董飛機，從瑞士啟程，環球之旅。那是二戰時德軍傘兵運輸機，BMW三引擎不知換裝過幾次了？堅固的機身依然是六十年前虎虎生風的模樣，雖然裝上衛星導航系統，兩個六十歲的飛行員加上一個六十歲的阿媽空服員，就從香港赤鱲角機場踩足油門，花了四個半小時，在淒風苦雨中搖搖晃晃地降落在臺北松山機場。航迷們興奮迎接卻未開放參觀，只讓媒體採訪，可惜至極。

這架名為「鐵安妮」的骨董飛機模型，早在多年前，就進入我的收藏之列，那是在高雄市新堀江商場發現的。曾經以此寫了篇小說：〈暴雨飛行〉發表在二〇〇一年春節期間的《中國時報・人間副刊》，主題是「西安事變」；很少人知悉，蔣介石的座機就是容克斯五十二，送他飛機示好的正是德國狂人阿道夫・希特勒。

文學摯友冬日去捷克、奧地利旅行，問我帶何物相送？回以帶架所搭之航機模型吧。結果竟攜回已停飛的超音速協和號（Concorde），原來摯友搭乘法國航空七四七班機，始能購得此一難得的紀念物，知惜之情，幸福滿心。

協和機採三角翼，狀若鷹隼，可以二點五馬赫高飛於七萬呎高空，從歐洲到北美東岸，越大西洋只要兩個半小時；可惜噪音太大，很多機場拒它降落，票價更多倍於一般航機，幾乎是巨賈明星才能一親芳澤。

我亦苦尋蘇聯時期的飛機模型。如舉世排名第一的安托諾夫AN二二五運輸機。卻不見任何模型展示，倒是驚喜地在航空刊物上與之相見。二〇〇四年八月一日晚間七時二十分，這巨大的鐵鳥戴運某電子公司的機具降落在桃園中正機場。媒體只愛八卦，似乎大多漏了此一新聞。只好退而求其次，收藏排名第二，同樣是安托諾夫AN一二四運輸機、依留申七六、TU一五四等等……模型領域，尋之不盡。

有人問及擁有繁多飛機模型的我，私人最偏愛為何？答以美國二戰時最盛名之DC三。那曾經在諾曼地登陸、在中國抗戰時冒死從印度、緬甸飛越喜馬拉雅群峰抵達重慶的運輸機，至今仍在第三世界國家穿山越海，皆已是遲暮之年，依然運轉隆隆的雙螺旋槳，認命地勞役，在偏遠地區運送食糧給嗷嗷待哺的難民，有的是藏著古柯鹼、海洛因做犯罪工具。

我最愛古老的DC三，一如不再的舊日美好時光，許是已然初老，聽得六〇年代的西洋老歌：〈Good old time〉，手持這架與我同老的DC三模型，竟然有時亦會悲涼的滄然淚下。

常會想起宮崎駿的一部卡通電影：《紅豬》。據說，其實是宮崎駿自己的告白，何嘗不是我多年以來收藏模型飛機的心情？

沉靜的「紅豬」，頸間領巾飛揚在一種隱約的寂寥之間，他最好的伴侶，那架紅色的雙翼飛機，他要的是什麼？心靈真正的自由！

心靈真正的自由。這不就是我三十多年來所堅執文學書寫的信念嗎？我們這不見提升，只見逐日沉淪的島國，人與人之間的體恤、尊重猶如風中燭火，溫暖與包容漸行漸遠，粗暴和巧取豪奪遂成主流，寬厚的善意避於荒原，偽善、逢迎謂為時尚，文學與真話如此邊緣。

紅豬從座艙探首仰看。雲上萬呎之蒼穹，各式戰鬥機的殘骸，靜謐排列如一道不朽的彩虹；識與不識的往生者，年少與古老的靈魂都還眷念不去嗎？往昔燦如麗日、潔若月明、純淨似星的理想和許諾呢？人生拚搏，終是慘烈狂愛之後的一無所有，煙消雲散嗎？

宮崎駿畫筆下的紅豬笑了，那般輕微而淒然的笑意，防風鏡深藏的溫柔雙眸是否落淚了？

只見那架紅色雙翼飛機往更高的雲天翔去，是遠離？還是回歸？只有宮崎駿自己明白。

子夜靜止，所有白天的塵世喧譁皆已噤聲。我挪近所有的飛機模型，猶如面對我摯愛的永生戀人，溫柔的眸色深情款款。各式機種悄靜無語，我卻可以知悉，此時此刻，在大氣層下的世界每一片遼闊的空域，數千架引擎在夜空中閃著紅色火焰的航機，正帶著旅行的人，遠離或回歸，歡愉或悲愁；人啊，你快樂嗎？

拿起小毛刷，乾布沾著去漬油，細心、審慎地為模型們除塵去污，彷如面對永生的戀人，將自我的心勤加拂拭，一方明鏡，靈犀映照，相信真愛之幸福，是心靈真正的自由所在。

而我是否禁錮了模型們的自由？如果一夜之間，全數振翅高飛，就勇敢地航向星空吧。

掌中翅膀，我凝視，感謝帶我去天涯海角。

2006

魅影存活的年代

他們不談文學，問我媒體和政治。

我依然惜情於往昔美好、可感的友誼裡，他們卻習慣存活在意識形態的耗損中。

置身亂世，為人辛苦，存活更是艱難。

不如自成孤獨的魅影幽靈，飄忽夜行就是。夜行於書桌與電視臺之間，潛身在作家和評論員雙重角色之矛盾；誰也不能剝奪去的是一再自我提醒的文學純淨。

文學？猶若暗夜中窗前那盞最為幽微的燭光，夜來冷冽冬風從留隙之縫凜颯侵入，燭焰霎時短促呼息，飄晃幾下，隨之隱滅。

紛擾的年代，幾人細讀文學？或者高人們用《聖經》、佛典藉以淨心，那些千古以來聖者所訂定的法則戒律，只須照表操課，默記明誦，亦可自認為足以明晰本心，或以捐款奉獻，買張懺悔贖罪券。認定——光明世界及無憂天堂就在死後亦有無限寄盼。文學對熱切於宗教信仰者怕是人性反挫，也許多少驚懼讀文學會亂心傷神；由於文學總在明暗之間反詰，穿梭於詭譎的光影迷離呈其天問，文學說出真話，是會戳痛試圖閃躲避遁的良知……。

我這文學魅影，尋求純淨的幽靈，自是與這長年深陷迷霧的土地格格不入；在現實和理想不斷糾葛、撕扯，不合時宜的我還是靜心屏息地依循他人的指示，坐了下來。

坐了下來。電視臺十五樓燈光燦爛的攝影棚，談話性節目十分鐘後準時現場直播。擦上隔離霜、撲著蜜粉的臉顏凝滯，像不像最初的自我？戴著面具還是原先的自己？微微掙扎著，清楚地聽見來自心底最深層的一聲嘆息……

思緒依然流洄半小時前，那首初稿剛完成的詩或書寫一半的散文，構思未成形時斷時續的小說……喂！你不能如此一心二用哦，此刻的角色，你是時政評論員。意識嚴厲地提示，不由然地抖擻下恍神的身心，正襟危坐。

1

他們想些什麼？他們內心真正尋求為何？充滿弔詭之評論員群落，究竟要做為統治者的傳聲筒、粉飾太平的喜鵲，或者監督、中肯不失其偏頗的烏鴉？評論員是以家國為念地發抒諍言或另有其私欲之算計？身側其中一員，不想惡意揣想，毋寧從善念反思，樂見於言論場域百花齊放，眾聲喧譁。

少人知悉，我以評論員角色潛身於這新興群落，卻是以文學之心試圖求其觀點之溫潤、中肯。亦即就議題論議題，不思因人而廢言，是非黑白還是有其依循可尋之軌道；黑暗污穢硬是要粉飾成白亮聖潔，只益加突顯其脆弱不堪。置身其間，但見論點相異兩造狡辯得面紅耳赤，青筋乍現，我寧可冷眼靜觀。他們不知道，身旁坐著一個魅影般的文學作家，也許有那麼一天，會將其書寫入作品中。他們不明白，也許是少讀文學，這些民意代表、新聞記者退職的評論員，或原該做為正反雙方論者予以緩頰的橋梁，立場應是中肯、公允，卻亢奮得比所邀論者更具特定顏色的談話性節目主持人，有一天可能就是某篇小說裡的場景；常見昨天之言，今日反覆。我這魅影，長年以來就如此靜靜地，冷冷地，微笑地與之如影隨形。

不是我促狹，而是天性使然的文學之心。我從不懷疑人心善惡會隨著環境、現實而變易，我也不相信完美，但我自始體恤人性。媒體評論員不就像古羅馬鬥獸場中的神鬼戰士，既要對抗出閘的猛虎又要求得全身而退。

全身而退，絕非閃避言責，而是論後坦然磊落，自問是否失之良知與原則。公義是一把劍，劍之雙刃可救人亦可殺人。選擇站在權勢者身邊，奉之為主的知識分子，就註定掙扎、矛盾於良知之試煉。這不亦是百年來文學作品中一再呈現的鏡面映照嗎？鬥獸場裡的評論員，在各種未可預知，突來的試煉，也許戴著金色阿波羅面具背後，那雙真實之眸色也正泛著不忍的淚光吧？持劍用力攻擊、小心防禦……相信內心深處，還是祈求純淨的身心安頓。

2

在我們這被歷史詛咒的島國，深思者之心皆飄忽著某種揮之不去的魅影吧？究竟要明亮地行走在灼烈太陽下，還是繼續潛身於永遠陰暗的地穴深處？猶若開場後最初靜謐如死的深邃舞臺中央，那只穿著印度服飾的猴子音樂盒，不經意地敲擊了幾個淒清的單音，那般寂寥、幽涼，帶著時光凝滯的低微哀愁，在未回神之時，千軍萬馬般的協奏曲頓時轟然地鋪天蓋地而來！巨大沉甸，華麗、詭譎的水晶燈，彷似航行數千光年的異星母船，由空而降。音樂劇中，一身黑衣的魅影，戴著半邊月牙白的面具，攀附著天使雕像緩緩前來。

我們都是戴著半邊面具的魅影嗎？一半是善，一半是惡。我們有柔軟之心亦有醜陋之惡念。慈悲的天使會搖晃著潔白羽翼，降臨在這天譴般紛爭不歇的土地嗎？或者我們應該勇敢地、磊落地卸下那掩藏惡念的半邊面具，以受創的心虛去求得真情之救贖？

3

施明德先生之名言：「承受苦難易，抗拒誘惑難。」

熟稔於這位向來深具藝術家氣質的民主前輩，曾經追隨在他身邊的歲月，依然是以文學之心，近距離凝視革命家的諸般行誼。那句名言，正印證此一錯亂年代的警示，不幸言中事實。如同魅影只在黑夜飄行，形跡詭譎，卻怕白晝烈日灼身。背叛曾經的堅執，反挫曾經不渝的意志，出賣最初的誓言……

鬥獸場的神鬼戰士，就怕自甘臣服於權勢者足下若被馴服的獵豹，仰其鼻息，主子一聲令下，張其利爪尖牙，這才是最不堪的悲劇。

評論員原本就是自轉的孤獨星球，被賦予權柄就必得自闔噤聲；這是黑白分明之抉擇，難以徘徊於灰色地帶。多年以後，曾經是勇健、獨立的神鬼戰士逐漸老去，回首此一變節的過程，是傲然堅信或是黯然悔憾，也許寧可選擇永遠失憶。

評論員原本就是「自由主義」之象徵，註定在這錯亂年代發人深省，提升或沉淪端看本心。誘惑很美卻很虛無，苦難艱辛卻很堅實。昔時革命的年代，外在是巨大黑暗，內在卻明亮磊落；揣想曾經是革命家的施明德先生，也會有如許深刻的感觸吧？

魅影不該成為「自由主義」的代名詞。在這只有民粹、口號的眾聲喧譁裡，溫潤、涵養似乎遠遁，難道只有粗暴與蠻橫？誰可以真正尋回這已然傾斜的島國最初之純淨、尊重、包容，真情實意的心？

子夜到黎明，慣於燃燭映照。雨落或星光，暈黃燭焰雖是那麼幽微，一蕊小小的光熱卻明白、肯定地啟示我——以文學之心行走人世，生命縱有千般孤獨，純淨的無形力量卻會猶如萬頃大海，更明澈、更巨大。

魅影，就勇敢地卸下面具吧！

2006

女兒書

泛漫之水。拂曉前濛白晨光凝滯著風災過後的淒冷，我吹熄燃亮終夜之燭，說：可以出發了。

如果是平日，慣性的書寫或閱讀，鐘敲五句時，倦意襲身決定入眠；猶若準點的時間，女兒房門燈光乍亮，耳聞收被整褥之窸窣輕響，碰——推開門扉，她碎步走過長廊，又是「碰！」一聲，掩門沒入浴室梳洗。

永遠是準時不變的晨間五點十分。二十分鐘後，無線電召喚的計程車總在社區鏤空的雕花大門外等候。緊掩的房門後面的我這父親，有時心虛地趕忙切掉桌燈，只怕從門縫下端透溢的光影，女兒會知悉我竟夜書寫的祕密。

「爸，天亮了，要睡覺啦。」房門外的女兒說。

我的入眠時刻是她準備上班的交叉點，五年如是。

然後，早晨七點至九點，擔任執行製作的電臺新聞，而十點至午時，兩個鐘頭與某偶像女星之母連手主持的休閒性節目，雖說是我應眠之時，偶爾還是欣慰傾聽。

泛漫之水。臺北盆地幾成古之大湖。原本女兒從家裡出發，大直出圓山上新生高架橋，八德路匝道下去右轉忠孝東、西路即可抵達女兒工作的位於第十三樓的電臺。颱風過後的受困，我開車繞過半個臺北市，傾倒的路樹，猶若河流的長街，避過大片氾濫，北上南港環東快速高架道路再南下接市民大道，要平平安安地送女兒抵達。

沉默的行車時間，偶爾女兒指路，父女試圖突圍。

電臺後面空寂無人的小街，二十四小時超商盡責開店，女兒下車買了三明治、咖啡，遞給我一份，揮手告別：

「爸，回家的路，小心開車哦，Bye——」

＊

只有透過電臺節目，父親才能親炙女兒甜潤的嗓音？

感謝女兒，自始不曾給予我任何的不快及糾擾。因為她似乎沉默了整個成長中的青春歲月。相信從小就非常懂事的女兒，多少還是心有抱憾及埋怨的難解情結。

與她的母親告別，意味著價值觀與生命態度的絕然相異，曾經共期一個美麗而長遠的夢及未來，都在一次又一次的爭執之間，傾圮為無以挽回的廢墟。

我天真的以為，這僅是促進彼此更為了解的過程，時間拉長距離，形之斷裂……摯愛過的雙方竟致無以對話之可能。是非對錯在兩個任性與強悍中間已毫無妥協談論餘地，多年噤語，視若不見，受苦的卻是一雙小兒女。

事實非常殘酷，沒有對錯，只是原本就是兩條全然殊異的河流。竟夜書寫，我以文學慰藉挫折、失志之心，反思何以會從青春烈愛到水火不容？女兒無語，小她三歲的弟弟暗泣，我心痛自譴，自己是多麼失職的父親。

面對文學信仰，如果心仍是自我欺瞞，不敢面對挫敗，如何告訴讀者，真情實意的存在理由？世俗的耳語？謠傳卻以笑謔來予以我定罪。一九八六年夏天，首次應邀赴北美，為期四十五天的旅次，異地城市，日與夜接壤的時時刻刻，靜思長考，終於決心給已然陌生，孩子的母親寫一封越洋長信，向她致歉，坦言我必須離開。

思念一雙仍然幼穉的兒女，異鄉深夜我淚如雨下。

也許很多年後，待兒女長大成人，請他們同座晚餐，才能淡然，不帶任何情緒的告之何以會做這般抉擇；只明白，我的懺悔是給予兒女們一個成長中難以寬恕的傷害，要很謙卑、慎重地向他們說：爸爸對不起你們。

在夢與現實的邊緣，我這父親總是固執地相信，關於對自我忠誠的定義，否則文學書寫只是謊言。有一天，俟兒女長成，要告訴他們：做一個真情實意之人的確很辛苦，文學映照的可貴正是撫慰受苦的心靈，兒女們懂得嗎？

*

白淨細緻之容顏，好像一夜之間女兒就長大了。

為我如常地在後陽臺漿衣，準備消夜，替我以電腦處理文稿、通訊，奮力代尋而今少有的五百字A4大稿紙……不忘上網錄製父親愛聽的老歌等等。女兒微笑、自信地答我，歲月靜好。亦時而慰我沉鬱之心，盼我健康、快樂。互傳手機簡訊，父親及女兒互賀：一定要幸福。

親愛的女兒，答應爸爸，妳，一定要幸福。

千萬不要像父親，一生堅執終致身心俱疲。別忘人生永遠有著值得尋求的最終理想與夢，在天涯的遠方，切記勇往向前，彩虹必須自己以淚水形成，我以文學印證一生，女兒將會賦予自我未來一幅如何壯麗的願景之可能。

宛如昨日，青春年少的父親，愛憐地摟抱八個月大的女兒，撐著傘，漫行過微雨中的紅磚道，歌謠吟唱般的對著懷裡的小女嬰說：親愛的女兒啊，左邊是臺灣楓香，右側是樟樹……

還是嬰孩的女兒，沉沉睡著了，年輕父親疼惜細看，八個月大的女兒，長睫之間，隱含著一顆晶瑩若星光似的淚滴。親愛的女兒，妳要好好的，長大。

2006

戀人書

我索引著妳的身世，關於一條大河的上游地帶。自問：初抵成長妳的小鎮，究竟如何以靈山秀水蘊育了妳？而我蟄居在河下游的年少青春，盡在耗損與無知之間，僅是蒼茫穿梭紅塵；陌生的妳少女微笑，尋求幸福之永恆顧盼，陌生的我，卻早已滄桑若一池落滿凋葉的湖泊。

我臆測著妳的存在，關於一顆純淨、美麗的心靈。自問：文學半生，真的再也無能尋求相知相惜之人，我所有的傾訴與告白，猶如青鳥啣著橄欖枝葉，飛向海角天涯，群山水湄，真的沒有那樣慧黠、美質的女子，真心懂得至愛之皈依；彷彿註定被天譴的厄運，只餘心在荒蕪？

其實，妳一直靜靜地守候在近處，我卻遙看遠方的雲彩而忘卻身畔的玫瑰；告訴妳，我曾有過的謬誤與生命的冷慄，妳自始微笑不語地耐心傾聽。我是流浪的大海之鯨，妳則是撫琴遙伴的樂手，聽啊，鯨魚在唱歌，唱得人生那般的孤獨寂寞，向妳告解，彷如等待千年的應諾。

沉默是我，無語是妳，兩個人都有各自的心事。

＊

荒原行走，滄海漂泊，終於流浪的鯨魚仰首瞥見浪濤休歇後，一片溫暖、靜美的灣岸，熟悉的妳，停下撥撫琴絃的手姿，月光皎潔的美質，柔聲說：我在這裡。親愛的，這是你至美的旅路盡處，夢終成真，這是幸福的詮釋。

距離我以油彩描繪的年華，三十年幽幽過遞，妳不就是我賦予長髮、深眸，線條所勾勒的絕美女子、停格的不朽記憶，文字所難以形之的妳，彷彿一闋傳奇，深藍近黑的夜，香水百合的氣息，妳飄在晚風中的髮絲，像初夏的波濤，衣袂若雪，靜止如夐虹的詩句——

眾弦俱寂，
妳是唯一的高音。

失落很多年的畫，如同忘卻很多年的妳。帶著我的小說去遠方，用心尋索情節延伸之背景，然後妳說，有那麼一天，帶我去旅行。是的，這彼此盼求的心願，竟延宕了長長的十二年光陰。幸好，我倆都信守這個幸福允諾，何其美麗的降臨，在最好的時光，遇見最適切的人。

春櫻未竟的京都，秋楓遲紅的青森，妳綻開的微笑，意味著旅程之抵達，像一首詩絕美的完成。親愛的，還有更遠的尚待攜手同行，海角天涯，冷藍之冬，紅豔之夏，歲月靜好，生命純淨，華麗的幸福，還要持續進行。

夢交疊著夢，真愛印證如同信仰。妳說，帶我去旅行。紅塵多端，人心詭譎，祈願這世間行走，以無邪淨心，愛妳如愛自己，所有昔時的悲歡榮辱皆予以歸零；一個新的版圖，堅持彼此不渝地互信，永遠是最初以及最後，一雙無以為憾，不悔的永恆戀人。

*

西門町老咖啡館的藍山妳愛，我慣飲曼特寧，是幾年來尋常生活緩慢的共識；也許就上山，深秋遍野的芒草銀白，向晚天期待眺望的視野是腳下我城逐一亮起的盆地燈火，哪一盞燈是我倆家屋窗櫺所透溢出來的安慰？決意執子之手，與之同老的允諾盼有一方小小庭園，種植妳愛的四季花樹，簷下懸掛風鈴，一起傾聽朗脆的呼喚，像我不渝地為妳靜靜書寫著一首又一首的情詩。

旅行時，穿著同款的雪色外套，秋雨冷冽，濕濡的船舷畔，還是怕妳受寒地買了熱咖啡，那是日本東北方的十和田湖上。猶若更早的春天子夜，散步於京都錦小路，微雨共撐一把透明小傘，一方美麗、甜蜜的小世界，將妳冷冷的纖手置入我絨大衣口袋，妳的長髮泛著幾絲星光。或者是港島夕暮，相約在地下鐵出口，等著妳綽約、娉婷地從陸橋那端向我挪近，頸間的絲巾飄起，如愛打著花結。

回家，為我燉好香郁的雞湯，長桌盡頭的牆鏡，映照著凌晨時分，相攜去花市買回的各色繽紛；而後為我煮咖啡、沖泡英式紅茶，說：生活是如此靜美，相知相惜的真愛是這般堅實無華，不必告訴他人，只要彼此互信。

妳一定是我前世的知己，錯身而過的缺憾，要在今生尋回圓滿。我一定是妳此生未了之心願，像一隻飛鳥歸返森林，猶如終於泊岸歇息之鯨，安心地唱歌，直到老去。

親愛的，請妳將手交給我，這是不朽的幸福印記。

2006

最貼近孤獨的時刻

待決的肉身困於病房，頓覺一無是處。

這是生命最貼近孤獨的時刻。

孤獨。隱藏在某種難以臆測的黑暗角隅，意識漫行於空蕩、疏離之間；彷彿熱帶雨林中層層厚實的巨大蕨類，從磊磊兀岩之間恣意地侵奪覆蓋，吞噬掉藉以呼息之濕濡大氣。

孤獨。我的肉身在下一刻要被他人決定。

*

醫生肅言：必須開刀摘除右下頦齒肉深處逐漸惡化的囊腫。一顆不知何時長出的智齒，極端頑強地抗拒突出牙齦，堅執隱藏在神經束末端上方一公分處。那般孤獨地靜止著，伴隨我多少歲月？我嚼咀食物，暢談議論，下頦肌肉牽動筋骨，竟然不曾察覺其存在；而後它終於憤怒，以間歇之疼痛喚起我長年的疏忽。

你，並不孤獨，我惡化為囊腫陪伴你。壞死的深埋智齒，在深若洞穴的肌肉裡吶喊！

＊

可以再觀察一段時日嗎？我問醫生。

務必立即摘除，組織壞死有成癌可能。

秋深夕暮，拉開十一樓單人病房米色窗帘，窗外丘陵森林地帶，可見蒼鬱之間已有微紅之葉，點滴瓶與我左肘血脈之間聯繫著一條細長的透明軟管，緩慢地滴落，像時計般之沙漏，無聲無息的暗示，逐漸挪近的開刀時間。

自認不懼孤獨且堅信孤獨是形塑文學動能的我，不得不在此刻，深感到孤獨是如此貼近；病體難以自決命運，必得無異議交予他人。

寂寥的心境並非窗外之深秋，而是無助。

＊

拂曉時分的開刀手術。這靜候的前夜，晚間八時宣告禁食。猶若期待一次生命祕密儀式之進行，在失去所有意識、思考的前幾個小時，我極力試圖回首半百之前的種種記憶。關於人生過往的榮辱悲歡，不渝的文學書寫，以及此時此刻，在不遠處憂心焦慮的摯愛戀人……她會再也見不到我嗎？想此時，她因惦念滋生莫大孤獨，一定與我等同酷似。請相信，這待決的病體會帶著對她的深愛，進入未知。

＊

麻醉劑生效。深沉、厚重的睡意，失去重量的病體感覺鋁質手術檯像冰一般寒慄；奮力抬眼，試圖留下深眠前最後一瞥的陌生容顏之挪近，很困難，很困難……電腦關機般中斷。

全然空白。這肉身還屬於我嗎？意識、思考都被手術刀殘忍割離了嗎？暫時摘除？暫時的距離多長多短？我的靈魂呢？魂飛魄散，究竟遠颺到幾方星雲之外？斷裂之碎片怎麼連接？我在哪裡？還真實存在著嗎？我是我或者只是什麼都不是的，虛無。空白的整整五個小時，究竟發生什麼事了？

＊

幽冥與人間的交叉點，沉黑闃暗深處慢慢地乍起微光，繼而眩目的白亮。眼皮沉重如石，艱難上揚，鼻息輕緩地試探空間裡的大氣；我，還存活著？唇瓣這才逐漸察覺是麻痺與乾燥的裂痛……他們撐開我的口腔，插進各式導管，切開右下頦齒肉，深深地挖掘而下吧？我躺臥在靜謐無人的恢復室，彷如隔世。逐漸回返的意識，還是朦朧、零碎的片段，它們要奮力地逐一拼湊、合攏。猶若身置無涯無盡之冰寒荒原，我想用力呼喊戀人之名卻難以發聲。

＊

你，在哪裡？我知道戀人會這般遙念。

我，在哪裡？也許半百行過的滄桑、倦累皆在全然失去記憶的五小時之間得以最寧靜的歇息，像野鴿子真正歸返牠得以安頓的泉水之傍。最孤獨的時刻，其實是所愛的戀人最貼近心靈的深處，我澈悟，不是孤獨而是融匯。

融匯於千帆過盡後的相知相惜。

請妳相信，因為真情，我會活得好好的。

在妳看不見我的艱難時刻，我正勇健地與病痛的自己對抗，誓以重生後，微笑走向妳。

＊

思念於心，卻難以傾吐。囈語，是因為未退的麻醉使然；如果戀人伴隨於側，一定可以讀出從昏迷漸醒的我之雙唇，是多麼奮力地顫動，盼她懂得我最艱難的唇語，那是我愛妳。

摘除囊腫後，齒肉深處遺下的空洞，彷彿被取走歲月隱埋的沉鬱。朦朧中偶爾憶起的童年片段，遙遠而疏離的母親，難得相見，勞苦生計，只能將我交給年邁的阿媽……很多年後，歲近八旬的母親慨然地告訴我摯愛的戀人說：那時，我也不知道要如何疼惜自己的兒子？

*

如果戀人知悉我幽幽醒轉，一定喜極而泣。也許在全然空白的五小時之間，中斷所有的記憶，是一種天啟般神性的懺悔與洗滌；被摘除的囊腫猶若惡性之隔絕，相信是與孤獨最貼近的時刻，要我以潔淨後的真純重生，回來面對摯愛的戀人，彷佛最莊嚴的生命儀式之完成。

最貼近孤獨的時刻，一生至愛，伴隨妳。

2006

詩的回憶錄

因為詩人，我逐漸學習認識南美洲。

彷彿在迷霧、幽深的古老莽林間，巨大的蕨類飽含著晶瑩、豐沛的露水，從凝定、凜冽的濕濡大氣裡現身，隱沒，悄靜無聲；對於一生，身處流放狀態的詩人而言，無論離鄉多遠，他的思索，他的愛戀，他的憤怒，他的死亡，只要藉諸文字，詩的不朽就未曾離開。我要說的，感觸與震撼，還是——聶魯達。

讀詩的年代，幾乎苦思尋索經由組合、構築的文字美學，我所初識的島上詩人，一九四九年以後，國共內戰挫敗者渡海而來，勝利者留予大陸的，不到十年他們意外的連綿劫難只是晚了時間刻度，不願淪為喜鵲或九官鳥者只能痛苦地棄筆噤聲；逃難別鄉的挫敗者，至少能以意識流的虛無與艱澀，詩的形式吧，隱藏或者制約自我隔海苦念的鄉愁，青春苦悶地尋找被壓抑的出口，朦朧詩初自臺灣而非中國。幾年後，我終得領悟，何以曾有識者甘冒不韙執筆批駁、指謫前輩詩人「玩弄文字遊戲」、「打翻鉛字架」云云，愛深責切之餘，若能明晰彼時的臺灣正是法西斯主義嚴控所有，包括：思想、教育、行為甚至是呼吸……什麼是自由、民主？後者的宣示，毋寧就是大陸淪陷的主因，相對於法西斯主義掌權者而言。

慢慢的，我從三十年前的眾家詩冊讀出他們的虛幻事實是一種苦悶的偽裝與紓解。心往何處去？人如何定位？夢怎樣寄託？殘破不堪的故國？陌生冷寂的新土？詩不朦朧何以安身？藉之頹廢的波特萊爾，可以。稱美聶魯達，不行。法西斯主義者怒斥──他是共產黨！一九七一年的諾貝爾文學獎竟頒贈給這個一生以土地、人民為念的智利詩人……

智利詩人以豐沛、美質的文學榮耀了南美大陸狹長邊陲之地，智利依然是獨裁、專制的另一個法西斯主義國度，秀異的詩人似乎永遠在危及旦夕的流亡四方。距離詩人萬里之隔，回不去的故鄉未諳太多字彙的硝石礦工人可以清楚地吟詠聶魯達詩句，心虛的掌權者卻以他的詩決絕地定予判國罪名。秀異詩人是否慨然，流放比監獄更艱難？詩人傷逝於一九七三年，葬禮之前，法西斯主義分子闖其故居，劫掠、搗毀他的書房，手稿、文物盡付一炬……但聶魯達之名因詩而不朽，比智利還要永恆。

*

避開聶魯達之詩，我潛身於他的回憶錄，這才驚覺：他依然是以詩記載一生。猶若波瀾之壯闊，歌謠之耽美，革命與愛情並列，他的生命自始追尋著一種人道與公義的終極價值。青春年歲曾襄助、寄予理想的誓言改革者，那宣稱將水深火熱中翻騰百年的人民解救於淵藪之人掌權之後，猶若第三世界國度的悲痛宿命，貪腐、壓迫，詩人難以沉默犬儒，以土地與人民為念的詩，自然成為執政者的肉中之刺。

因為詩，因為社會主義，詩人必得流亡。子夜幽深，孤燈掩卷，我質疑著：聶魯達之罪是因為詩，或是社會主義？舉凡法西斯主義者定論，詩所呈現的抵抗相對社會主義終極理念所揭露的公平，皆是不容的挑釁。此在其時，聶魯達於領事職務，遊走東方各國之年，早發先知之言，預告德國希特勒及西班牙佛朗哥極端的法西斯主義將成禍害。初聞者多不以為然，事後印證——希特勒發動二戰，荼毒全歐，將六百萬猶太人送入毒氣室；佛朗哥內戰屠殺一百萬西班牙人。他亦在印度支那半島經年，洞悉越南人民終將法國殖民政府驅逐，日後的美國亦因帝國主義所趨，而深陷越戰泥淖。

文學究竟要關切政治或是遠離政治之紛擾？這亦是我半生以來，苦思竭慮的一大天問，得到的答案是：文學縱然遠離政治，政治卻以益加獰惡的強制力、不同形式來干預文學。

聶魯達毋寧是厭惡政治的。事實上，他一生豐饒華麗的體驗、歷經的思路理念都是從最初始、單純的文學出發，詩的形成，同時構築一個巨大美學的凝塑；不敢想像，聶魯達之詩竟然強壯到足以讓世人開始認識陌生的智利，更進而願意去了解猶若另一星球的南美洲。

不曾前往的南美洲，我們認知了什麼？古老印加帝國五百年前滅亡於畢薩羅率領的西班牙遠征軍？他們以天主教之名，行掠奪黃金之實。馬雅文化金字塔遺址鐫刻蛇形文字，玄學者斷言是神人之間的通靈符碼，科學家揣測莫非與外星智慧有所關聯；亞馬遜河蜿蜒流過南美大陸，平蕪綿長，靜默與躁動、溫柔與暴烈、巨蟒與蟲鳥在無邊的雨林和沼澤共生，印第安人逐漸被西班牙後裔混種同化，軍事政變頻繁，西方跨國企業以經濟大肆侵奪，香蕉、木材、礦石、原油……人民，多數還在悲苦裡，貧困、饑餓，反襯統治者穿金戴銀，瑞士銀行的不義之財，權貴的華宴啜飲人民之血。

終年積雪冰封安地斯山脈，流亡的詩人變裝策馬，最艱苦的旅行竟是必得逃出最鍾愛、不捨的祖國。在少人抵達的原始森林中，雨是辭鄉之淚，雪是淒寒之心，星是茫惑指引，聶魯達的幸與不幸都在任何時空之間，僅有關於詩的構思與沉想；哪怕憶及女子的肉體與情欲遠去，接近的，還是忘卻不了的土地與人民。

*

詩，聶魯達的宗教，他永恆的信仰。猶若所有青春年少的詩人，熾熱如火，堅定如岩，決絕不渝的愛戀，詩就像神祕而魅惑的女子在星光燦爛的子夜，悄然挪近詩人垂落幃帳的床前，輕卸絲縷，以最純粹的裸裎迎予歡愛，從悄然的沉靜到逐漸燥熱、濕濡的微喘，波濤湧漫，一首夜歌，流螢般的潮汐，如詩之完成。

他，加入過政府，最後與政府徹底決裂；他，創辦幾本詩刊，最終還是回到自我的孤獨。終於明白：詩人是自己的政府，孤獨是文學唯一之宣言。在東方，緬甸的熱帶叢林，詩人端詳著殘破剝蝕的臥佛，思忖：虛弱、饑餓的人民，橫徵暴斂的王朝，那被野草、莽藤所侵奪、苔蘚與鳥糞汙斑的花崗岩佛像，依然微笑面對百年荒蕪；人世的殺戮、剝削，彷彿在悉達多的微笑中，隱含救贖的盼望。在西方，詩人行人雕琢精緻的教堂，他看見明亮的造作，黑暗的腐味與蛛網，被塑造為神子的耶穌，接觸不到的上帝，詩人洞悉己身難皈宗教，不屬團隊，只有詩，那般的頑強、真實、純淨。

宛如黑夜顏色的印度支那半島，南下荷屬巴達維亞以及可倫坡，他的回憶錄從不隱晦在印度試吸鴉片，在緬甸、錫蘭睡了眾多土著女子，卻也坦直指陳歐洲人在東方殖民地的傲慢與掠奪。最難抵禦的，卻是懷念智利原鄉的孤獨與落寞……年輕領事聶魯達，詩人的敏銳與纖柔，東方的記憶卻惦念一隻伴他從緬甸到巴達維亞的獴，還有可以牽著同去共飲啤酒的紅毛猩猩，關於女子的歡愛盡是徒留憾意。

文學為政治所忌，詩自古和權貴為敵，喜鵲與烏鴉的抉擇在於人格以及風骨；我不由自主地將陌生的智利與我們所置身的臺灣相比，自是牽強、薄弱，不可混淆，卻彷彿熟稔，就是執政者的貪腐與不義，形同孿生。

近四十年前辭世的智利詩人，我竟夜閱讀回憶錄，那是以詩的深邃與雋美的虔誠、懺悔之心在臨終前未竟的遺筆；永恆的，聶魯達。

2009

雪境

雪停後，他們輕划小舟猶如葉片棲水，趁著餘暉可見，先是放下一盞一盞的紙燈籠，漂浮潺潺水流，輕緩地，優閒地不露痕跡。我佇立在數尺之外積雪的露臺，靜睨舟人的動作，彷彿身在一首古代的唐詩中。

似乎演示著某種著意的情境，舟人兩名，一人划槳另一人布燈，頭戴寬大斗笠，身披蓑衣；待夕陽逐漸消隕在前方丘陵那一大片冬季光禿無葉的枝椏頂端之時，流金的最後一抹暗橙炫亮如隱去的金魚藏身。舟人開始點亮燭光……夜來了，雪的兩岸襯出溪流的黑，像墨跡勾勒成彎曲意象，一朵朵燭焰跳躍著暖意。

獨釣寒江雪。我忽而油然憶及這句古詩。四下悄靜無聲，什麼時候布燈、點燭的舟人已不見；在我不經意之間，他們早已上岸，如一帖古詩斷句歇止在停滯的視野轉角，就留下一河的燭影搖紅，錯覺是夏夜偶近蓮池，一朵朵綻開的花瓣，傾吐著愛的私密或者，回憶。

千山鳥飛絕……據說此地一向是野鳥群棲之所，丘陵延綿以一種女體溫潤、柔美的幅度向高山層疊而去；斜臥托腮的浴後之女，濕濡未乾的髮絡垂落如溪瀑，凝脂如雪的肌膚泛著暖烙的溫泉潮氣，許是些啜地酒，酡紅雙頰映照稜花鏡裡的絕色，微瞇星般雙眸，情欲將近的暴烈以及輕柔的解意，像蛇般魅惑……

同樣在溫泉浴之後的半百男子，僅著浴衣，裡頭全然赤裸，竟然本能地臆測揣想：冬夜臨雪的冷冽，詩以及情欲，都在星空泛漫的幽邈之下，感覺某種複雜的空洞與充實，這是怎麼一回事？我兀自反問。問誰、彷彿隱約的回音：問你自己、是內在靈魂嗎？裂帛般地幽然，與冬夜一樣顏色的烏鴉飛過迷亂的剎那。

*

詩人年少初集名之：《獻給雨季的歌》。那是多久以前了？初夏的花蓮美崙溪畔初遇的晚餐，秀異的詩人在佛教醫院做心理諮詢師，曾是我們詩社同仁惜未曾相見，卻早已拜讀過他早慧的詩作。我們曾經風起雲湧卻短暫如螢火一閃而逝的詩社呢？他謹慎問起。我怔滯片晌，一時竟失語靜默，只有搖頭漫聲答說，我也不知道。是否詩人多少誤認我有所遁避？那時，詩還離我很遠，只是愛詩卻無能試筆，彷彿依稀地，詩社被干預繼而裂解……

湮遠的往昔回想彼時的我們是多麼地青春、熱熾，猶若熊熊燃燒的火焰；而今年華星霜幾許，早已不再是最初的自我，餘燼未熄的竟是未曾休止的文學書寫，在夢與現實之間糾葛、撕扯，彷彿永生的未竟之旅，這般的決絕、不輕易妥協的悲壯身姿，雪的冷冽，銅的堅韌，留下暗夜微光般的一聲感歎，沒有其他。

終究還是偶爾必須請益詩人，竟非詩的賦格或是韻律，而是生命幾近滅頂、絕望之時的尋求告解……專業的心理諮詢醫師，在子夜電話那端被躁鬱的聲音喚起，我問說，我怎麼辦？我那長年來如同鬼魅的夢魘以及絕望。他傾聽、理解，耐心地為我評析、釋疑；沉定、懇切的聲音從遠處來。忽然很想貿然地問說，你，還寫詩嗎？醫生與詩人，你的眷愛是什麼？

沉定的心理諮詢醫師，想見洞悉我們這一世代人的深邃苦悶。無明的亂世、破缺的美德、理想的幻滅、遲暮的沮喪……他終於為我們這一世代寫下了明晰、透澈的病歷表——

這一個世代，就像一群伊底帕斯，年輕時憑依著自信和正義而弒父一般地貪欲革命，卻又遭眾神詛咒而自盲雙眼，流放於科羅諾斯……

*

雪夜仰看天空，被流放無盡世代的伊底帕斯而今漂浮在漫漫星雲之間的座標何尋？雪，悄然無聲，輕輕地散落如花飄零，林間虬張的枝椏，想是難以承受堆積的重負……我是凡間流放自己的伊底帕斯，曾經銳氣的短劍早已鏽蝕、沉埋，是誰削鈍了我的鋒芒，是怎般的黑暗掠奪去我朗颯的明亮？年華啊，歲月啊，我再也不再苦思尋索，就讓它靜謐地如雪落無聲。

他們說我文字耽美的堅執是一種逃避。這是三十年前的善意諍言抑或未諳之誤認，而當世代的紛亂與黑暗猶若激雲奔浪時，我的耽美、孤高不再容許自己閉鎖於城堡內裡的自憐自傷之際，必須決絕選擇毅然的突圍姿勢，斷然一手執筆一手拔劍，毫不遲疑地投向戰鬥……

青春之決絕，意志之沉定，持花揮戟的奔馬揚塵；自以為悲壯而華麗，盔甲銀亮，旌旗獵獵，風起雲湧的理想爭逐……令我想起曾經是幻滅於歷史舊頁中的摩爾人軍隊，從何而來，因何而逝？揣臆：北非大漠，亞麻仁色的篷斗飄飛，褐黃戰馬與砂礫同般顏彩，高舉的彎刀燦亮如子夜的月光，奔躍同步於大漠風暴，待海那邊的西班牙人看清之刻，已來到眼前。

我是三十年後終於明白宿命，最後的摩爾人的餘緒嗎？僅以文字建構一座殘存的阿罕布拉宮，留下汩汩的一灣泉水，卻不再是最初的清澈、潔淨，而是混濁、凝滯。我的夢呢？我曾引為鐵律的巨大信念呢？迷夢的王朝、穿著新衣的國王實質是謊言與貪欲的惡徒，腹蛇與毒蠍的交媾合體；吹奏著酖毒的笛音，一群迷鼠惑於糖蜜，馴服、朦昧地投海自溺……

古老的傳說、虛構的神話，警世的寓言？我所逆向、依違的生命抉擇，我寧取邊緣不涉眾聲喧譁的斷然，自是文字之耽美堅執地護持與滌淨，猶若孤鯨北泅，冰原之雪那般貞定。

*

如何精確辨識雪的不同，猶如生命過程明晰人心之多端。漫行過多少冰雪的旅路，平蕪蒼茫卻那般無瑕之白，艱難地舉步，留下長長腳印，深陷或者淺顯揣度落雪堆積的厚薄；柔軟地，輕緩地不由分心，誰知雪下是堅實硬土抑或是裂解的縫隙，如此試探安危彷彿人生。

彷彿人生。此時子夜方臨，面溪佇立才知水燈已滅，那一朵朵暈黃的燭火哪裡去了？莫非化為花魂等待，春暖到來這裡想是群櫻綻放、飛鳥齊鳴。我卻選擇冬寒而來，彷彿自願迎身逢雪，冷亦是一種自然絕非一次蓄意；單純的美麗與潔淨，我是如此地自在自得，但見疏星閃眨，數千光年之外，是否亦是飄雪紛飛？未知的無垠浩瀚，雪與我卻如此之近。

靜靜看雪，彷彿聆聽夜曲，讀一首詩。

2010

（後記）
三十年半人馬

林文義

雄渾又憂鬱，陽剛卻唯美，結合了陰柔本體與對粗獷的嚮慕，如希臘神話中集陰陽二體於一身的半人馬。

——張瑞芬

夏雨不歇的子夜，慣性閱讀外是逐日手寫的筆記，流水帳般地繁雜，只因怕：失憶。習用於手寫在四百字稿箋A四大小尺寸，今時不易尋得，卻是長久以來喜愛的方式；前些時巧遇雷驤老師，交換手寫的經驗，談及每到東京就不忘去銀座「鳩居堂」買習用的四百字稿箋才感得心應手……手藝般美麗，繪文雙絕的他，其實早已是我初習文學時的仰望。

以筆就紙，合該是我們對文學無上的敬意；手稿長年留存，遂成自得的一方風景。回首十八歲至今六十初度，終於明澈自我幾近一生竟如此執著、如此堅定，文學是做得最好的一件事。四十冊散文、六冊小說、七冊漫畫、兩冊詩集另及數冊編選書……這是我的文學履歷表……此時面對必得自選三十年迄今的作品，如何以更嚴謹的心情評比「半人馬」的自己？

湮遠的七〇年代，立志習畫終至挫敗……此時夜雨燈下瀏覽典藏的各家繪冊，反而慶幸青春愚癡之年未堅執己見，怕是從畫亦非才情之人。近來重讀志文版新潮文庫叢書——羅逖、托馬斯曼、莫泊桑、契訶夫……竟可全然心領神會，明悉透澈；尤其是學生時代嗜愛的川端康成、芥川龍之介、三島由紀夫……雖說啟蒙我散文唯美開端的是：胡品清及楊牧，另類的感應卻是粗獷兼具陰柔的：沈臨彬，並及歷史深意的王孝廉。其實拜讀更多的反而是七等生那獨具風格、難以因襲的小說。

近年來，我再次一一重讀四十年前初臨的前輩群籍，彷彿再逢新境，歡美靜好。同儕者散文彼時，顏崑陽、王定國、林清玄……在我七〇年代未諳文學本質，一味自以為是的風花雪月、懵懂濫情之際，已有沉定的凜然佳構；這些回憶都是昔日藉以反思的明鏡。

*

八〇年代，評家常以「鄉土」作家形之我從唯美時期蛻變以土地、人民為主題的書寫形式；鄉土文學論戰只是引燃我的火種，一九七九年冬的美麗島事件才是逐漸熾熱的思想轉折。立誓從〈千手觀音〉出發乃是在一九七七年暫歇書寫，全心投身於歷史漫畫的繪作主因是厭倦年輕時代的青澀膚淺，試圖轉換場域得以反思是否再續文學……歲月與現實不再容許我的幼稚愚癡，我開始越過臺北盆地的淡水河南下、東行且跨海列島，農鄉、漁村、山野、海隅……鮮活、踏實的土地、人民逐漸熟悉。

九〇年代，臺灣社會的政經人文，解嚴前後的動盪與變革，我介入卻不深入；恆是冷眼心熱的寧置邊緣，向來生性不與人爭，隨和卻堅執地靜看這人塵詭譎，多少還是光影明暗的感覺格格不入的鬱結於心。介入是祈盼真切了解變革何以，不深入是多少懼怕明白太多反會失望難為。這般的糾葛延續到二〇〇〇年後在電子媒體的評論工作，明槍暗箭的反挫必須勇健悍然地直面光譜兩極的壓制，隨和卻堅執地不屈於馴服……幾人知悉我強悍、孤獨的生命意志的告解及撫慰，其實是文學的依靠，如若諳於讀我多年散文的知心讀者，曾經意外地翻閱過我的短篇小說集：《革命家的夜間生活》（二〇〇一年聯合文學版）當可明悉我彼時心事。

千禧年後，我的救贖是來自妻子的關照及祈願——前五年的人塵糾葛，難以散文表白秉持的「我手寫我心」，轉換為小說五冊的書寫完成乃是情境之變易，其實並未失去己心所思的情懷。後五年決心辭卸媒體工作，專注於閉門書寫及閱讀，先是習詩而後再續散文，反而有著「柳暗花明又一村」的純淨與新意。以最高標準我所追尋的文字美學，知心相與三十年的散文大家陳列正是典範。

猶記得那年春末，日本京都午後循著哲學之道往南禪寺中途，櫻花雨飄落如雪；妻子提議大散文的書寫，遂有一年以後的《遺事八帖》（二〇一一年聯合文學版）的逐漸成形。

*

陳芳明教授在《臺灣新文學史》如此定論我的文學創作歷程，彷彿生命的浮形顯影——

林文義，可能是臺灣文壇堅持走散文路線的作者。他的文字讀來極為柔軟，卻暗藏一股堅定的意志。逆著社會潮流，他定位在政治怒濤所席捲，自己反而迴轉身軀，專注於散文形式的塑造。由於歷史意識甚強，終於使他介入短期的政治生涯，那段經驗非常重要，使他看到民主運動中的幽暗與墮落。他及時抽身，展開長期的異國旅行，坐在遠方的港口，瞭望的方向仍然準確地瞄準臺灣。他沒有中國的沉重包袱，也沒有後現代書寫的那種輕浮，經歷美麗島事件的洗禮，他已經脫胎換骨，成為新世紀散文的重要聲音。

這是一位卓越文史作家的慷慨祈許與祝願，反而更令此時之我猶須相對省察昔之不足及未來散文作題的惕勵與嚴謹；歲近暮年前後，大散文《遺事八帖》的完成是否無形中亦成為一種階段性的滯礙？如若此後再無思於新意的展現，那麼我幾近戮力一生的文學志業又有何意義？就在自陷於失措難安之時，九歌出版社提出編選一九八〇至二〇一〇散文自選集的美好邀約——《三十年半人馬》誠是記憶之書。

彷彿命定我必須交付三十年生命的時序圖卷，一如夜雨濕濡，燈下瀏覽年少時未竟之夢的從畫立志毀棄後，依然不捨地尋賞各家繪冊的名畫得以安頓昔時的遺憾。其實不須抱憾，我以文字替代圖象思索，天光雲影、海色潮音，山之壯麗，島之儼然……筆和紙就是畫幅的文字展演亦是故人之念、旅次抒感、懺情及反思、土地與人民紀實、愛與美的遺忘和備忘。

感謝詩人畫家席慕蓉女史的書封名繪：〈月光下的白馬〉伴之亮軒先生大序，呼應張瑞芬教授多年來的深切鼓舞與請益；愛妻郁雯的相持疼惜以及九歌出版社蔡文甫先生、陳素芳總編輯知心的寬容。

20140626臺北大直

林文義創作年表

一九五三年　生於臺灣臺北市大龍峒。

一九七〇年　首篇散文〈墓地〉發表於《民族晚報》。

一九七四年　第一本散文集《歌是仲夏的翅膀》十一月，光啟出版社印行。

一九八〇年　以〈千手觀音〉一文獲第二屆時報文學散文優選獎。漫畫《西遊記》逐期在《幼獅少年》連載。

一九八一年　四月，蓬萊出版社印行《千手觀音》。

一九八二年　四月，蓬萊出版社印行《多雨的海岸》。收入一九七二～一九七七年自選散文。

一九八三年　一月，蘭亭書店印行《不是望鄉》。二月，幼獅文化印行《漫畫西遊記》。五月，四季出版社印行《走過豐饒的田野》。

一九八四年　一月，號角出版社印行《大地之子》。重新修訂《千手觀音》五月，九歌出版社重排印行。九月再修訂《多雨的海岸》，學英文化重排印行。

一九八五年　二月，漫畫《哪吒鬧東海》臺灣省政府教育廳印行。六月，九歌出版社印行《寂

一九八六年　靜的航道》。八月，漫畫《三國演義》宇宙光出版社印行。九月，林白出版社印行旅行散文集《塵緣》，自繪插畫二十五幅。

三月，重新修訂《走過豐饒的田野》，更名為《颱風眼》，希代出版公司印行。《三國演義》漫畫集獲國立編譯館優良連環圖畫獎第二名。七月，應北美洲臺灣文學研究會邀請，與作家林雙不訪美四十五天。

一九八七年　一月，九歌出版社印行《撫琴人》。六月，林白出版社印行《島嶼之夢》。六月中旬赴美國加州史丹福大學做短期史料研究。十月，駿馬出版社印行《中國功夫》漫畫集。

一九八八年　一月，駿馬出版社印行《唐山渡海》，是第一本漫畫臺灣簡史。二月，春暉出版社印行《銀色鐵蒺藜》。三月入自立報系政經研究室，任研究員、資深記者。五月，九歌出版社印行《無言歌》。七月，春暉出版社重排《大地之子》，更名《從淡水河出發》印行。八月，駿馬出版社印行《夜貓子》漫畫集。

一九八九年　四月，漢藝色研文化印行《三十五歲的情書》。七月，自立報系印行《家園・福爾摩沙》。

一九九〇年　二月，自立報系印行短篇小說集《鮭魚的故鄉》，是作者第一本小說創作。三月，合森文化印行《穿過寂靜的邊緣》。十月赴美國洛杉磯，專訪臺獨聯盟主席

一九九一年　郭倍宏。下旬接任《自立晚報》本土副刊主編。

一九九二年　二月，臺原出版社印行散文臺灣簡史《關於一座島嶼》。四月，《不是望鄉》重新排印，業強出版社印行，更名《蝴蝶紋身》。九月，前衛出版社印行《菅芒離土——郭倍宏傳奇》。

一九九三年　五月，皇冠出版社印行一九七一～一九七六手記集《漂鳥備忘錄》。七月，《唐山渡海》漫畫交由臺原出版社重印，名為《篳路藍縷建家園》。

一九九四年　五月，參與黃明川導演的《寶島大夢》電影演出。

一九九五年　一月，臺原出版社印行《母親的河——淡水河記事》，同年，此書獲臺灣筆會「本土十大好書」獎。十月底，自立報系易主，傷心離開。

一九九六年　四月，應施明德先生力邀，任國會辦公室主任。六月，九歌出版社印行《港，是情人的追憶》。十二月下旬前往美國紐約，初識小說家郭松棻、李渝夫婦。

一九九七年　四月，《銀色鐵蒺藜》重新排印，草根出版社印行。十二月，聯合文學印行《旅行的雲》。

一九九八年　民視開播，主持「福爾摩沙」文化性電視節目。十二月，探索文化出版詩集及CD《玫瑰十四行》。

十月，應白冰冰女士之邀，主持八大電視「臺灣風情」。十二月，辭去施明德國會辦公室主任職務。專業寫作。

一九九九年　七月，人文性電視節目「臺灣風情」告一段落，全心創作長篇小說《北風之南》，十一月下旬完稿，計十萬字。

二〇〇〇年　三月，聯合文學印行《手記描寫一種情色》。埋首十個短篇小說創作。五月，應楊盛先生之邀主持旅行、歷史電視節目「臺灣之旅」，霹靂電視臺播映。七月，九歌出版社印行一九八〇～一九九〇年散文精選集《蕭索與華麗》。七月三十一日，《北風之南》小說開始在《自由時報》副刊連載，至十一月二十八日刊完。美國《公論報》隨後連載。

二〇〇一年　五月，聯合文學印行短篇小說集《革命家的夜間生活》。七月，應東森聯播網（ETFM）之邀，主持廣播節目「新聞隨身聽」。九月，《從淡水河出發》華文網重排出版。

二〇〇二年　一月，寶瓶文化印行旅行散文集《北緯23.5度》。六月，聯合文學印行長篇小說《北風之南》。六、七月，長篇小說《藍眼睛》開始在《中央日報》副刊、美國《世界日報》小說版連載。八月，《革命家的夜間生活》獲金鼎獎文學類優良圖書推薦獎。九月，《多雨的海岸》華成文化重排出版。

二〇〇三年　二月，印刻文學印行長篇小說《藍眼睛》。應小說家汪笨湖之邀，與歌手黃妃

二〇〇四年

主持年代電視MUCH臺「臺灣鐵支路」。四月，九歌出版社印行《茱麗葉的指環》。七月，書寫長篇小說《流旅》，十一月十一日完稿，計七萬字。埋首於十七個短篇小說，亦撰散文。十月，應小說家東年之邀，為其主舵之《歷史月刊》重拾遠疏十七年漫畫之筆，編繪《FORMOSA》。

二〇〇五年

二月，漫畫《FORMOSA》逐期連載於《歷史月刊》。印刻文學印行二〇〇二～二〇〇三手記集《時間歸零》，水瓶鯨魚封面、內頁插畫。《流旅》小說，美國《世界日報》連載、《中央日報》摘刊。四月，日本京都回來，開始情詩系列書寫。七月，印刻文學印行長篇小說《流旅》。

二〇〇六年

五月，印刻文學印行《幸福在他方》。

二〇〇七年

應九歌出版社之邀，主編《九十六年散文選》。十月，博客來網路書店印行短篇小說集《妳的威尼斯》。爾雅出版社印行詩集《旅人與戀人》。

二〇〇八年

五月，為歌手賴佩霞專輯《愛的嘉年華》（福茂唱片）撰歌詞：〈詠嘆・櫻花雨〉。十二月，應詩人白靈邀約，首次參與在中國黃山舉行之「兩岸詩會」。與老友李昂、劉克襄受信義房屋委託，合著《上好一村》天下文化印行。

二〇〇九年

二月，聯合文學印行《迷走尋路》。人間福報副刊專欄「靜謐生活」。五月，中華副刊專欄「邊境之書」。十月，應小說家履彊之邀，擔任內政部營建署「國家公園文學之旅」影集外景主持人。

二〇一〇年　一月，聯合文學印行《邊境之書》。十一月，爾雅出版社印行《歡愛》。允為文學四十年紀念雙書。

二〇一一年　五月，參與「百年小說研討會」。六月，聯合文學印行《遺事八帖》。

二〇一二年　七月，東村出版重印短篇小說集《鮭魚的故鄉》。十一月，《遺事八帖》獲臺灣文學獎圖書類散文金典獎。

二〇一三年　一月，參與吳米森導演的《好久沒敬我了妳》電影演出。五月，獲中國文藝協會散文獎章。七月，聯合文學印行詩集《顏色的抵抗》。《遺事八帖》簡體字版由中國北京長安出版社在大陸印行。

二〇一四年　一月，聯合文學印行手記集《歲時紀》搭配詩人李進文攝影。十一月，獲第三十七屆吳三連獎文學獎。

二〇一五年　一月，聯經出版公司印行臺灣歷史漫畫集《逆風之島》。二月，九歌出版社印行散文自選集《三十年半人馬》。

九歌文庫 1180

三十年半人馬——散文自選集1980-2010

作者	林文義
責任編輯	蔡佩錦
創辦人	蔡文甫
發行人	蔡澤玉
出版發行	九歌出版社有限公司 臺北市105八德路3段12巷57弄40號 電話／02-25776564・傳真／02-25789205 郵政劃撥／0112295-1
九歌文學網	www.chiuko.com.tw
印刷	晨捷印製股份有限公司
法律顧問	龍躍天律師・蕭雄淋律師・董安丹律師
初版	2015（民國104）年2月
定價	360元

書號　F1180

ISBN　978-957-444-985-9

（缺頁、破損或裝訂錯誤，請寄回本公司更換）

國家圖書館出版品預行編目資料

三十年半人馬——散文自選集1980-2010 / 林文義著. -- 初版. -- 臺北市：九歌，民104.02

320面；14.8×21公分. --（九歌文庫；1180）

ISBN 978-957-444-985-9（平裝）

855　　03027702